中外语言与文化论丛　　　　总主编／王启龙　田　兵

中西融通与文学互鉴：
曾朴、曾虚白父子与"真美善作家群"研究

王西强◎著

科学出版社

北　京

内 容 简 介

本书系统梳理、认真分析了"真美善"书店出版物和《真美善》杂志全刊，对曾朴、曾虚白父子及"真美善作家群"的文艺主张与译著实践进行了比照研究，使用大量历史资料论证了"真美善作家群"这一具有趋同性审美追求的文学团体作为一个文学史存在的学术合理性，并充分呈现了"真美善作家群"参与当时文学变革的思路、方式、文化姿态以及他们在历史的"当时"和文学史的"当下"的遭际，从文学变革的角度审视了1930年前后的文学在政治与商业的张力中试图整合本土与外来文学资源，以择取新路、谋求发展的文学史价值和意义。

本书为相关专业研究者参考用书。

图书在版编目(CIP)数据

中西融通与文学互鉴：曾朴、曾虚白父子与"真美善作家群"研究 / 王西强著. —北京：科学出版社，2015.12
（中外语言与文化论丛 / 王启龙，田兵主编）
ISBN 978-7-03-046932-8

Ⅰ．①中… Ⅱ．①王… Ⅲ．①曾朴（1872～1935）-文学研究②曾虚白-文学研究 Ⅳ．①I206.5

中国版本图书馆 CIP 数据核字(2015)第 313716 号

责任编辑：阎　莉　王洪秀 / 责任校对：赵桂芬
责任印制：张　倩 / 封面设计：铭轩堂

科 学 出 版 社 出版
北京东黄城根北街 16 号
邮政编码：100717
http://www.sciencep.com

三河市骏走印刷有限公司 印刷
科学出版社发行　各地新华书店经销

*

2015 年 12 月第　一　版　开本：720×1000 1/16
2015 年 12 月第一次印刷　印张：11 1/2
字数：226 000

定价：78.00 元
（如有印装质量问题，我社负责调换）

换个视角看世界

　　我们常说，中华民族文化是 56 个民族多元一体共同繁荣和发展的结果。同样，人类历史告诉我们，人类文明或者说世界文明是全人类艰苦卓绝的长期努力奋斗所获得的物质文化和精神文化的总和。在这个过程中，从古至今没有哪一个民族文化可以独放异彩，独立发展。人类文化的发展，都必须有赖于文化之间的交流。尤其是在全球化的今天更是如此。对此，季羡林等诸位先生说："讲文化交流，就必须承认，文化不是哪一个民族、哪一个国家或哪一个地区单独创造和发展的。在整个人类历史上，国家不论大小，民族存在不论久暂，都或多或少、或前或后对人类文化宝库做出了自己的贡献。人类文化发展到了今天这个地步，是全世界已经不存在的和现在仍然存在的民族和国家共同努力的结果，而文化交流则在其中起了关键性的作用。"[①]

　　简而言之，是文化交流促进了人类文化的发展，从而推动了人类社会的巨大进步。而在文化交流中，语言这个媒介自然起到了不可估量的作用。那就是为什么，古今中外，凡是要了解一个民族的文化，尤其是异族文化的时候，最直接、最重要的手段就是学习这个民族的语言，从语言入手了解这个民族的文化。而在东西方高等教育体系中，各著名高校或研究机构一般都设有学习外国语言文化的系所。国外的东方学学术机构有的历史悠久，闻名世界，比如英国伦敦大学亚非学院（School of Oriental and African Studies, University of London）、牛津大学东方学学部（Faculty of Oriental Studies, University of Oxford）、剑桥大学东方系（Faculty of Asian and Middle Eastern Studies, University of Cambridge）、不列颠图书馆东方手稿与图书部（Department of Oriental Manuscripts and Printed Books, The British Library）、法国巴黎大学的高等中国研究所（Institut des Hautes Études Chinoises, Université de Paris）、法国国立现代东方语言学校（École Nationale des Langues Orientales Vivantes）、法国国家语言东方文化研究院（Institut National des Langues et Civilisations Orientales）、

---

① 季羡林，周一良，庞朴. 1990. 放眼宇宙识文化，读书（8）.

法兰西远东学院（École Française d'Extrême-Orient）、德国的东方学会（Deutsche Morgenlaendische Gesellschaft）、德国东方研究所（Institut für Deutsche Ostarbeit）、俄罗斯科学院东方文献研究所（Institute of Oriental Manuscripts, Russian Academy of Sciences）、德国汉堡的亚洲研究所（Institut für Asienkunde, Hamburg）、美国哈佛大学东亚语言与文明系（East Asian Languages and Civilizations, Harvard University），以及其他许多著名大学的东亚系，等等。值得注意的是，他们的共同特点在于，语言是第一关注的要素，首先学习并掌握好语言之后再说别的。而欲学好语言，需要学习和了解的内容很多，而不仅仅是文学。从众多的西方国家高校和科研机构设立的东方学研究机构、非洲研究机构、亚洲研究机构、国别研究机构的名称就可以看出，除了某种语言之外，它们关注的内容很多，凡是这个语言所承载的一切文明或文化内容都是学习和研究的对象。

当然，在国内也有许多著名的外国语言文学教育或研究机构，但是，如果我们仔细思量，其实这中间是有所不同的。在国内，我们通常是外国语言文学，除了"语言"就是"文学"，换个角度说，学习外国语言仿佛就是为了研究外国文学，别无其他。长期以来都是如此，这或许是受当年苏联学科分类的影响，抑或是我们本有的习惯或传统。不管是哪一种，我个人认为，我们都该在这一点上向西方学习，借鉴其经验对我们现有的外语系（学院、大学）的办学理念和办学机制进行调整，这大概不失为一条值得探讨和摸索之路。

在这方面，陕西师范大学外国语学院也在努力探索。我们这次编辑出版《中外语言与文化论丛》，就是一种尝试。根据丛书名称，大概读者就可以了解到我们对这套丛书的期许和期待。我们不希望它只是一套外国语言文学的丛书，我们希望它以外国语言文学为坚实基础，旁及其他学科，并在中外比较中、在不同视角中、在学科交叉中去从事学术研究，或者说换个视角研究问题，换个视角审视世界，换个视角反思自己，这样的话，或许我们会在某些问题上或多或少有真正的创获。钱钟书先生说："有了门，我们可以出去；有了窗，我们可以不必出去。"①这句经典本是先生以文学的笔调描写门和窗以感悟人生哲理的，但是，如果放在我们此时此刻讨论的语境里，其实是会给我们带来另一番无尽而有趣的启示的。

在这套丛书里，我们不追求完美的体系，不追求精致的形式，我们希望每位作者能在自己的论题方面，在新材料、新观点、新方法或新领域的某一方面或某些方面有

---

① 钱钟书. 1990. 写在人生边上，北京：中国社会科学出版社.

所拓展即可；我们希望每位读者在坚实的研究基础支撑下，通过缜密的分析和研究，能够持之有故，言之成理，达到一定高度的学术水平。

我们这套丛书最大的特点应该是其开放性。首先，我们在学科上是开放的，我们当然以外国语言文学为主，但我们不囿于这个范围，中外语言、文学、艺术、宗教、历史、文化等，凡是与外国语言有渊源的，与中外学术文化有关系的，或者利用外语从事学术研究的高水平成果，都可纳入，借此可以在中外比较中、在学科交叉中、在观点碰撞中，紧扣时代需要，探索和拓展新领域、发现和研究新问题，为国家社会经济文化建设服务；其次，我们在作者群方面是开放的，入选丛书的作者并非一定要是专家教授或著名学者，凡是有真知灼见、自成一体，并具有一定学术功力的著述，不管作者是谁，我们都会酌情收入，因为只有这样，我们才能在人才培养、学术研究、学科建设方面另辟蹊径；最后一点，也是最重要的一点，我们在学术观点上是开放的，绝不会因为所谓的学术门派、学术观点的不同而把具有真知灼见的学术研究成果排斥在外，因为真理的探索和发现往往都是在不同的学术观点相互碰撞和激荡中产生的。

学术文化研究与交流中的开放性当然蕴含着包容性，只有包容对方才可能有开放的胸怀。事实上，中国传统文化中的重要特质之一就是开放和包容。《周易》曰："天行健，君子以自强不息；地势坤，君子以厚德载物。"这正是开放与包容的中国传统宇宙观之写照。中国古人认为天地最大，天高行健，地厚载物，寓意进取开放，厚德包容。正因为中国传统宇宙观的开放与包容，历经数千年发展历史的多民族汇聚中华民族文化才会多元丰富、深邃弥久。

开放就要进取向上、就要志存高远，包容就要虚心学习、就要厚德包容。在民族文化传播、发展与交流中，开放与包容相辅相成，"唯因文化的包容性，开放在实践操作上才成为可能；唯因文化的开放性，包容才获得了实质性意义。人类文化的发展如果没有开放和包容的品质，就不能保持长久的生机和旺盛的活力"。"从中国历史发展看，各种外来文化的进入并没有使中国传统文化丧失其固有的本色，相反却丰富了中国的传统文化。"[①]而在学术文化研究与交流中，中西方的互动何尝不是如此？尤其是在经济全球化高度发达，带动全方位全球化的今天，我们如何把握世界大势和国际潮流，积极主动地加强中外文化交流和民族文化的国际传播，积极主动地融入世界文化发展的主流之中，并在世界文化中占有一席之地，真正成为文化大国？只有成为文化大国，才可能成为世界强国。

---

① 邹广文. 2013. 中国文化的厚德、开放与包容，人民论坛·学术前沿（1）.

习近平主席指出，在民族文化对外传播、交流，在对外宣传方面，我们的"一项重要任务是引导人们更加全面客观地认识当代中国、看待外部世界。"①要完成这一伟大使命，我们必须坚持开放与包容，一方面，昂扬向上、积极进取，努力向全世界传播中华民族优秀文化；另一方面，要厚德包容，虚心学习世界其他国家和民族优秀文化，吐故纳新，不断丰富中华民族文化。我们期许这套丛书，能够在这方面发挥些许作用，在中外语言文化研究与交流方面做出一定贡献。在学习和借鉴西方先进学术成果和科学理论的同时，能够更好地"讲好中国故事，传播好中国声音"。②

若能如此，我想这套丛书的使命就算达到了，任务就算完成了。谨此为序。

王启龙

2015 年 12 月

于西安

---

① 习近平. 2014. 把宣传思想工作做得更好//中央文献研究室，中国外文局. 习近平谈治国理政. 北京：外文出版社：155.

② 同上，156.

研究视野的拓展与学术空间的发现

在当下的近现代中国文学学科及其相关的中外文学交流史等学术研究领域之中，关于曾朴、曾虚白父子的文学活动及其文学史评判，似乎从来就不是一个学术史及研究者们所关注的热门话题。其中的主要原因，我想除了当代学科划分造成的作家身份的无所适从或定位含混等之外，当代学术的政治意识形态化及其权威理论方法下的主流文学史叙述，对于曾朴、曾虚白父子与"真美善作家群"文学理念及其翻译、创作等文学史实的遮蔽与压抑，或者是一种漠然状或边缘化的简单批评及历史解读，也就必然地成为一种学术思想及其研究方法上的常态。

因此，这部《中西融通与文学互鉴：曾朴、曾虚白父子与"真美善作家群"研究》，虽然由于某些个人的考虑及写作上的因素，许多问题的论述及理论阐释的展开，诸如围绕其创作形态方面的探讨等，都还有待作者进一步的思考及研究的深入。然而，这本书应当予以肯定和最为重要的，就是其中所体现出的多元开放的文学史意识与立足于中西文学融通互鉴的学术立场，以及对于相关研究资料具体细致的搜集整理及其关系的理论发现等方法上的自觉。因此，从学术史的角度来看，本书不仅拓展了近现代中国文学研究的学术视野及其历史阐释的叙述空间，同时也为曾朴、曾虚白父子文学实践等学术领域的专题研究等，做出了事实上的努力并提出了自己的见解。

于是，我们所看到的，就是本书作者不同于常见的及一般历史境遇下的文学史追寻及其研究叙述，而是以曾朴、曾虚白父子及其"父传子承"的文学活动，以及他们"真美善"文学理想的实践历史的考察。本书包括作者对曾氏父子法国文学及其浪漫主义艺术理念的理解，及其上海"法国文艺沙龙"及其文化氛围的经营，以及《真美善》杂志的创办及其作家群的形成等文学现象的探索，解读并论述中国文学从19世纪末前后所开始的"向西方学习"走向，以及在这种"中西融通与文学互鉴"潮流之中，现代中国文学发生发展的多元复杂机制及诸多被历史消解或人为忽略不记的重要事实与社会因素。

通过本书，我们能够了解到的 "曾朴、曾虚白父子及 '真美善作家群'" 文学史实的发生，以及其文学自我建构与艺术扩张的背后，除了作家个人成长的社会政治、历史背景与审美趣味的经验或感悟等自身原因之外，对于来自法国 19 世纪浪漫主义文学思潮的三种主流艺术理念 "真"、"美"、"善" 的美学理解，进而相应追求的 "真实感人"、"形式完美" 和 "革新进步" 等文学理想。同时，我们还可了解 19 世纪二三十年代中国社会、文化机制及其出版接受等方面的演进变革。本书不仅揭示出曾朴、曾虚白父子美学思想及其 "父传子承" 文学活动的独特性历史特征，引起一般读者对于近现代中国文学及其熟知的中西文学影响交流史的 "常识性" 与 "多元化" 的反思，而且丰富了近现代中国文学及其研究领域的研究理路，开拓了文学史认知与写作的多种可能及研究空间。对于刚刚走上学术之路的青年学者来说，其论述与文字之中所表现及达到的专业意识与史识观念，实属不易，应当予以申明鼓励。

在这里，我还要说明的就是本书在研究选题及理论方法等方面所表现出的诸多特点，实际上也和作者的专业背景及知识结构有着直接的关系。王西强副教授原来是学英语语言文学专业的学生。大学毕业留校执教后，主要从事的是外语教学及中外文学翻译方面的工作与研究。工作三年之后，在职攻读了中国现当代文学专业的硕士、博士研究生。近些年来，他先后主持有多项中外文学译介影响及接受传播方面的国家及教育部社科基金课题，同时也在现当代中外文学交流影响研究上取得了一定的成果及影响。这种跨学科的知识背景及研究生学习阶段的个人努力，让他对二十世纪中国文学与中西文学关系的复杂性及丰富性，有了更切实地专业层面基本了解和知识上的一定准备。因此，作为他的导师，除了真切地了解作者研究这个课题的过程及所付出的艰辛外，也为他由此展示出青年学人的锐气与学术态度的踏实等，感到由衷的高兴。并且，在此也乐于向读者说明及推荐这样的学术成果。

自然，关于近现代中国文学及中外文学交流影响的学术研究，包括多元文学机制背景下，对诸如曾朴、曾虚白父子文学活动等作家群体或文学社团在内的个案性专题研究，在拓展并启发我们超越惯性的思想方式或研究模式，发现或质疑僵滞的文学史叙事及其问题症候等理论方法现状的同时，事实上也对作者及其相关课题研究的学术理路与理论深化，提出了进一步的期待与更高的要求。其中，仅本书涉及的研究内容与提出的具体问题，例如关于 19 世纪法国浪漫主义文学思潮与曾朴、曾虚白 "父传子承" 文学思想的关系，以及其和五四新文学浪漫主义文学运动之间的文学史分析；曾朴、曾虚白父子文学创作及翻译的文本分析，以及其在中国近现代文学翻译史上的历史地位及美学评价等,不仅可能为本课题及作者以后的研究,开启新的学术思路及扎实的论说空间,而且能够让读者更为完整、全面地把握了解近现代中国文学及中外文学交流影响的多元化机制与发生的复杂性。当然,这也将会让作者的学术之路及创新境界,走的更为踏实,更加清晰和开阔。

王 荣

2015 年 11 月

于长安南山北苑

1927 年，曾朴、曾虚白父子在上海创办"真美善"书店、《真美善》杂志，坚持近四年，出版、发表了大量文艺作品，团结了一批有趋同的文艺倾向和文学理想的作家、翻译家和（留）学生。他们通过在法租界的"异质"文化氛围中搞文艺沙龙聚会、相互往还，通过运作文化商业资本、编辑出版图书杂志，得以跻身上海现代都市公共文化空间，获得了在文学艺术层面的公共话语权。他们通过创作、翻译和文艺批评等方式，参与了中国文学现代化转型的理论探索与路径设计，形成了一个有趋同的审美气质和文学追求、有相对稳定的活动范围和组织方式、有较强的向心力的"真美善作家群"。

本书通过分析研究这个有着清醒的文学变革意识、有着文坛典型性和共性的作家群的文学活动和著译实绩，来反思他们参与文学变革的思路、方式、文化姿态，以及他们在历史的"当时"和文学史的"当下"的遭际，并从文学变革的角度来审视 20世纪 30 年代的文学如何在政治与商业的张力中试图整合本土与外来文学资源，以择取新路、谋求发展的文学史价值和意义。本书的论述将通过以下几个章节展开。

第 1 章，引言。本章从中国晚清文学与现代文学的关系研究这一学术视角，在 20世纪中国文学史研究视野中，通过资料梳理和观点呈现来展现百余年来曾氏父子研究与"真美善作家群"研究的历史与现状，指出本书的基本研究方法与内容，说明要解决的主要问题。

第 2 章，曾朴、曾虚白父子的文学理想与实践。本章通过梳理曾朴、曾虚白父子参与文学活动的相关文学史料，来勾勒他们在常熟地域文化及其家学体统的影响下，所展现出来的通过文学著译活动在文学上除旧布新、"匡时治国"的文化理想，以及他们开放包容、全面革新中国文学的文化姿态。

第 3 章，真美善书店及《真美善》杂志的创办及其文学活动。本章通过简要描述

20 世纪 30 年代上海文化生产场域的生存规则，呈现真美善书店及《真美善》杂志创立的历史文化条件，状述曾氏父子创办真美善书店及《真美善》杂志以"进修文艺""广交文友"的文学活动，并通过数据统计呈现真美善书店及《真美善》杂志的出版实绩和刊物形态。在《真美善》杂志上，曾氏父子系统阐释了其"真""美""善"的文学理想与艺术标准，确定了"文学的范围"，为其"真美善"事业做出了形式规范与审美导向。

第 4 章，"真美善作家群"的形成及其文化姿态。本章论述"真美善作家群"的形成及聚集，展现其独特的"法国式沙龙"的文学生活方式和他们从"客厅"到"书店"由内而外的文化交往活动，描述了他们的群体性文化姿态：追求文学的"伟大"与"普及"，放弃启蒙姿态，推倒文学的"非文艺性"壁垒，通过报媒、杂志的引导，组建"文化的班底"，建设"群众的文学"。

第 5 章，凝聚交际：艺术的宣扬与商业化推销。本章论述"真美善作家群"通过一些常规和创新性栏目及策划某些文学活动，对外宣扬自己的文学理念，并进行颇具"文化表演"色彩的自我推销活动，这是曾氏父子针对 20 世纪 30 年代文学的生存规则和激烈竞争所进行的商业化推销。

第 6 章，"注重翻译事业"：外国文学的翻译与介绍。本章通过介绍曾朴、曾虚白父子及"真美善作家群"翻译外文学的成绩，来展示他们"容纳异性"与"系统翻译"的基本立场和方法，以及他们的翻译观念与技术探索对于现代翻译的意义。

最后一部分，结语。从文艺主张、文学理想、组织方式、与主流文坛的关系和最终命运等方面来看，真美善书店及《真美善》杂志在 20 世纪 30 年代的现代文坛上都是积极参与文学变革的典型代表，他们主动与新文学接近却又与新文学的新方向——革命文学主潮自觉疏离，这体现出他们独特的审美诉求和文学理想与现实文学需求的深刻矛盾。"真美善作家群"的文学实绩和文学史命运，为我们考察 20 世纪 30 年代的文学生态提供了一个颇为独特的典型性视角。

关于本书的论述在文字和格式上的规范问题，还有以下几点需要说明：

（1）作者的署名问题。在《真美善》原刊中，曾朴的文章有时署作"东亚病夫"，有时署作"病夫"；曾虚白的文章有时署作"曾虚白"，有时署作"虚白"，有时署作"白"，署名方式较为随意。在本书的论述文字中，使用曾朴、曾虚白全名，凡引用原文、原题以及原作者署名时，均依原书、原刊，不作改动或统一。

（2）标点符号规范问题。民国时期现代汉语标点符号还没有通用的规范，本书在引用民国书刊所载原文时，标点符号均依原文，不作改动。

（3）"的、地、得"问题。民国时文中"的、地、得"三字未有统一的使用规范，并多用"底"字，本书引文均依原文，无需也无法统一。

（4）书、文题目和原作者译名问题。本书在论述中凡涉及译著及其作者的译名时，均依据译者当时的译法，未按照时下通行的译法统一；当时译者有两种译法的，也在引用或论及时尊重原始译法（同时标明其他译法或今译），如曾朴在发表于《真美善》杂志上致刘舞心的信中，始终使用"阿弗洛狄德"的字样来指代其与曾虚白合译、后来正式出版时题为"肉与死"的译作，本书作者在论及该书时，按照时间、场合的不同，区别使用，未作统一。又如，在《真美善》杂志上，《炼狱魂》的原作者前后署作"梅黎曼"和"梅丽曼"，译者相同，译法有变，本书在论述中引用时均遵照原文发表时的署名，并标明发表期次、时间，未作统一。其余此类问题若干，均依原文照录，不一一列出。

本书作者在引用原文时对原文、原书有认真的勘误和考校，以期在学术规范之内，呈现原文原作风貌，但因为本人知识水平、学术能力以及所见资料的局限，难免有错讹之处，请读到拙作纰漏的各位方家不吝赐教，惶恐拜谢。

王西强

2015 年 10 月

Preface

In 1927, Zeng Pu and his son, Zeng Xubai, started their literary cause by opening the Truth, Beauty, and Goodness Publishing House and *Truth, Beauty, and Goodness* Magazine, which lasted for nearly 4 years. By publishing a lot of books and articles of literature and art, they united and attracted a group of writers, translators, and students who shared similar artistic ambition and literary tendency. The Zeng's hosted a literary salon as a means of welcoming and communicating with their comrades. Meanwhile, they got fame and celebrity in the public sphere of modern urban culture and discourse power of expressing their opinions on literature and art by operating commercial capital in the field of literary writing and editing. They made exploration in the modern transformation of Chinese literature and sincerely proposed their designs and blueprints of literary reform. Their shared efforts, similar pursuit and aesthetic temperament helped them be recognized by their comrades and the literary circle and united them into a so-called Literary Group of Truth, Beauty, and Goodness.

This book, by analyzing and studying the literary activities and achievements in literary writing and translation of this group of writers who conceived a strong sense of literary reform and showed the characteristic and generality of the literary circle of the 1930s, reflects on the ways of thinking, means, cultural pose they deployed when participating in the reform of literature, and their experiences at their time and the way they are commented and related in the present written history of modern Chinese literature. From the perspective of literary reform, the book observes the way the 1930s' literature tried to compound Chinese and foreign literary resources in the tension of political interference and literary commercialization, and concludes the significance of it in the history of modern Chinese literature. The argumentation of the book goes as follows.

Chapter I is the introduction part, which, from the perspective of the relationship between the literature of late Qing Dynasty and modern literature in the academic view of the history of the 20th-century Chinese literature, deals with the achievements of the study on Zeng Pu, Zeng Xubai and the Literary Group of Truth, Beauty, and Goodness, the major problems the author of the book wants to solve and the means of argumentation applied.

Chapter II is entitled The Literary Ideal and Achievements of the Zeng's, which categorizes the historical literature and records of the Zeng's participation in literary activities, and outlines their open and tolerant cultural pose under the influence of the culture of Changshu, their birthplace, and their family tradition, and their cultural ideal reflected in the process of realizing their cultural dream of "spreading the new while removing the old" and their political ambition of "save the country by eliminating the difficulties".

Chapter III presents the historic conditions and fact of the foundation of the Truth, Beauty, and Goodness Publishing House and *Truth, Beauty and Goodness* Magazine, and their literary activities. In this part, the author pictures the living principles of the 1930s' Shanghai cultural creation and presents the achievements of the publishing house and magazine. On the latter, Zeng Pu and Zeng Xubai systematically defined "truth", "beauty" and "goodness" as his personally recognized literary ideal and artistic standard. Meanwhile, they set a stylistic scale of literature as the principle of literary form and the orientation of aesthetics.

Chapter IV deals with the formation the Literary Group of Truth, Beauty, and Goodness and their cultural pose, and shows their special means of life appreciating literature in a French style salon held in both Zeng Pu's sitting room and the publishing house, which was indeed a kind of inward-to-outward cultural communication. Their cultural poses were kind of pursuing "greatness" and "popularization", abandoning the standpoint of enlightenment, breaking the non-literal partitions, nurturing one's cultural audiences and establishing "the literature for the mass", with the help and conduction of the mass media such as papers and magazines.

Chapter V focuses on the publicity and commercial promotion of literature conducted by the Literary Group of Truth, Beauty, and Goodness. They designed some very creative columns, events and collective "cultural performance" to market their writing, opinions on literature and themselves as a literary group, which was a means of struggle to survive in the fierce competition of commercialized literature in the 1930s.

Chapter VI is about their accomplishments in the field of translating and introducing foreign literature to China. Their theoretical opinions and technical trials on translation are significant to the development of modern translation, because they creatively proposed their basic position and two conceptions of "accommodating difference and exoticism" and "systematic translation".

The last part, is the conclusion, which observes from the perspective of its literary assertion, ideal, ways of organization, relationship with the main stream of the literary circle and its destiny, and finds out that the member writers of the Literary Group of Truth, Beauty, and Goodness were representatives of the active participants in the reform of modern Chinese literature and they were in touch with but yet kept a proper distance from the new direction of the mainstream of "New Literature" —revolutionary literature, which reveals the deep gap and conflicts between their aesthetic ideal and the practical need for literature. The achievements and destiny of the Literary Group of Truth, Beauty, and Goodness provide us with a very unique perspective and insight into the literature of the 1930s.

第 1 章 引　言

1.1　20 世纪中国文学语境中的曾朴、曾虚白父子及其文学活动

在 20 世纪中国文学研究中，晚清文学与现代文学的关系研究一直受到不同时期学术界及其研究者的关注与重视，尤其是 20 世纪 80 年代以来，学者们从不同学术视角展开了关于晚清文学对现代文学发生、发展的影响研究，并取得了丰硕的成果。

在中国文学近现代化转型的历史进程中，资本主义的发展促进了中国知识阶层向城市的集结与相互间的联合，并逐步形成了接纳、传播西方近现代政治、思想和文化艺术的知识者群体，他们是中国现代化进程中积极的思考者、探索者和实践者，他们最早睁眼看世界、策划并推动中国的近代化洋务运动、寻求制度变革进行维新变法、揭橥新文化运动，一直都没有停止对中国社会走向现代化之路的探寻。在器物和制度层面镜鉴西方的努力宣告失败之后，知识界把目光转向了西方先进的精神文明。这时，中国传统的"文以载道"的文艺观和长期沿用的科举"诗文取士"的思维模式，让知识者们选择了其天然亲近的"文学"作为开启民智、改造社会的突破口。梁启超先后提出了"诗界革命""文界革命"和"小说界革命"的口号，指出小说为"新一国之民""新道德""新宗教""新政治""新风俗""新学艺""新人心""新人格"（梁启超，1902）的工具，把传统文人所不屑为的"小说"极力抬高，就是要利用小说受众面广的文体优势，希望通过改造中国旧小说、创造"新小说"，使之像西方近代小说（尤其是政治小说）那样帮助其实现改良社会的政治功利目的。这些超越了传统"士人"文学观的知识者选择了译介西方文学以为中国"新小说"提供参照学习的摹本，在传播西方近现代小说文本中所携带的政治民主思想和科学真理的同时，也为中国文学输入了西方现代文学观念和审美精神，促进了中国小说叙事模式的转变和现代叙事文学观念的崛起，以及现代文学审美精神的确立。

在关于晚清文学与现代文学的关系及其影响研究中，曾朴及其文学创作从一开始

就成为很多批评者及研究者重视的领域。其中，仅以学界对《孽海花》艺术价值的论说为例，从晚清直至五四时期一直争议不断，如林纾的激赏①、鲁迅的肯定与批评（鲁迅，1924）、胡适的"酷评"（胡适，1917）等本身就说明了其研究的学术价值及重要性，特别是在当代晚清文学与现代文学关系研究中，围绕近代小说与现代小说的关系等学术问题，著名学者如陈平原、杨联芬和王德威等就分别指出，《孽海花》是中国小说叙事模式转变期和中国现代小说起点期的重要作品（陈平原，2003，2005），是中国文学现代性发生期的代表性作品（杨联芬，2003），是晚清文学"被压抑的现代性"的一个案例（王德威，2005）。

与此同时，作为晚清文学的代表作家之一，曾朴的跨越晚清、五四时期，直至20世纪30年代等不同文学时期及其贯通新旧文学、中西文学的作家、翻译家和出版家等文化身份，以及其有意于主动接续晚清"士人"传统与新文化经验的文化志向，使他能够不断更新其文学主张，以文学译介活动参与、观察并反思"五四新文学"的成绩与缺陷，并且在1930年前后，与长子曾虚白联手创办真美善书店及同名杂志，以较为独特的文化姿态提出了"改革文学"的主张，并"纠合"了一批有着趋同的文学理想和审美取向的作家，形成了一个在20世纪中国文学史上较为独特的"真美善作家群"，他们通过办沙龙、搞文艺聚会和在真美善书店及同名杂志中出版、发表作品，占据了上海公共文化话语空间一角，通过多种新颖、独特的方式展开层级性公共文化交际活动，有效地向文坛和读者推介了其"真、美、善"的文艺主张，通过辛勤的文学活动参与了1930年前后的中国文学现代化变革，在创作和翻译、介绍外国文学等方面，都取得了显著的成绩，曾朴也因此被郁达夫誉为"中国新旧文学交替时代的这一道大桥梁，中国20世纪所产生的诸新文学家中的这一位最大的先驱者"（郁达夫，1935）。

因此，本书在20世纪中国文学研究的学术视野中，以曾朴、曾虚白父子及"真美善作家群"在1930年前后的著译思想和创作实绩为主体研究对象，通过细致梳理、考察晚清至1930年前后的曾朴翻译、创作、编辑及领导、组织文学活动的相关史料，讨论曾氏父子及"真美善作家群"的文学著译活动与中国古典文学尤其是晚清文学、外国文学和"五四新文学"传统的关系，讨论他们的文学理想与实践在1930年前后的政治和商业的双重挤压下的奔突与挣扎。

---

① 林纾在《红礁画桨录·译余剩语》（商务印书馆，1914年4月版）中写道："《孽海花》非小说也，鼓荡国民英气之书也。"

1.2　百余年来的曾氏父子及"真美善作家群"研究

　　长久以来，"真美善作家群"所表现出来的某些不符合正统中国现代文学史写作要求的审美气质，导致了学界对曾朴及"真美善作家群"的文学／文化史价值认识不足。随着意识形态话语禁忌的松动，曾朴研究获得了新的学术视角，曾朴在开办真美善书店及同名杂志时期的文化实践也慢慢进入相关学者的研究视野，并在以下几个方面取得了成绩。

　　（1）总体研究和传记。关于曾朴总体研究的著作有如下几种：①曾虚白在《宇宙风》1935 年第 2 期上刊发的《曾公孟朴纪念特辑》，发表了当时知识界、文艺界如蔡元培、胡适等的纪念文章和《曾孟朴先生年谱》与《病夫日记》等诗文；②日本清末小说研究会编《曾孟朴研究资料目录》，详细编列了曾朴的"编著译目录"（列曾朴编著译篇目 178 种）和曾朴研究"文献目录"（列 1916～1978 年 8 月间中外曾朴研究论著 156 种，其中中国、美国各 1 种、苏联 1 种、日本 36 种），后者分"A 记事·论稿（汉语及其他）"、"B 记事·论稿·翻译（日语）"和"C 文学史·事典"三个层面展现了1978 年以前学术界、文艺界对曾朴、《孽海花》（及本事）和曾朴文学思想的研究状况，列举了各种专论或专章研究曾朴和《孽海花》的文学史传著作①，基本未涉及曾朴后期即"真美善"时期的文学著译事业；③朱传誉主编的《曾孟朴作品研究目录》列曾朴作品研究文章 31 篇，从鲁迅、王哲甫、陶希圣、刘心皇、孟瑶和刘绶松等专家学者的现代文学史传著作中搜检出关于曾朴的传略和关于《孽海花》的文学史评价文章、段落，汇编而成，展现了大陆和港台地区不同的学术和文学史视野中曾朴的"作家形象"；④美籍华裔学者李培德（Peter Li）博士的 *Tseng P'u*（《曾朴》，Twayne Publishers，1980）一书②，介绍了曾朴的生平、法国文学因缘、编辑出版活动和《孽海花》研究，

---

　　① 有鲁迅的《中国小说史略》（新潮社，1924 年 6 月出版）、范烟桥的《中国小说史》（苏州秋叶社，1927 年12 月出版）、陈炳堃的《最近三十年中国文学史》（上海太平洋书店，1931 年 5 月再版）、谭正璧的《中国小说发达史》（上海光明书局，1935 年 8 月出版）、陈子展的《中国文学史讲话》（下册，北新书局，1937 年 6 月出版）、阿英的《晚清小说史》（商务印书馆，1937 年 5 月出版）、杨荫深的《中国文学史大纲》（商务印书馆，1938 年 6月出版）、郭箴一的《中国小说史》（商务印书馆，1939 年 5 月出版）、*1500 Modern Chinese Novels & Plays*（Catholic University Press，1948 年出版）、刘大杰的《中国文学发展史》（下卷，上海中华书局，1949 年 1 月出版）、柳存仁的《中国文学史》（香港大公书局，1956 年 4 月出版）、陆侃如和冯沅君的《中国文学史简编》（作家出版社，1957年 7 月出版）和游国恩等《中国文学史》（第四册，人民文学出版社，1964 年 2 月出版）等，这些文学史著作可以给我们展示"五四文学传统"视野中的曾朴生平及《孽海花》研究状况和曾朴的文学史定位，从中我们已经可以见出曾朴的文学身份在这个文学传统中的"被过滤"，而曾朴在其"真美善"文学事业时期所表现出的"现代性追求"则成了真真正正的"被压抑的现代性"。

　　② 此书曾于 1977 年以"曾孟朴的文学旅程"为题在台湾传记文学出版社出版。

是一部较为全面的曾朴评传。虽也介绍了曾朴创办真美善书店及同名杂志的经历，但没有深入探讨曾朴这个阶段的文学思想和著译理论探索；⑤时萌的《曾朴研究》详细考订了曾朴的生平系年、著译篇目，讨论了曾朴的文学思想、诗歌思想与艺术及其与法国文学的关系，介绍了《孽海花》的续篇及评价、考证等，附刊了曾朴的一些诗文；⑥时萌在《曾朴及虞山作家群》中对曾朴的文学活动及其跨越新旧文学的文学史地位进行了简要介绍。

（2）《孽海花》及曾朴创作思想研究。在曾朴研究中，《孽海花》研究占了绝大比例，上列曾朴"总体研究和传记"研究论著中有很多资料的大半篇幅就是《孽海花》研究，兹不重复。此外，20世纪上半叶的《孽海花》研究成果主要包括发表在期刊杂志上的评论文章和文学史著作中的相关论述，其篇目、著论者信息基本都收录在《曾孟朴研究资料目录》中，一般都是围绕着《孽海花》的本事、索引、考证、版本、续本、思想价值、时代意义和情节结构等方面展开议论，本事考证和观感点评占了绝大多数①，严肃认真的艺术审美批评很少，其中以鲁迅在《中国小说史略》中的相关论述影响最大。

在20世纪下半叶，关于《孽海花》的研究论著从学术角度出发的，有魏绍昌编《孽海花资料》，主要收录整理相关研究资料；王祖献著《孽海花论稿》是学界从纯粹学术角度讨论《孽海花》文本的思想和艺术价值的第一部专著；欧阳健著《曾朴与孽海花》一书对《孽海花》受到的评价、成书过程做了介绍，肯定了小说的艺术结构，分析了小说难以终篇的内在原因，注意到了小说中"民族传统形式和西方艺术技巧的融合"（欧阳健，1992：104），但是作者坚持用阶级革命的眼光看待这部小说，认为晚年曾朴是"反动"的"落伍者"，他在"真美善"时期对《孽海花》的续写是失败的。近年来，由于学术思想的解放和学术方法的递新，学界关于《孽海花》的研究逐渐呈现出多视角、多维度延展的态势，其中既有沿袭传统的批评话语模式，探讨小说文本与历史事实的关系的②，也有从审美艺术层面，

---

① 比较典型、且影响较大的考索论著有二：一为1916年拥百书局出版的《孽海花》第三册，包含了《孽海花》续作第21-24回和强作解人的《孽海花》人名索引表》、《孽海花》人物故事考证八则》及"续考十一则"；其二为绣虎生编著的《孽海花本事》（上海大通书社，1924年11月20日出版）辑列"孽海花撰述之动机"、"孽海花人名索引表"等26篇本事考索文章。

② 此类论文有任访秋的《曾朴和他的〈孽海花〉》（《河南师大学报》，1981年第2期），陈子平的《〈孽海花〉：在历史与小说之间》（《苏州大学学报》，1994年第2期），尚慧萍的《〈孽海花〉"谴责小说"之异见》（《银山学刊》，1998年第1期），涂秀虹的《〈孽海花〉：对古老民族的文化批判与反思》（《闽江学院学报》，2004年第4期），伏涛的《〈赴试院放歌〉、〈孽海花〉之互释》（《武汉科技大学学报》，2010年第5期），张凯的《"谴责小说"视野中的〈孽海花〉研究》（中国海洋大学硕士学位论文，2010年6月），刘大先的《流言时代：〈孽海花〉与晚清三十年》（《明清小说研究》，2012年第2期）等。

关注作品的"形式现代性"特征的①，还有从晚清社会政治与伦理、传统与现代的关系层面关注作品的"思想现代性"特征的②，更也有探讨小说的租界文化背景与晚清异域想象书写的，即小说体现出的"想象现代性"特征③。此外，还有学者杨联芬、马晓冬、沈潜、张正、吴舜华等④对曾朴跨时代、跨文化的"整体性"文学史地位进行言说的，他们从文化价值、创作思想转变等层面分析了曾朴小说的现代性追求，但仍基本偏重于就曾朴在晚清的文学活动展开论述，对曾朴在"真美善"时期的文学活动关注不足。

（3）曾朴著译研究、比较研究及编辑出版活动研究。学界关于曾朴翻译外国文学（主要是法国文学）的研究，主要从翻译思想研究、翻译成绩展示、翻译对其创作的影响研究及比较文学研究几个角度展开：钱林森和袁荻涌都简要论述了曾朴的翻译思想、成绩和创作上所受法国文学的影响；马晓冬通过讨论译本论证了曾朴对于革命与人道主义"不一样"的思考；车琳状述了曾朴译介法国文学的成绩；胡蓉和陈梦讨论

---

① 此类论文有欧阳健的《〈孽海花〉艺术结构新说》（《曲靖师专学报》，1990 年第 4 期），李华和何志平的《论〈孽海花〉艺术形式的矛盾性》（《明清小说研究》，1992 年第 1 期），陈鹏飞的《伦理判断与政治判断的融合与倾斜——论曾朴小说〈孽海花〉的审美方式》（《湛江师范学院学报》，1994 年第 2 期），杨联芬的《〈孽海花〉与中国历史小说模式的转变》（《四川师范大学学报》，2002 年第 4 期），张瑜的《重构"作者/读者"关系的企图——从〈孽海花〉的一段作者辩白说起》（《安徽文学》，2007 年第 2 期），范永胜的《论〈孽海花〉历史叙事的现代性》（《长春工程学院学报》，2007 年第 3 期），吴舜华的《试论曾朴小说对法国现实主义文学的借鉴——以〈孽海花〉人物的典型化描写为例》（《中文自学指导》，2008 年第 5 期），闫立飞的《现代中国历史小说的发生——以吴趼人、曾朴为例》（《天津大学学报》，2008 年第 3 期），曾思的《〈孽海花〉叙事视角解读》（《重庆教育学院学报》，2009 年第 4 期），刘宇的《〈孽海花〉价值新论》（辽宁师范大学硕士学位论文，2009 年 5 月），王芳的《论〈孽海花〉的结构》（湖南师范大学硕士学位论文，2009 年 11 月），郭志芳的《〈孽海花〉的多重意蕴探析》（青岛大学硕士学位论文，2010 年 6 月），吴舜华《曾朴与晚清小说的现代性萌芽》（《小说评论》，2010 年第 3 期），潘程环的《论〈孽海花〉对立分裂的形式要素》（《湘南学院学报》，2012 年第 6 期）等。

② 此类论文有耿传明的《人心之变与文学之变——〈孽海花〉、〈广陵潮〉与晚清社会心态的变异》（《大连大学学报》，2008 年第 2 期），刘堃的《晚清的女性教化与女性想象——以〈孽海花〉为中心》（《中国现代文学研究丛刊》，2010 年第 3 期），田甜的《社会转型视角下〈孽海花〉的现代性书写》（江西财经大学硕士学位论文，2012 年 6 月），黄海兵和陈金章的《思维转型期的新尝试——试析〈孽海花〉对小说传统审美方式的磨合》（《莆田学院学报》，2002 年第 6 期）等。

③ 此类论文有宋莉华《传统与现代之间：从〈孽海花〉看晚清小说中的异域书写》（《文学遗产》，2008 年第 1 期），李永东《政治与情欲的双重叙事——论上海租界语境调控下的〈孽海花〉》（《中国文学研究》，2011 年第 1 期）等。

④ 论著有：杨联芬《晚清至五四：中国文学现代性的发生》"第七章 曾朴、李劼人与长篇历史小说的转型"（北京大学出版社，2003 年 11 月版）；论文有：马晓冬的《从"真事实"到"真情感"——曾朴创作观的现代转型》（《文化与诗学》，2009 年第 2 期），杨联芬《从曾朴到李劼人：中国长篇历史小说现代模式的形成》（《四川大学学报》，2003 年第 6 期），沈潜《近代社会变迁与曾朴的文化选择》（《苏州大学学报》，2008 年第 1 期），张正《论曾朴文学活动的价值取向》（扬州大学硕士学位论文，2008 年 5 月），吴舜华《试论曾朴小说创作的超越性》（《广东教育学院学报》，2009 年第 6 期）等。

了曾朴译介雨果的成绩和曾朴对雨果文艺思想的借鉴及其文艺思想自身独立的民族性特征；马晓冬从译介学文本对话视角探讨了曾氏父子通过合作译介《肉与死》参与了新文学话语场中与"革命话语"和性文学的审美取向对话，视角颇为独特，还通过比较文学和译介学的双重视角讨论了《鲁男子》对于《肉与死》在主题、语言和艺术手法上的借鉴，并指出了其创新之处；吴磊则使用了译介学术语来框定讨论曾朴翻译，稍嫌机械，论证也较浮泛①。从以上关于曾朴的翻译及其翻译与外国文学的关系看，研究选题过于集中在介绍翻译成绩上，相互重复之处较多，研究不够全面深入，仍有很大的学术拓展空间。

关于曾朴出版编辑活动的研究，除上述曾朴研究论著中专门论及的和文学史著作中捎带提及的外，其他仅有徐蒙、王建辉、曹培根等简单介绍曾朴创办、编辑"小说林"和真美善书店、杂志的情况；徐雁平和郭谦简单介绍了真美善书店及同名杂志的历史、曾朴"真、美、善"的文艺主张及其创作、翻译成绩，是常识性的介绍②。

（4）真美善书店及同名杂志以及"真美善作家群"研究。在中国现代文学史的书写中，真美善书店及同名杂志因为主流文学话语的意识形态偏见，被贴上了"资产阶级改良主义""保守""唯美主义""甚至颓废主义的色彩"（唐沅等，2010：1138）标签，其编辑人员曾朴、曾虚白父子和主要撰稿人员的文化身份也被过滤，如曾朴仅以晚清谴责小说《孽海花》的作者身份进入文学史；有些主干人员如邵洵美等被长时间遮蔽，直到近年才有作品集出版，重新"浮出历史的地表"。

目前，学界对真美善书店及同名杂志的研究，仅见苏雪林著文简介曾朴在"真美善"时期的文学主张和《鲁男子》的故事梗概，捎带论及《孽海花》和曾朴的翻译成

---

① 此类论文有钱林森的《"新旧文学交替时代的一道大桥梁"——曾朴与法国文学》（《中国文化研究》，1997年第2期），袁荻涌的《曾朴对法国文学的接受与翻译》（《贵州师范大学学报》，2001年4月），马晓冬的《不一样的"革命"——曾朴译〈九十三年〉》（《法国研究》，2009年第3期），车琳的《曾朴——中法文学交流的先行者》（《外国文学》，1998年第3期），胡蓉的《论曾朴对雨果作品的译介与接受》（《云南大学学报》，2005年第5期），陈梦的《译介雨果的第一人——〈曾朴与雨果〉之一》（《常德师范学院学报》，1999年第5期）、《曾朴与雨果》（《文艺理论与批评》，2006年第6期）、《浅论曾朴对雨果的译介》（《惠州学院学报》，2007年第4期）、《容纳外界成分，培养创造源泉——试论雨果对曾朴的创作影响》（《宁夏大学学报》，2007年第3期）、《寻求"真善美"和谐统一——曾朴与雨果的文艺思想比较》，马晓冬的《译本的选择与阐释：译者对本土文学的参与——以〈肉与死〉为中心》（《中国比较文学》，2011年第2期）和《作者与译者的对话：曾朴的〈鲁男子〉与法国小说〈肉与死〉》（《延边大学学报》，2008年第3期），吴磊的《曾朴翻译思想研究》（《常熟理工学院学报》，2008年第3期）等。

② 此类论文有：徐蒙的《曾朴的编辑出版活动》（《山东图书馆学刊》，2010年第2期），王建辉的《小说家兼出版家曾朴》（《出版广角》，2000年第11期），曹培根的《常熟近现代作家群的编辑出版与创作活动》（《常熟理工学院学报》，2007年第11期），徐雁平的《曾氏父子与真美善书店》（《编辑学刊》，1998年第3期），郭谦的《曾氏父子开真美善书店》（《世纪》，2006年第4期）。

绩和曾虚白的创作^①；时萌（1996）简单介绍过曾朴在主持真美善书店及同名杂志时期的创作、翻译和交游情况；此外，就是论及曾朴著译出版事迹和文学思想的文章，对真美善书店及同名杂志略有提及；李培德（1977：104，109）在《曾孟朴的文学旅程》一书中以 11 页的篇幅介绍了曾朴在"真美善"时期的创作与翻译，从"文学与民族认同的呼吁"和"翻译与改革中国文学"（李培德，1977：104，109）两个角度重点分析了曾朴"真、美、善"的文艺主张，未对真美善书店及同名杂志做更深入的研究介绍。

　　杨联芬等编著的《二十世纪中国文学期刊与思潮：一八九七——一九四九》较为系统地介绍了曾朴的文学主张和《真美善》杂志译介西方文学的成绩，也分析了其被遮蔽的原因，是目前学界对《真美善》杂志作为个体研究最为集中和深入的成果，但因受该书体例和篇幅所限，对真美善书店及同名杂志的研究还不够深入和细致：它没有对《真美善》杂志作全刊整体研究，没有深入展开对其编辑者曾朴、曾虚白父子的文学理想与创作实绩、翻译理念与实践、编辑思路与实际效果的对应研究，没有深入论证这个颇具向心力的"真美善作家群"的存在，没有对他们以私人文化商业资本参与中国文学现代化系统化工程的理论探索和实践效果的研究与评价，没有把他们理想化的、颇具异域情调的文化交际方式和在现实政治与商业挤压间的奋斗与挣扎作文学史层面的剖析与评价，更没有论证真美善书店及同名杂志及"真美善作家群"与 20 世纪二三十年代中国文坛其他作家群体和作家流派的生态关系，也没有涉及他们的文学现代性追求对于中国现代文学的价值与意义。

1.3　研究方法和内容

　　本书通过系统梳理、分析史料对真美善书店出版物和《真美善》杂志进行形态研究，对"真美善作家"们的文艺主张与译著实践进行比照研究，通过分析他们的往还方式和趋同性审美追求来论证"真美善作家群"这一概念的学术合理性，对他们的文艺思想和创作实绩及其与其他作家群间相互往还的文学史价值和意义进行考察，并展开影响研究。本书还将参照相关期刊、作家文集、日记、书信和回忆录，进行史料的搜集、钩沉、整理和对读，用充分的史料来支撑起符合学理的论证，并揭示他们参与

---

① 苏雪林 1979、1980 年在台湾的《畅流》杂志上发表的《真美善杂志与曾孟朴》和《曾孟朴的〈鲁男子〉及其父子的文化事业》两文。

文学变革的思路、方式、文化姿态，以及他们在历史的"当时"和文学史的"当下"的遭际，从而从文学变革的角度来审视 1930 年前后的文学在政治与商业的张力中、试图整合本土与外来文学资源，以择取新路、谋求发展的文学史价值和意义。本书围绕以下学术问题次第展开。

（1）从晚清文学与现代文学的关系角度切入研究，展现曾朴及其"真美善"文化事业的成绩，梳理曾朴及"真美善作家群"的研究历史与现状，找到本书的研究视角，并论证本书研究的学术价值。

（2）考察作为自觉的文学变革参与者、真美善书店及同名杂志的创办人、"真美善作家群"的核心人物曾朴、曾虚白父子的文学理想与实践活动。

（3）展现在 1930 年前后上海出版业兴盛、文化事业繁荣的历史背景下，曾朴、曾虚白父子以独特的文化姿态创办真美善书店及同名杂志，取得了丰硕的出版业绩，并通过《真美善》杂志系统阐发了自己的文学理想与艺术标准，确定"文学范围"以为文学变革的形式规范和审美导向。

（4）论述"真美善作家群"在曾氏父子的努力号召下聚拢起来，在竞争激烈的上海文化市场获得了自己的话语空间，形成了规律而别致的"法国风沙龙"文化生活方式和内部层级性文化交往模式，对外展现了他们的文化姿态：改革新文学，使之走向"伟大"，放弃启蒙立场，转向培育"文化的班底"，实行文学的普及，建设"群众的文学"，也喊出了"打倒"、"超越一切派"等不切实际的"狂飙"式口号。他们总体上认可其核心人物曾朴提出的"真美善"的文学口号。

（5）论述通过《真美善》杂志这一公共话语空间，曾氏父子通过"编者小言"、"读者论坛"和"文艺的邮船"等栏目展开对外话语交际，宣扬、阐发自己的文学主张，拉拢文学新人加入其"真美善"文学事业，说明杂志编辑思路，并制造"文坛佳话"。此外，他们还通过创新性栏目如"真美善俱乐部"等进行文学的推销与编读互动。他们的这种对外文学交往活动，是他们在文学的商业化和政治化两种路向之间奔突和探索的一种挣扎。

（6）通过介绍"真美善作家群"的翻译成绩，展现他们的译介倾向与偏好。通过梳理相关史料，归纳他们的翻译理论和技术探索的主要成就：翻译的标准、系统翻译论、翻译的名作经典意识、源语作家作品的择取与翻译效果的评价体系等。通过分析相关翻译文本，讨论他们翻译实践的三个主要努力方向：翻译"革命精神"与"浪漫主义"、翻译"现代性"和翻译"异国情调"。并探讨他们是如何从建设本国文学的角度出发，从哪些方面译介外国文化资源的；他们为现代文坛奉献了怎样的翻译实绩，又作出了怎样的翻译理论建构。

最后，本书在 20 世纪中国文学的学术视野中，从文艺主张、文学理想、组织方式、与主流文坛的关系和最终命运等方面，来思考、总结真美善书店及同名杂志与"真美善作家群"作为 1930 年前后参与中国文学现代化建设的诸多文艺团体和流派的一支，所表现出来的典型意义和文学史价值。

第 2 章　曾朴、曾虚白父子的文学理想与实践

　　和所有在西方强大的现代化面前感到焦虑的近现代中国知识分子一样，曾朴也对民族国家文化的现代化建构充满了希望与构想，无论是在沉浮宦海的时候、赋闲在家的时候，还是在经营文化出版事业的时候，他都没有停止过关于如何从政治制度层面和精神文化层面建构民族国家的思考。曾朴译介外国文学以促进中国文学现代化转型的文化变革主张，始自他跟随陈季同研习法国文学时期，经创办"小说林"社，直至创办真美善书店及同名杂志时，他一直未改初衷。虽然这前后他对于文学寄予的希望有所不同[①]，但他对待文学的态度始终是严肃认真的，他视文学为生命、为宗教[②]。因此，当曾氏父子通过创办真美善书店及同名杂志在上海占据了公共文化空间一角时，他们就在刊物上不遗余力地宣传其文化主张。我们仅从曾朴在《真美善》杂志第 1 卷上讨论翻译西洋文学的必要性、迫切性和讨论译介方式方法的文章中，就能感觉到他强烈的文化改革的紧迫感和使命感。所以，当这位有思想、有智慧、有丰富的人生阅历、有复兴民族国家的强烈愿望、有丰富的中外文化／文学修养、有与时俱进的文化观念的作家加入到新文学阵营，并根据自己的观察提出改革文学的主张时，他表现出了"有备而来"的自信和希望能够担当新旧文学、中西文学沟通者的文化抱负。

　　与活跃在 20 世纪二三十年代上海滩的诸多小型出版机构、文艺期刊一样，真美善书店及同名杂志的创办，是其主持者曾朴、曾虚白父子为了实现自己的文化理想和艺术追求，在黑暗的社会政治环境和屡弱纷乱的民族文化氛围中，在业已"众声喧哗"的上海公共话语空间中寻找自己的发声渠道而作出的媒介选择，是曾朴、曾虚白父子作为作家、翻译家和出版家文化身份的物质基础。

---

　　① 在前"真美善"时期，曾朴希望借外国文学作品所"夹带"的近代民主思想来促进中国社会一般民众民主政治意识的觉醒；在"真美善"时期，他更多地期待以外国文学的审美精神来改变中国文学"积贫积弱"的状况，建设利于文学、文化普及的"群众的文学"，从而促进民族文化的复兴与优化。

　　②"我不但信任文学的高尚，我看着文学，就是我的生命，就是我的宗教，只希望将来文坛上，提得到我的名，就是我最后的荣誉。"（病夫，1927a）

2.1 "匡时治国"：文学的除旧布新与外国文学的有意译介

　　曾朴的文学理想和开放的文化姿态，得益于他从晚清到 1930 年前后间丰富多彩的文化活动经验积累和他近 30 年如一日地坚持系统地研读法国语言文学所得。

　　曾朴最早的文学编辑、出版活动始于"与丁芝孙（初我）合编《女子世界》"[①]（时萌，1982：26），并参与该刊前 17 期的编务。1904 年 8 月，曾朴有感于"那时社会上一般的心理，轻蔑小说的态度确是减了，对着外国文学整个的统系，依然一片模糊。我就纠合了几个朋友，合资创办了小说林和宏文馆书店；在初意原想顺应潮流，先就小说上做成个有统系的译述"（病夫，1928a）。在此前的 1898 年，他经江灵鹣[②]介绍认识了法国文学专家陈季同先生，在其指导下系统研读法国文学，并"因此发了文学狂，昼夜不眠，弄成了一场大病，一病就病了五年"（病夫，1928a）。从时间上算来，创办"小说林"社和参编《女子世界》时，正在曾朴"文学狂"病愈，踌躇满志要在文学上一展身手的时候。事实上，创办于 1907 年初的《小说林》杂志也确实被曾朴及其同志办成了清末四大小说名刊之一。可以说，"小说林"社和《小说林》杂志是曾朴投资出版事业的一个重要里程碑，是他与常熟乡友精诚合作的结晶，为他此后的文学创作、翻译和出版编辑活动积累了一定的经验。但是从"小说林"社的出版物和《小说林》杂志的版面来看，"小说林"时代的曾朴在期刊编辑上并没有太用心，而只是作为一个有文学抱负的发起人和大股东之一[③]，将编务托付黄人（摩西）、徐念慈和丁初我等人，虽自任总理，但却不善经营，"自己又卷入社会活动的潮流里，无暇动笔，竟未到达目的，事业就失败了"（病夫，1928a）。在此期间，曾朴仅在"小说林"社出版著译 3 种，在《小说林》杂志上续写连载《孽海花》第 21~25 回、诗文 13 种[④]。

---

　　① "该刊由常熟女子世界社编，曾、丁两人负责实际编务，由上海大同书局发行，于光绪二十九年腊月创刊，每月一回，朔日发行。"（时萌，1982：26）另据徐蒙："从版权页上看，从第九期开始，该杂志由小说林社发行。……《女子世界》前十七期由丁祖荫和曾朴主编。"（徐蒙，2010：63）

　　② 关于曾朴与陈季同相识的介绍人，曾虚白在《曾孟朴先生年谱》中说："林登阁在沪时给先生介绍了一位深通法国文学的朋友，名叫陈季同。"（而据曾朴在《复胡适的信》中讲："直到戊戌变法的那年，我和江灵鹣先生在上海浪游。有一天，他替谭复生先生饯行北上，请我作陪，座客中有个陈季同将军……精熟法国文学，他替我们介绍了。"（病夫，1928）此处依曾朴之说。

　　③ 据曾虚白："先生真切地认识了小说在文学上的特殊地位，因此想要打破一般学者轻视小说的心理，纠集同志，创立一家书店，专以发行小说为目的，就命名叫小说林。邑中同志如丁芝孙，徐念慈，朱远生等皆踊跃投资，……先生自认总理，由徐念慈任编辑，出版小说林月刊。"（虚白，1935a）

　　④ 具体可参看"附录二曾朴著译篇目考录"。

可以说，尽管曾朴此时的志向还有些游移不定，经商心不在焉、导致蚀本关张，著译成绩也很有限，经营着书店、杂志却又"张望"着社会政治活动，甚至在一段时间里，对政治的热心超过了对文艺的热爱，更超过了对其投入书店的股本的关心①，以至于在"小说林"书店关张之后不久，他便投身清末民初的社会政治运动，去做一个清醒的"政治入世者"了。

然而，在20年后的1927年，在政治上一直竭力争取地方自治、扶持教育、护息民生的曾朴，因为军阀的跋扈而挂冠辞职。经在常熟故居虚霩园短暂休养后，他又"重整河山待后生"：以自己仕宦20余年的积累，办一家文艺书店，让长子曾虚白全权负责经营。现在，这位在清末以《孽海花》名世、而今的"政治出世者"、这位"时代消磨了色彩的老文人，还想蹒跚地攀登崭新的文坛"（病夫，1928a）。曾朴这次在文学著译、出版上的"入世"之举，是他编辑出版生涯的第二次大动作，也是他放弃了对政治和商业成功的企望，试图在经济和文艺上全心努力于文学著译和出版编辑事业的一次最后的总爆发。曾朴在法国语言文学系统阅读和研究上的积累，在出版、编辑和发行等方面的地域性乡友人脉资源的积累，在出版资本和文化从业经验上的积累，及其长子曾虚白在上海圣约翰大学的英法文教育准备与《庸报》报媒从业经验积累，加上他要将丰富的人生体验投射到文学著译上的审美诉求等，都为他这次文艺的、审美的总爆发做好了充分的准备。而此时，南方文化中心城市上海，在文化产业从业人员、传媒手段、文艺观念、社团组织以及可资镜鉴的外国异质文化生态环境②等方面的日臻成熟，都为曾朴的这次"文艺入世"提供了适宜的外部环境。

据《复胡适的信》和《曾孟朴先生年谱》记载，曾朴在前"真美善"时期的法国语言文学研习大致经历了四个阶段。在这四个不同的人生阶段，他在无意间为他晚年的"真美善"文学事业做好了物质与精神方面的种种准备。

1895年秋天，24岁的曾朴，"由俞又莱先生的介绍，报名入学"同文馆法文班学习，因为"法文却是外交折冲必要的文字"（虚白，1935a）。曾朴当时立意研习法文的目的还是很功利地想要做官，谋为国办外交的职位。所以，修习很认真，用"八个月的光阴……做成了我一个人法文的基础。……自始至终，学一点是一点，没有抛弃，拼音是熟了，文法是略懂些了。于是离了师傅，硬读文法，强记字典，这种枯燥无味

---

① 曾朴开办小说林社一方面是由于对文艺的热爱，另一方面也是因为在上海投资经营丝业的失败，于彷徨无措间选择了投资小说林和宏文馆。

② 主要是指租界尤其是法租界的异域文化生态，他们可以寄居其间，亲炙种种"异域情调"，并将其形诸笔端，形象地再现。

的工作，足足做了三年"（病夫，1928a）。曾朴此时学习法语已基本失去原来的目标，因为他谋总理衙门职未得，但他仍能够在没有明确现实功利性学习目标、没有老师辅导、没有同学交流、没有外语学习所必需的语言环境，也没有现代外语学习者所需要的语言复读训练设备的情况下，持之以恒地坚持进行三年"盲人摸象式"的法语学习，实属不易。这大概可以说明两个问题：其一，曾朴认识到了法语的重要性，这种认识是出于政治目的还是文学考量已不重要，重要的是曾朴已被法国文化的浪漫气质和法国革命的汹涌澎湃所深深地吸引了；其二，曾朴是一个有恒心、有抱持、愿意为实现理想坚持付出的文化实干主义者。这个时期，在文艺上，曾朴主要是创作了一些旧体诗词，他的法文阅读尚处于基础阶段，也未对他的文学创作和文学思想产生明显影响，这是他为从政谋职而努力养成法文基础的阶段。

1898 年，自认识了精通法国文学的陈季同将军后，曾朴就"天天不断去请教，他也娓娓不倦的指示我；……又指点我法译本的意西英德各国的作家名著；我因此沟通了巴黎几家书店，在三四年里，读了不少法国的文哲学书"（病夫，1928a）。在既有法国语言学习积累的基础上，陈季同的指导让"有准备的"曾朴明白了法国文学体系的博大和文体的丰富多样，进行了初步的中法文学的比较阅读与研究，还阅读了法译本的"意西英德各国的作家名著"，了解到了不同于中国古典文学传统的西方文学的历史谱系、文艺与哲学理论体系和经典作家作品。此时的曾朴，因为听陈季同转述法郎士关于"总而言之，支那的文学是不堪的"（病夫，1928a）的评价而深受刺激，发了"文学狂"，昼夜不息地研读法国文学。这是曾朴痴迷、浸淫于法国文学的艺术魅力之中不能自拔的阶段，也是他在无意间为他日后创办真美善书店及同名杂志，团结聚拢"真美善作家群"，译介西洋文学做好了系统的文艺知识储备。因此，在真美善书店及同名杂志创立之初，他才可以在《编者的一点小意见》里提出切合中国实际的、融合中西文学优势又颇具操作性和名作经典意识的、移译西方文学以为中国文学现代化建设镜鉴的文化改革思路，并能在宏观层面上提出远期目标，在微观层面上提出渐进的、对文坛不良倾向防微杜渐的文学改革与建设的技术策略。

在这一时期，他与友人创办"小说林"社，接手改续写《孽海花》，尝试译介反映社会政治题材的法国经典文学名著《影之花》[①]和《马哥王后佚史》[②]等，并作《大仲马传》[③]。此前在陈季同指导下系统研习法国文学经典作品的阅读经验与理论提升，

① 该书系法国嘉绿傅兰仪著，竞雄女史译意，东亚病夫润词，小说林社，1905 年农历六月出版。
② 第一卷第 1、2 节在《小说林》第 11、12 期连载，后因刊物停刊，于 1908 年在小说林社出版单行本。
③ 刊于《小说林》第 5 期。

使曾朴在此时已经获得了不同于其同时代一般知识者的艺术审美眼光和创造力。他开始以阅读所得的审美经验为镜鉴来审视中国文学的传统和现实，并试图以这种审美经验来指导自己的文学创作。《孽海花》便是他运用西洋文学经验和叙事策略来表现中国艺术形象和东方叙事情感的成功文本例证，而《孽海花》的成功恰恰又是曾朴深刻悟得西洋文学审美经验、并成功获得自如地运用这种艺术表现功力来呈现东方社会文化生态的例证。这是曾朴窥到法国文学的堂奥而系统研读法国文学经典名著并开始译介事业的阶段。

自 1909 年"先生入两江总督端方幕，任财政文案"（时萌，1982：31），至 1926 年"九月，先生反对孙传芳加征亩捐，未果，称病请辞，与陈陶遗并去职"（时萌，1982：45-46），是曾朴长达近 20 年浮沉宦海的从政生涯。在此期间，曾朴在 1919 年"遣次子耀仲赴德学医。发奋研究法国文学，嘱次子在欧大购法国文学书籍，始编法国文学大纲"（时萌，1982：41）。关于此事，曾虚白曾回忆说："二弟留学德国时期给他以不满美金一千元的廉价拍卖购下一套整个私人图书馆将近千册，全是法国文学名家一部一部的皮面精装全集，因此他研究兴趣之高已达沸点，当然我也跟着他发狂了"（曾虚白，1988：86）。这近千册法文原版图书，再加上他在追随陈季同研习法文时，"沟通了巴黎几家书店"所购得的图书，到办真美善书店及同名杂志时，"家里私藏的法国文学书，约近二千种"（张若谷，1929a：22），这是曾朴为他的"真美善"文化事业进行的图书资源积累。此外，在人力资源的准备方面，他对长子曾虚白悉心培养，"他积累二十九年研究法国文学修养的指导给我对文学研究容易登堂入室的许多便利。在我文学研究的法国部分，他不久就由导师而转变成我同窗研习的伙伴"（曾虚白，1988：89）。

这一时期，曾朴在官场上为实现自己的政治理想前后奔扑。只不过，他的政治理想已从原来的为国家"外交折冲"变为运动地方自治以期实现民治、扶助地方教育以求开启民智、护息民财民力以确保民生。在文艺研究上，他研习西洋文学的内容和目的也已发生重大转变。早在 1895 年，"在国事蜩螗，丧师割地的这年头"，"先生目睹外侮之日急，这时候就觉悟到中国文化需要一次除旧更新的大变革，更看透了固步自封的不足以救国，而研究西洋文化实为匡时治国的要图"（虚白，1935a：109）。到了 1927 年，曾朴则志在"改革文学"了，从直接的"经世致用"、服务现实，转而变为以文学"化育"、开启民智——"以文化人"——的精神文化建设了，他翻译西洋文艺作品的重心也慢慢从政治革命意味浓厚的小说，如《九十三年》①，转向审美革命（指法国浪漫

---

① 嚣俄著，东亚病夫译《九十三年》，有正书局于 1913 年出版，封面题为"法国革命小说九十三年"，正文题为"法国革命外史九十三年"。

派对古典派的反动）意味浓厚的嚣俄（今译雨果）戏剧《银瓶怨》①、《枭欤》②、《吕伯兰》③、《欧那尼》④和穆里哀的《夫人学堂》⑤。需要注意的是，他的热衷于译介嚣俄，是"因为他在嚣俄的作品中找到了自己。嚣俄在他作品里充满了不满腐败昏暗的现实社会，要挥其如椽之笔发动文学与政治双轨齐下的革命。这正是父亲一生努力的目标，……父亲最先译的是嚣俄以法国革命为背景的名著小说《九十三年》。……嚣俄戏剧是挣脱古典戏剧规模束缚的革命运动，在法国文学史上发生了翻江倒海的作用。父亲这样努力译介它也有在中国文艺界发生同样影响的企图"（曾虚白，1988：88）。由此可见，此时的曾朴，因为身在现实政治的旋流之中，对社会现实的黑暗腐败有着深刻的亲身体验，这种"人在江湖，身不由己"的人生体验恰恰是一种对常人无法言说的内心挣扎与精神苦闷，而曾朴的个人精神气质又是偏好文艺且敏锐多感的。因此，本就是晚清小说名手、有将个人经验诉诸文学的艺术表现手腕的他，在个人遭际和经见与自己的西洋文艺作品阅读经验和感受相互激发时，在他通过审美阅读在精神世界里与来自异域的文化知己不期而遇时，他不禁产生了要将这种——对国人而言，在政治上熟悉、在审美和表现方式上陌生的——文学作品介之于国人的强烈愿望，便拿起沟通中西文学的"如椽之笔"开始了他的翻译事业。这时的曾朴，已经由关注和参与政治革命转而变为关注并参加甚至希望能主导现代中国文化／文学革命的历史进程了。这一时期，是他浮沉官场却坚守文艺并开始翻译事业的人生阶段。

2.2　"改革文学"：现代中国文学的全面革新与开放包容

曾氏父子是主张"改革文学"的，这一点在 1927 年 11 月 1 日《真美善》创刊号上《编者的一点小意见》一文中讲得很清楚。然而此时，新文化运动已经进行 10 年了，这时候提倡"改革文学"会不会被人讥为"马后炮"？会不会被新文学界目为落伍的"呐喊"？实际上，曾朴在 1927 年创办真美善书店及同名杂志时，新文学界的确是把他作为一位"文学老人"⑥来看待的，他也自称是"时代消磨了色彩的老文人"

---

① 嚣俄著，东亚病夫译的《银瓶怨》，在《小说月报》1914 年第 5 卷第 1～4 期连载。1930 年 4 月，改名为《项日乐》在真美善书店出版。

② 嚣俄著，东亚病夫编译《枭欤》，有正书局于 1916 年出版。1927 年 9 月，改名为《吕克兰斯鲍夏》在真美善书店出版。

③ 嚣俄著，曾朴译《吕伯兰》，在《学衡》于 1924 年第 36～37 期连载。1927 年 9 月，在真美善书店同名出版。

④ 嚣俄著，东亚病夫译的《欧那尼》1927 年 9 月在真美善书店出版。

⑤ 嚣俄著，东亚病夫译的《夫人学堂》1927 年 9 月在真美善书店出版。

⑥ "先生独办弘大誓愿，……即此弘大誓愿已足令我们一般少年人惭愧汗下。"此处胡适以"少年人"自处，实际上有尊曾朴为文坛前辈的意思，也有以"新文学先锋"自居的意思，毕竟二三十年代的文坛，是以新为尊的。（胡适，1928）

（病夫，1928a），"年代消磨了他的声音和颜色"（病夫，1928b），那么曾朴自己在内心深处是如何看待自己晚清名小说家的文化身份的呢？事实上，曾朴是不以自己的《孽海花》为"旧"的，他不赞同胡适将《孽海花》与《儒林外史》等量齐观，并进行了辩驳（病夫，1928c），而他用来辩驳的理论支点，就是自己在《孽海花》里所表现出来的叙事结构和叙事精神上的创新。对于这些创新，曾朴在创作之初或许未曾意识到，但当他系统研读、译介了法国文学作品，尤其是浪漫派的历史小说如《马哥王后佚史》和《九十三年》等后，才恍然自觉，找到了为自己辩护的理论落脚点。曾朴的这种文学创新和他在阅读中与异域文学叙事新方式的"偶遇"，使他体验到了外国文学在叙事精神、叙事方法、审美伦理上的"陌生化"所带来的阅读快感，而他在文本中遇到的新精神、新道德和新的社会政治秩序等，却是他在黑暗的现实世界中所苦苦追寻的。当时国内的现实政治和军阀统治的黑暗，让他彻底绝望。因此，曾朴改变了努力的方向，选择了用文艺来寄托人生理想，用文艺的方式来实现其人生抱负。

那么，曾朴为什么要提出"改革文学"呢？首先，我们应该承认，曾朴的这个口号是对新文化运动的一种呼应。但是，曾朴还是发现了新文学存在的诸般问题和缺陷，对新文学的成绩不满意。他在《真美善》杂志创刊号《编者的一点小意见》里说："这杂志是主张改革文学的，不是替旧文学操选政或传宣的。"（病夫，1927b）那么，该如何改革文学呢？"凡文学的革新，最先着手的，总是语言文字。……就是中国新文学的勃兴，起点也是文言白话的论战，到了现在，差不多白话已占了优势。"（病夫，1927b）可是，在"文言白话的论战"中"占了优势"的"白话"文学是不是就已经令曾朴满意了呢？不然。

首先，曾朴发现"现代文学革新里的一个歧途"——"改去难解的文言换了个难解的白话"[①]，茅盾称之为"太文言化的白话"（茅盾，1928）。对此，他提出要"在作品或译品的用语上，第一注意须求普遍的了解，不但叫会读的读了都懂，并且要叫不会读的听了都懂，……我们现在也该把白居易做诗的标准，来做我们文学作品的标准"（病夫，1927b）。

曾朴指出，"中国近来新文化的运动，不能说不烂熳，可惜只顾癫狂似的模仿外

[①] "若然面子上算改了白话，底子里还是噜苏疙瘩，诘屈聱牙，研究过新文学的人能懂，没研究过的就不能懂，会外国文的人还可勉强看得下，不会的只好付之一叹，不管它是有意矜奇立异，或是无心辞不达意，但打总说，是改去难解的文言换了个难解的白话，打到了旧贵族式，另造了一个新贵族式，把改革白话的本意抛荒了，虽然现代的作品，明白晓畅的佳作也很丰富，然照我说的样子还不少，这实在是现代文学革新里的一个歧途。"（病夫，1927b）

人，不知不觉忘了自己。……尤其是语体的改变，放着说惯的语言秩序不用，偏要颠颠倒倒学着人家的语法，叫做欧化文字。"（病夫，1927b）尽管曾朴始终提倡译介学习西方文学，但他认为要借鉴有度，对西方文学的语言表达方式要模仿，然后化而为我所用，反对过度欧化。对此，他提出"我们主张改革文学，第一要发扬自己的国性，尊重自己的语言文字，在自己的语言文字里，改造中国国性的新文学"（病夫，1927b）。对于影响甚至阻碍作家传递信息的"太欧化或太文言化的白话"，茅盾也曾提出过类似的解决方案："不要太欧化，不要多用新术语，不要太多了象征色彩，不要从正面说教似的宣传新思想。"（茅盾，1928）

其次，在创作方面，曾朴认为："长篇小说——现在的名为长篇，实不过是中篇——没有见过诗剧，散文剧，叙事诗，批评，书翰，游记等，很少成功之作。我们在这新辟的文艺之园里巡游了一周，敢说一句话，精致的作品是发见了，只缺少了伟大。"（病夫，1928a）曾朴认为导致这种状况的原因是"懒惰"和"欲速"，是因为新文学界对于文学翻译不够重视，没有通过翻译及时为新文学的发展提供可资镜鉴的域外文学文本资源。曾朴批评了这种现象，并获得了胡适的认同："一开手，便轻蔑了翻译，全力提倡创作。从新文化运动后，译事反不如了旧文学时期，无怪您要诧怪重要些作品，都被老一辈人译了。"（病夫，1928a）有鉴于此，曾朴提出，要注重翻译事业，进行有"统系"的翻译，并要"定出一个文学上翻译的总标准"（病夫，1928a）。可见，曾朴的文化建设思路是较全面的，主张以翻译带动创作，他还提出了文学的健康发展需要公允、客观、"正当"的文学批评和合格的批评家的培养。

从曾朴在《真美善》杂志第 1 卷第 1 号、12 号上发表的两篇系统阐述其文学主张的文章来看，他批评的矛头直指"新文学"，他所要改革的"文学"，并非指中国传统文学，即所谓"旧文学"，而是已经进行了 10 年"文学革命"的"新文学"。他指出了新文学的不足，并结合自己的文学创作经验和系统阅读、研究外国文学的经验，提出了应该系统译介西方文学，让国人学习其先进的精神内核和形式审美，并结合我们的民族文学风格，从形式到内容全面革新，以改革并创造崭新的、现代化的中国新文学，促使其系统、有序、健康地步入现代化的世界文学之林。而这也正是曾朴作为"真美善作家群"领袖人物的文化姿态。而且，他还有一个毕业于上海圣约翰大学、专修英国语言文学 6 年，且有着新闻采编和报媒从业经验的长子曾虚白从旁协助。

曾虚白在协助曾朴办真美善书店及《真美善》杂志之前，虽已有新闻报道与时事评论文章的撰写经验，但并无多少文艺创作经验。然而，从他在真美善书店出版的著译文集和在《真美善》杂志上发表的创作和批评文章来看，他在创作和批评方面进入状态的速度还是很快的，而且他的批评文章最能展现他此时的文化姿态。

和曾朴一样，曾虚白也对新文学的既有成绩感到不满意。他曾花"一个月把文艺出版物澈底的盘查过一次"（虚白，1928a），所得的调查结果，使他看到新文学10年发展的"贫"与"弱"："贫"即"发行者的'贫'和著作者的'贫'"（虚白，1928a），作家队伍和出版机构少得可怜，且不团结；"弱"指"出版物的销数"低，即读者群的培养没有跟上。据曾虚白分析，读者群"弱"的原因主要有两个：其一，教育不普及，能识字阅读者少，加之我们的老大民族"受了几千年礼教的束缚，把精神上的感应性慢慢变成了麻木"，即使有阅读能力者，对于读物，"他们的要求就只想刺激下子疲惫的神经，在幻想里换一换单调的生活，还有一大部分只求在茶余酒后添一些闲谈的资料；所以他们对于读物的态度不愿有深入的欣赏，只愿浮光掠影般在表面盘旋下子"（虚白，1928a）。这是导致新文学读者群和刊物发行量低的外在的、客观的历史和社会原因，是一种外在于新文学界的不利因素。对此，曾虚白要"问责"于新文学的是它不能够引起读者普遍的"兴会"，不能引起读者的兴趣，没有做到"重门洞开，放着大路上夹夹杂杂的群众，大家来了解，大家来享乐，大家来印感"（病夫，1927b），因此，也就不是"真的平民文学，真的群众文学，真的'艺术为人生'的文学"（病夫，1927b）。很明显，这是曾虚白对曾朴提出的改革白话以建设"群众的文学"主张的一种呼应。新文学出版物在第一个十年间的销量与"小报""剑侠传"之类的销量相比，就说明了新文学在大众读者中的影响不高。其二，新文艺界与读者群相互孤立，没有形成一种有效的"作者—作品—读者"呼应、互动机制，导致新文学作品不能有效地进入普通读者的阅读接受视野。对此，曾虚白批评的不是新文学的启蒙立场，相反，他肯定了"启蒙"初期筚路蓝缕的艰难[1]，却批评了启蒙者文化姿态的过于高傲和不切实际[2]以及内部无意义论争的内耗[3]，给出了关于如何通过文学来启迪、引导民

---

[1] "现在你们新文艺作家忽然跳出来要把他们不会知不愿知的东西揭开来给他们看，让他们认识挟着自己漂泊的人生，让他们赏欣可以减少激荡的痛苦的艺术。这当然不是一椿容易见效的工作，因为你们要彻底改革他们的人生观，要他们舍弃对于一切的麻木性，脱掉堆满了尘土染满了泥污的旧衣，换上一件光采四射的新袍。因为习惯上，遗传上的关系，在你们努力的初期，这种新奇的贡献的不能够使他们接受本来也是意料中的事情。"（虚白，1928a）

[2] "你们的世界容积太小的，挂的太高了，你们的一切举动有多少人理会呢？这派是真理，那派是屁，在四万万人群的大海里不过是浮在水面上的芥菜子面子上一些儿变化吧？我不客气地要说你们是在午梦中做着蚂蚁国里的驸马爷而已！这叫旁观人看了够多么可笑呀！"（虚白，1928a）

[3] "然而，踏进这小世界去看，却居然是个世界！总共不过百十来个作者，也是五花八门的分出了数不清的派别，这一派说那一派是时代的落伍者，那一派说这一派是读者的唾弃者：我说我是潮流的先导，你说你是民众的呼号，一个个高兴采烈地把有用的精力在攻击，颂扬上彼此对销掉的不知有多少。"（虚白，1928a）

众进步的建议①，即放下启蒙者高傲的身姿，停止无谓的争执，通过切实的著译努力，来创造"群众的文学"。对曾虚白所分析批评的新文学的这些缺陷，茅盾也表达过类似的看法："我们应该承认：六七年来的'新文艺'运动虽然产生了若干作品，然而并未走进群众里去，还只是青年学生的读物；因为'新文艺'没有广大的群众基础为地盘，所以六七年来不能长成为推动社会的势力。"（茅盾，1928：1145）

此外，作为对茅盾《从牯岭到东京》一文的呼应、批评和补充，曾虚白发表了《文艺的新路——读了茅盾的〈从牯岭到东京〉之后》一文，阐述了他的文艺观念，他认为："文艺是没有时间性也没有阶级性的一个整个，不论它为的是人生或为的是艺术，永远是一个拆不开的整个，决不能给人家鸡零狗碎地切成了片段来供给某一时代或某一部分人所独享。……文艺不是一件工具……凡要硬给文艺规定某种目标的举动，是错认了文艺，不，简直侮蔑了文艺。"（虚白，1928b）他承认文艺的目的性，但反对文艺的阶级性和工具论，反对人为地把文艺分段切割或沦为某一个阶级／阶层的话语工具，这是对当时文坛上过分功利化的文艺观念的一种反动，是整个"真美善作家群"较为趋同的文艺价值观，与邵洵美提出的"我们要打倒有时代观念的工具的文艺，我们要示人们以真正的文艺"（邵洵美，2008：53）的"文学宣言"何其相似！那么，如何实现文艺的"去阶级化""去工具化""去时代化"呢？也就是说，文艺应当如何实现其自在的发展呢？曾虚白提出："我们以为文艺决没有一条共同的道路，每个作家各有他最适合的路径。现在，我们该提倡的是要叫一切作家去找寻他们发展'自我'的路径，不能指定了一条路叫一切作家都跟着我们走。……一切阶级表现一切阶级，每个作家找寻自己的新路。"由此可见，曾虚白认识到，文艺生产是非常个人化、个性化的精神生产，是不能搞集群化调控，不能强制进行人为的规约，并且还暗含着文学生态应该多元共生、求同存异的意味，即文学艺术的各形态各流派可以、而且应该互不压制、自由竞争。如果联想到中国现当代文学史上文学与意识形态斗争的种种，我们就不难理解曾虚白的这种文艺主张对于文艺自由发展的追求的合理性。虽然他的这种诉求过于理想化，甚至永远都不可能真正实现，但是如果把它放置到 20 世纪 30 年代的上海文化氛围中，虽会惹来左翼作家们的嘲讽，却又并非全无现实意义的"呐喊"，毕竟他还有部分地实现其理想的相对宽松的文化环境，而这也正是真美善书店

---

① "我希望你们肯一个个跳出这自己高傲性搭就的小世界去做民众的先导，诚恳地请求你们不要再藏在这个小世界里搭着尊王攘夷的架子，自称自赞的算民众的领导。你要民众跟着你，先得引起他们了解你的兴会；你要创出新潮流，先得给予民众一种新的认识。请你们收起一切"骂人的艺术"，藏起了响遏行云的高嗓子，大家埋下头来做一番切实的功夫吧。"（虚白，1928a）

及其同名杂志文化姿态开放、包容的一个重要原因。

可以说，曾氏父子的文学改革策略，是号召"改革新文学"，放弃启蒙者的姿态，选择文学普及者身份的一种开放包容的文化姿态。他们的文学普及者的文化姿态主要体现在他们在"真美善"事业时期的外国文学译介成绩、创作成绩和关于文学翻译、创作的理论思考上。

2.3 "父传子承"：地域文化熏陶与家学体统影响

曾朴、曾虚白父子对于文学事业的热爱和坚持，对于文学于家国社会的作用的认识，是与其生长、浸淫其间的常熟地域文化氛围，以及浓郁的家族文化传统密不可分的。

曾氏父子出生在"文学化洽而人才汇出。是固江南名区"的江苏常熟。"文风绵延三四千年……到了清代，常熟文风更见发扬"（曾虚白，1988：2）。文风兴盛为常熟造成了郁郁不断的文气和重视文化教育的民风传统。我们知道，中国古代教育受科举制度偏重"诗文取士"的影响，在客观上造成了中国古代士人颇具文化审美意趣的诗人气质和隐藏在诗文里的胸怀家国天下的情怀。到了晚清，中华帝国的衰落在西方现代化的崛起面前，显得滞重、苍凉，我们一直以来引以为豪的中华文化也在西方现代科技文明、制度文明和文化繁盛面前，显得破败老气，又透出一种拿腔作势的顽固与滑稽。清末科举制度的废除，彻底终结了传统读书人求取功名的锦绣前程路，也让很多人觉悟到中国传统文化的落时。在国家落后、被动挨打的残酷现实面前，那些怀抱家国天下的读书人，面临着要在新时代语境下作出新的文化抉择的尴尬与无奈。那些求新求变的知识者，选择了从不同角度去了解、吸收和借鉴西方的现代化。学界关于晚清知识界对西方文明在"器物—制度—文化"三个不同层面的学习借鉴，给我们呈现的实际上都是一种对于西方现代化／现代性的追求。虽然，这三个层面的"现代化"都是当时国人需要学习的，但企望"毕国族复兴大功于一役"的急功近利，让近现代中国先进知识分子在现代化的探索之路上，不断自我否定并否定那些异己的文化思想。然而，在晚清王朝对整个社会政治、文化控制不断降低的情况下，原本统驭知识者思想的主流意识形态体系崩坍，不同思想文化流派间又无力完全否定"异己"的变革主张、独尊一家，这就造成了社会文化的多样与繁丰。那些饱读诗书却报国无门、那些感时忧国却无能为力的知识者们，失去了用其诗文学养博取功名的前路，就沦落到了在纸上经营自己的"匡时治国"之梦。越是文气浓郁的地方,知识者的反思能力越是能造成有变革意识的文化团体和文化会社。常熟知识者在晚清由追慕科考功名的读书人集体"华丽转身"为追求国族富强的"文化革命者"、颇有现代性追求的作家、出版家和翻译家,这是他们在时代巨变面前自觉进行的文化转型。这种转型虽有其历史的无奈,但在客观上却是积极而伟大的。晚清时期,在洋场上海集体崛起的常熟/虞山作家群,是中国传统文化人奋起追求文化现代化的杰出代表,他们活跃在近代文坛上,通过自己的文化出版编辑和文学著译活动,在精神文化领域苦心经营着其"匡时济世"的事业。"常熟曾朴"就是其中的杰出代表。

　　"常熟文风之盛,主要原因还是因为它的经济环境的富裕"(曾虚白,1988:5)。常熟的经济富庶,培育了稳定的"士阶层",即"诗书传家"的论学从政的江南大地主阶层。这些有钱有闲的读书地主阶层使常熟地方成为"明清以来中国私家藏书和出版中心地之一,形成出版藏书流派——常熟派,融藏书、出版、编纂、著述活动与一体"(曾培根,2007)。曾氏父子便生在这样的家庭里,"我们家,世代是读书人"(曾虚白,1988:8),"曾家,是四大望族之一,可以说是士阶层的魁首"(曾虚白,1988:9)。曾家世代积累的财富、家学体统和在常熟上层知识阶层的人脉资源,都为"禀赋是与生俱来的浪漫主义者,也就是与生俱来的除旧更新的革命斗士"(曾虚白,1988:15)曾朴在进行文化出版事业募集股本和号召文艺同好时提供了地域文化的便利。在近代资本主义萌芽发展较充分的江南地区,地主家庭思想相对开放,入仕者"怀抱家国",退隐者"归耕课读",不能或不愿入仕者则一般会选择投资经商一途来实现个人价值及其家族财富的增长。常熟地方文气的郁勃、教育的相对普及、文人的著书立说与传播知识,以及世家的藏书风气等,都促进了常熟的富有"士阶层"携带商业资本进入图书编辑、出版和发行行业,从而促进了常熟地方近现代出版编辑人才和作家群的诞生。从曾朴屡求入仕不得、退而经商的经历看,曾家作为常熟"士阶层的魁首",正是这种家族经济经营模式的典型代表。常熟曾家在地方上是"领袖阶层",在培养后代的时候也总是有意识地培养他们"领导群伦,服务社会"(曾虚白,1988:15)的能力与涵养,曾君表对曾朴是如是要求,曾朴对曾虚白也是如是要求。这种家学传统,甚至让曾家后代都养成了一种人格锻炼的自觉:"应该跳进社会里,抱着不满现实,发奋革新的精神,来做一个领导群伦,服务社会的有用读书人。"(曾虚白,1988:26)这样,我们就不难理解曾朴在募集股本筹备创办"小说林"社时,那些常熟的文坛麟角们何以能积极响应,并迅速集结在曾朴麾下,也就能够理解他们要通过译介西洋文学名著来改造中国社会的远大抱负,并能将其办成晚清四大小说名刊之一了;这样,我们也就不难理解曾朴在"真美善"时代何以能够毅然决然以仕宦 20 余年的积俸 10 万大洋、以父子二人之力要号召新文艺界奋起，通过译介外国文学来改变中国新文坛的"贫"与"弱"，以图光大中国文学，革新中国文化，使民族雄起，国家富强了。通俗一点讲，他们有这笔"闲"钱，"玩"得起，更重要的是，他们有一种浸淫在家族骨子里的自信与抱负，有"领导群伦，服务社会"的家学体统！所以，他们必然会选择"振臂一呼"，必然会采用"挥斥方遒、指点江山"的方式来号召文艺同好，下文会讨论到体现曾氏父子这种抱负的三篇文章：病夫的《编者的一点小意见》、《复王石樵、黄序庞、愿羲的信》和虚白的《给全国新文艺作者一封公开的信》。在这三封信里，我们可以看到，病夫的谦逊里透漏着看似矛盾的焦虑与自信，曾虚白则直指文坛弊病，揭批毫不留情。可以说，曾氏父子是怀着要做文坛领袖的自信开始他们的"真美善"文化出版事业的。在他们看来，股本的多少不是事业成败的决定性因素，文艺修养程度的高低才是最关键的，而这也决定了他们的努力在文学已经高度商业化、文学的意识形态话语权争夺愈演愈烈的上海势必会黯然告败。

曾朴对政治的厌倦和对文学的热爱，使他希望长子曾虚白能够继承自己文学事业的衣钵，并力劝他从《庸报》辞职，协助自己创办真美善书店及《真美善》杂志，并以"父子书店"闻名海上。在"真美善"事业初期，曾朴不断敦促曾虚白增进外语、尤其是法语阅读能力，有系统地提高他对整个西洋文学知识的了解。

1912～1918 年，曾虚白在上海圣约翰大学接受了系统的英文教育，"它全部英文课程都由慎重敦请的专家学者认真以英语讲解、督导，……我进的是文学院，可是所读的课目，并不专限于文学，凡是哲学、政治学、经济学、社会学、伦理学、心理学，甚至天文、地理、化学、物理一般常识所需的课程，无不一一开列。所请教授皆为一时之选"（曾虚白，1988：34）。在此期间，曾虚白还"读过两年法文，经宋春舫老师以直接研习的方法教授进步较速"（曾虚白，1988：86）。1928 年上半年，由于曾虚白要陪曾朴去上"一位法国女士开的法文夜间补习班"（曾虚白，1988：87），父子二人做了半年的"同窗"，曾虚白也因此"增进了对法文的阅读能力"（曾虚白，1988：87）。同时，曾虚白"为了充实真美善文学全面的贡献起见，不得不利用我英国语文的熟练，研究范围扩大到英美以及其他国家的文学。……就英、美部分说，我对英国的大戏剧家莎士比亚与萧伯纳，小说家迪根司与司谷德，都做过特殊研究与报告；对美国的诗人艾伦·浦，散文家华盛顿·艾文，与马克·都温也做了不少的介绍。此外挪威诗人易卜生，俄国小说家陶斯托叶夫斯基，德国大诗人哥德，意大利怪戏剧家邓南遮，印度诗人泰各尔也分别选他们的代表作品作了扼要的评介。就整个英美文学的介绍，我也

出版过英国与美国文学简史。"（曾虚白，1988：89-90）从曾虚白研究外国文学的学术
经历自述和他在《真美善》杂志上发表的文章来看，曾虚白具备了宏阔的世界文学的
学术视野和比较文学的批评眼光，他在创作中有对外国文学叙事和审美精神的自觉借
鉴，在批评中表现出了较为系统的西方文学理论修养，在翻译时在源语作家作品的选
择上有名作经典意识。可以说，曾朴对自己和儿子在语言能力方面的要求都很高，这
也使父子二人能够在真美善书店及《真美善》杂志办刊之初，在出版业繁盛、书店杂
志林立的上海把这个"父子书店""父子杂志"维持下来，拉拢起较为稳定的撰稿人
队伍，并赢得了数量较为可观的读者群的支持。

　　从《曾孟朴先生年谱》、《曾朴生平系年》和《真美善》的"编者小言"栏目的
记述来看，曾朴虽文学热情高涨，但体弱多病，又有"阿芙蓉癖"。所以，真美善书
店的经营和《真美善》杂志的编辑两副担子后来都慢慢由曾虚白承担起来。曾朴办
书店、杂志的目的，一方面是要借以实现自己文化建设的梦想，一方面也是想磨练
自己的儿子，让他继承自己的文学衣钵①。曾朴有很深的"名山事业"的文化情结，
看不上记者们作的时文，所以反对曾虚白做记者，希望他能成长为作家、翻译家。
尽管如此，曾虚白的《庸报》从业经验，还是培养了他对社会事件的新闻敏感，增
加了他对于现实的了解，锻炼了他作为书店"全权经理人"在待人接物和经营管理
方面的能力。当然，最重要的是，他的记者编辑从业经验，让他能够辅助曾朴筹办
并创立真美善书店及同名杂志，并在图书出版、刊物编辑、外国文学译介和独立创
作等方面，都应对裕如。

---

　　① 曾朴去世后，曾虚白在整理其日记时发现了一段记于 1928 年 9 月 11 日的日记："鸿儿（我的乳名）对于
文学上的确进步不小。……现在越做越有了劲了，将来我这一套衣钵有了继承人了。这是我近来最快慰的一件事。
我的真美善书店一大半是这个目的，让他有个发展的机会。如去当庸报的编辑，决不会有如许的成绩，就拿了二
三百元薪水，做几篇一瞥即过的论文，有什么意味。"（曾虚白，1988：92）

第 3 章　真美善书店及《真美善》杂志的创办及其文学活动

中国社会的近代化是在诸多外力的胁迫之下被动展开的。在经历了最初的痛苦挣扎、躁动反复与被动转型，经历了五四新文化运动的洗礼和十年发展之后，最早被迫开埠通商的上海已经汇集了全国最密集的文化出版机构和最活跃开放的文人群体，成为中国文化与世界文化对接的窗口，"是与西方文化接触最便利的都市"，"是中西研究与爱好文艺人士集中的都市"（曾虚白，1988：83）。而作为近代"传媒革命"重要成果之一的书报杂志，便成了云集海上的知识者们接触、研究和传播西方文化的重要媒介和手段，并催生了职业作家群落的形成、城市市民读者阶层的成熟，改变了中国文学的传播和消费方式。书报杂志，尤其是文学、文化期刊，成了当时时效性最强、辐射面最广的文化复制手段、传播渠道和消费介质。因此，办报刊，尤其是传播介绍西方文化、文学的报刊，也变得有利可图。资本的逐利本性促使手中握有剩余资本的商人们将资金投向出版传播业。他们开书店、办杂志、搞发行，大大促进了上海文化事业的繁盛。

资本介入文学生产和传播流通领域，并在一定程度上与文学合谋，使文学生产与传播成为一个产业，催生了一个现代的"名利场"、一个话语权和影响力越来越大的都市公共话语空间。这个新生的公共话语空间所具有的传播和宣传价值，也越来越受到各类社会活动家、政治家和知识者的重视，促使他们斥资文化出版业，或创办出版社、印书馆、书店，出版各类书籍以图利；或创办党团机关报刊，宣传其政治主张为谋权；或集资创办同人刊物，发表文艺作品，进行精神文化生产，以期以精神性和审美性文艺创造来启蒙或愉悦大众，或译介国外文艺作品，以为民族文化再造的精神镜鉴。这些新式书店、出版社往往掌握在文化资本家的手中，他们为了逐利或实现个人政治文化信仰，往往会雇请文化人创办各类政论或文艺杂志。在文艺刊物中，书店出资、编辑负责的往往视经济效益而定存亡，以私人股本经营的同人刊物往往又会因经济拮据而短命，文艺与商业资本之间充满了矛盾。同时，民国时期的政治和文化审查制度又决定了文艺期刊必须要在文艺和政治（不论是"为艺术"的还是"为人生"的，都难免会犯政治的忌讳）之间谋求某种微妙的平衡，以追求审美表现以及商业利益的最大化实现。然而，上海租界的"治外法权"——这一近代中国民族屈辱的标志物——却又为那些敢言的知识者、"张狂"的文化人提供了一个特殊的"治外"公共话语空间，一个可以躲避"文责"的发声场域，使他们能够获得较大程度的话语自由。同时，租界也为那些向往西方现代物质生活方式和精神文化生态的知识者，提供了一个近在眼前、可供观摩和体验的活生生的"文化现场"，让他们在对异域文化的体验与陶醉中进行他们的文化译介、创作与传播活动。

3.1　"进修文艺"与"广交文友"：书店的创立与杂志的编辑

因为上海作为近现代南方中心城市的地位及其与常熟邻近的地利之便，曾朴选择了上海作为他一生两次"文化投资"的基地。至于"为什么这书店一定要开在上海，父亲有两套理由，其一，想借这书店的激励，增进自己对文艺的进修，特别要透过翻译的努力吸收西方文艺的精英，来补充中国文艺的不足，上海是与西方文化接触最便利的都市；其二，想借这书店的号召，广交爱好文艺热心研究文艺的同好，经常往来，交换心得，构成几个法国式沙龙中心，蔚成一时风尚，上海是中西研究与爱好文艺人士集中的都市。"（曾虚白，1988：83）曾虚白曾将他们开书店的目的概括为"进修文艺"与"广交文友"（曾虚白，1988：85，92）。那么，"进修文艺"的目的是什么？是为了"补充中国文艺的不足"；"广交文友"的目的是什么？是"构成几个法国式沙龙中心，蔚成一时风尚"！事实上，这也是曾氏父子从其自身学养、能力出发，为实现中国文学现代化所设计的改进策略和技术路线：在中国西化程度最高的文学中心城市上海，依托现代传媒——书店（出版机构）和杂志（传播手段）——以自己为中心聚拢起"中西研究和爱好文艺人士"，以译介西方文学为"用"，以光大中国文学为"体"，并希望能够引领"一时风尚"。那么，上海何以对曾朴这位"文化入世者"有这么大的吸引力呢？

20世纪二三十年代的上海，吸引、凝聚了全国的文气。上海，作为"海派文人"的大本营，"海派文学"的活跃自不必说。从1928年前后开始，20世纪20年代文学格局的解体，也将原来身处于北京、广州、东北、四川等地的很多作家们聚集到了"华洋杂处""绚烂多姿"的上海滩。此时的上海，就像一块文化的大磁石，吸附了全国的文化精英、文学"粉丝"和留学欧美、日本归国的青年学生们。"这一段时间，是中国新书业的黄金时代；上海的新书店开得特别多，而一般爱文学，写稿子的人，也会聚在上海的租界里。本来是商业中心的这一角海港，居然变成了中国新文化的中心地。"（郁达夫，2001：60）鲁迅、沈从文、"新月"诸先生、"创造社"诸公、东北"流亡作家群"、"新感觉派"文人等，或是只身前来，或是群体迁移，纷纷投身到上海文化的大流中，或易地继续经营自己的文化事业；或另起炉灶，重新组织书店、社团，创办杂志，寄住在租界亭子间里，"啸聚"在茶馆、咖啡店里；或编辑图书，或以著译卖文为生。他们因其各自文化理想和审美趣味的不同形成了以不同刊物、杂志或著名文化人为核心的文艺团体，相互间或口诛笔伐、或笔墨驰援，摇着各色的文学旗帜，或"为人生"，或"为艺术"，有时看似壁垒森严，有时又打破文学上"主义"的间隔，交相往还。他们在时代的变迁中不停地上演着文艺战线上的分分合合、聚聚散散。而此时，中国文学现代化的一个重要步骤和助推力——文学的商业化①——也已经初步完成，"新文学与商业打成一片，是北伐前一年。那时节北方的作家遭受经济压迫，慢慢向南方移动，与上海剩余资本结合，作品得熟于商品分派技术的人推销，因此情形一变"（沈从文，1998：73）。文学商业化的初步完成与继续深化，不断通过作家翻译家职业化、出版传媒专业化逐利化、读者群体分类化和文学消费方式快餐化等方式，不断推动者文学生态的繁荣和多元共生以及文学生产、流通和消费行业的结构重组和人员流变。20 世纪 30 年代的中国文学因其本身商业化和资本化的日渐深化，而空前繁荣起来。"据统计，当时在上海出版的书籍不但占全中国的 90%，每月出版的刊物也有六百多份、出版的每日刊及三日刊约有百种，占全国的三分之

---

① 文学的商业化主要是指由现代版税稿费制度催生的作家职业化（和职业化背后"为稻粱谋"的文学生产的逐利化，导致文本拖长，小说、戏剧创作繁盛，作家名利心重争文坛弊病），由现代传媒技术进步带来的文学复制和传播的便利化以及商品化，由现代教育普及带来的读者大众化、文化消费化和快餐化。在"作家—作品—传媒（商业资本）—读者"这一个文化产品生产流通链条上，控制传媒的商业资本的作用越来越大，他们通过稿费版税制度影响、甚至控制作家的文学生产活动，通过书店、出版社、杂志控制文学传播的渠道、方式、质量与密集度，甚至通过资本博弈和利润竞争"捧红"或"封杀"作家，他们还会根据读者的认可度决定"买"哪位作家的、什么样的文稿，当然他们也会为了商业目的把读者的阅读趣味引向自己"操控"（以私人交情或稿费高低拉拢，主要是通过买断版权或趁作家经济危机时预付稿酬等手段）的作家的文本，从中渔利。最可怕的是，随着文学商业化程度的不断提高，现代传媒集团会通过资本竞争来实现传媒的"托拉斯化"，从而控制文学生产的整个链条，而一旦传媒资本与政治势力合谋，那么，这条大鳄除了为追求利润最大化而将整个文学生产的目的最大化逐利外，还会操控文学为政治张本，从而左右公众视听，导致文学的政治化、商业化，那么文学也就"被绑架"，被搞得面目全非了。而这，也是掌握资本的文化人出资办书店、一般文化人搞同人杂志的目的所在，他们要还文学以本来面目，要为文艺"松绑"，甚至为了文学的独立与自治呼吁"为艺术而艺术"，呼唤"纯文学"，追求"文艺唯美"，反对对文学进行"阶级论""阶段论"等意识形态化的色彩涂抹。可以说，真美善书店及《真善美》杂志的创立、"真美善作家群"的召集，就是曾氏父子（主要是曾朴）为实现"松绑""解放"文学的目的而作出的"文化动作"，所以，"真美善"口号的提出不纯粹是为了响应法国浪漫主义的口号，而是有其现实的考量，那就是追求文学的"文学化"。

一以上。"（陈硕文，2009）

应该说，在经历了近代以来近百年"欧风美雨"的洗礼淘炼，尤其是在经历了五四新文化运动以来近十年的文学革命运动之后，中国新文学已经在作家队伍的养成、传播手段和渠道的开发、读者群体的培育上向文学的现代化大大地迈进了。西方近代以来的各种文艺文学观念冲决了中国传统文艺观念的堤坝，使 19 世纪下半叶至 20 世纪二三十年代这个社会过渡期、变革期的中国文学在翻译和创作两方面都取得了相当的成就。尽管此时，内陆地区的文学消费还因为教育不足和地区差异呈现出地域性的发展不均衡，但新文学在上海却已占据了文化市场较大比重的消费份额。尽管新文坛上存在着这样那样的问题、流派的争斗、俗雅的争执，以及曾氏父子所批判的"贫与弱""骂人的艺术"与自我封闭等缺点，但蹒跚着走向现代化的 20 世纪中国新文学还是蔚然成风了。

此时的上海文坛成为中国文坛的中心，全国绝大多数的出版机构和作家文人云集海上。而且，租界的存在为他们提供了相对宽松的文化环境，"为他们的生活和创作提供了自由的空间，租界的文学市场给了他们卖文为生的机遇；对于有着留学背景的欧化作家来说，十里洋场可以看作西方都市生活的模拟环境，适宜于他们借鉴、传播或模仿、贩卖在留学经历中所获得的西方现代文学经验；对于熟悉传统社会的作家来说，租界新奇的都市景象和人事状况，无疑是一个'陌生化'的文本，能引起他们叙述的冲动"（李永东，2006：62）。对曾氏父子而言，上海是曾朴屡次经商、闲居、交游和办"小说林社"的地方，是曾虚白求学生活六年的地方。然而，他们既无海外留学背景和欧美国家生存体验，全无"模仿、贩卖在留学经历中所获得的西方现代文学经验"的本钱，又全然看不上"零星小贩""卖野人头"（病夫，1928d）式的、不成体系的外国文学译介方式。此外，有着上海生活经验的曾氏父子，对于上海也不会有多么"新奇"的感觉，他们看中的是上海的文化氛围和租界，尤其是法租界的"都市景象"及其浓郁的异国情调。这种异质的、陌生的"都市景象"和异国情调是他们在多年外国文学阅读经验中反复体验过和想象过的，是他们要推动中国文学现代化的一个异国文化摹本，而要推动中国文学和文化的现代化，当时国内近现代、西化程度最高、有着活生生的西方都市生活样板——租界——的上海，无疑是最佳的文化策源地。对于上海，他们需要的是上海的文化氛围，是上海的"文人群落"和"文化磁场"——一个当时国中最成熟的"都市公共话语空间"和"公共文化交际空间"，一个他们可以"领导群伦"的"文化场域"，一个"艺术的皇都……妙史（英文 Muse 的音译，首字母大写指文艺女神，一般译为缪斯，笔者注）的金阙"（东亚病夫，1935a）。

　　租界的存在，为那些艳羡西方物质和精神生活方式的人们提供了可供近距离观摩体验的异域文化生态。毕竟在那个时代，出洋并不容易，对于"一般守株祖国没有跋涉过异国山水的同胞，在上海也可以多少享受到一点异国情调的生活"（张若谷，1929a：9）。对于作家们，租界是一种动态的文化展览，他们可以置身其间并获得文学创作的灵感。那些带有异域文化色彩和符码的异质文化标志物，对他们来说便是文学创作上"烟士披里纯"（英文 inspiration 一词的音译）的来源。曾氏父子因为深入研究欧美尤其是法国文学，对法国文学作品所展现出来的法国文化魅力充满了向往与痴迷，他们置身其间的法租界为他们提供了亲炙这一异域文化的机会和鲜活的试验场。

　　然而，素无经商经验的曾虚白却是经了一番周折才最终把真美善书店和《真美善》杂志编辑部安置在法租界马斯南路一一五号①，并慢慢将其经营成上海文化界一个颇具知名度的"文艺沙龙"的。张若谷曾这样记述位于法租界的曾宅的周边环境："在法租界，……特别是法国公园西面的三条路，高乃依路 Rue Corneille 莫利爱路 Rue Moliere 与马斯南路 Rue Massenet。……这三条点缀都会艺术文化的法国式道路，恰巧又都是采取艺术家的名字做路名，真是何等美妙风雅。……我所渴要访候的是中国

---

　　① 关于曾氏父子在经营真美善书店期间在上海的居住和编辑所、发行所地址，曾虚白曾这样回忆："人事安排有头绪之后，我就赶到上海找房子。在白克路大通里租到了一座三楼三底带过街楼的楼房，做父母亲带姨太太与我及耀仲弟两代三房合住的住宅。又在里内另租一个过街楼做我带着伍叔冰办公的真美善书店编辑部。最可笑的，我这毫无书店经验的真美善书店创办人，竟在静安寺路上找了一间房子做真美善书店的发行所。于是，一切具备，先向同业批了一批精选的文艺书刊，就在静安寺路上择吉开张，广发邀请帖，开了一次来宾近百的开幕酒会，可算是盛极一时。可是，静下来做生意，竟遭遇到一天难得见几位上门买主的冷落。骇怪之余，开始学到静安寺路是住宅区没有人会到那里买书的，上海的书店集中在四马路附近的棋盘街与望平街。这是我第一次上做生意课得到吃零分的教训，赶紧补救，把发行所搬到棋盘街，由伍际云做经理带着两个伙计，正正式式营业起来。""后来真美善事业有了基础，……父亲跟我搬到法租界马斯南路那一座小洋房里做真美善的编辑部，……搬到了马斯南路之后，有花园、有客厅，招待来访者有了好环境自自然然的宾至如归，门庭若市了。"（曾虚白，1988：85，93）。另据《真美善》杂志刊后所载书店、杂志编辑所、发行所地址信息，大致可以窥见其变更、搬迁情况如下：据虚白在《真美善》第3卷第4号《红烧肉》一文文末所署"一八，二，十，迁出马斯南路编辑所的五日前。"可以推知"真美善编辑所"是1929年2月15日由"上海法租界马斯南路一一五号"迁至"上海白克路大通里六零四号半真美善杂志编辑所"的，而"真美善杂志发行所"的地址从创刊号所署的"上海静安寺路斜桥一二二号"，到第1卷第9号迁至"上海四马路望平街一六三号"（该号出版时间为"十七年三月一日"，即1928年3月1日），至第2卷第1号，又迁至"上海五马路棋盘街五二五号"，第4卷第5号又迁至"上海四马路望平街六号"（该号出版时间为"十八年九月十六日"，即1929年9月16日）。以上编辑所、发行所地址一直到第6卷第3号都未有变化，从第6卷第4号起"真美善书店编辑所"并入发行所，共用一个地址即：上海四马路望平街六号，该期刊有一个并base通告："真美善书店编辑所现已并入发行所，如有投稿及信件等请径寄上海四马路望平街六号真美善书店可也"（该号出版时间为"十九年八月十六日"，即1930年8月16日），至第7卷第1号编辑所和发行所又分开，发行所不变，编辑所迁至"上海静安寺路小沙渡路松寿里二衖七号"（十九年十一月十六日，即1930年11月16日），而到季刊第1卷第2号则又将发行所并入编辑所，署"上海静安寺路小沙渡路松寿里七号"，增设门市部"上海四马路中市（附设新月书店内）"。

的仲马 Alexandre Dumas 父子，曾孟朴先生与他的公子虚白先生，像他们俩儿能住在这条艺术家名的路旁，真是人地两宜，相得益彰。"（张若谷，1929a：4～6）从张若谷的文字里，我们可以读到一种艳羡，因为在法租界，有一种他所钦慕的"异国情调"："我的生活的一部份，是富于异国情调的。"（张若谷，1929a：7）"我承认，我是企慕异邦之香者。""我所以崇拜异国情调的原因，大约是起于企求'新颖'与'好奇'"（张若谷，1929a：11）。曾朴也曾归纳过他和张若谷声气相投的原因："究竟我和若谷情调绝对的一致在那里？老实说，都倾向着 Exotique，译出来便是异国情调。"（东亚病夫，1929：5）正是这种让曾朴和张若谷深深陶醉的"异国情调"，让他们最终选择在法租界赁屋编辑出版图书、开办文艺沙龙、召集同志。那么，在他们看来，什么才是租界地的"异国情调"呢？或者说，租界里的哪些异质文化标志物惹起了他们如此浓厚的兴致和钦慕呢？"霞飞路有'佳妃座'，有吃茶店，有酒场，有电影院，有跳舞场，有按摩室，有德法俄各式的大菜馆，还有'非摩登'人们所万万梦想不到的秘戏窟。……'这不夜城'，这音乐世界，这异国情调，这一切，都是摩登小姐和摩登少爷乃至摩登派的诗人文士所赞赏不已的。"（郑伯奇，1933）可以说，如此的异域情调，正对了"与生俱来的浪漫主义者"曾朴和他的文艺同好们的脾气。他们真正在意的，是一种由"西式"的"公共文化空间"所营造出的"异域文化情调"——一种他们在西洋文学阅读经验世界里经常邂逅、反复想象却无缘真实体验的异质文化氛围。这种令他们迷恋的"公共文化空间"，便是他们笔下反复颂赞的"咖啡座"："小小的咖啡店充满了玫瑰之色，芬馥而浓烈的咖啡之味博达四座，这种别致的法国艺术空气，在上海已经渐渐兴起了。……咖啡座不但是近代都会生活中的一种点缀品，也不止是一个幽会聚谈的好地方。它的最大效益，就是影响到近代的文学作品中。咖啡座的确是近代文学灵感的一个助长物。"（张若谷，1929b：7）正是借助"咖啡座"这一——异于"茶楼酒肆""妓馆歌寮"等中国传统公共文化空间的——带有"异国情调"的西方式公共文化空间，曾朴可以召集文艺同好们纵情谈论大家熟悉、热爱的法国文艺作品和作家逸事，并在纵谈之中商定出一些图书出版计划和刊物编辑思路，如苏雪林的《蠹鱼生活》和张若谷的《咖啡座谈》等书的出版和《真美善》"女作家号"的发起、征稿等都是在这样的谈话之间敲定的。

　　"30 年代""上海租界""出版业兴盛""一群痴迷法国文艺的青年""咖啡座"等，当这些文化关键词被放置到一起时，便构成了"真美善作家群"诞生的天时、地利与人和。曾氏父子的"真美善"文化事业，也就在这样的"天时、地利与人和"中隆重开场。

  1927年9月1日[1]，曾朴"倾其二三十年来宦囊积余的十万元"，在上海创办真美善书店，并说服追随董显光在《庸报》做记者的长子曾虚白辞职，全权负责经营管理，开始了他们"全心全力开创父子合作共享文艺生活的新路线"（曾虚白，1988：83）。同年11月1日，《真美善》杂志"创刊号"出版。曾氏父子极力维持真美善书店和《真美善》杂志至1931年7月。期间，曾朴、曾虚白父子和"真美善作家群"的其他作家们勤于著译，在真美善书店、杂志出版、发表大量翻译和创作作品。

  值得注意的是，那些当年在"小说林"时代与曾朴亲密合作的常熟乡友，如徐念慈、丁初我、黄摩西等，这时要么已经遁归道山，要么也已接近生命的终点。[2]那么，谁来做他们文化事业中那些"被领导的""群伦"呢？从《真美善》杂志第1卷发表的文章和真美善书店开张一年内的出版物来看，"《真美善》半年第一卷的汇编，……一千多页里面，我们父子俩的作品，差不多要居十之六七，也算努力了"（东亚病夫，1935b）。而在真美善书店第一年出版的17部书中，曾氏父子的有14部之多。可以说，这时的真美善书店及《真美善》杂志是真正的"父子书店"和"父子杂志"。那么，他们自供如此比重的稿件，是不是因为"振臂一呼，应者寥寥"呢？

  从《曾虚白自传》和《病夫日记》来看，在真美善书店及同名杂志创办之初，曾朴就有意要锻炼自己的儿子曾虚白，想让他在文学著译和经营办事上都有长进。所以，他一开始并没有利用他的"士阶层的魁首"的身份优势去"招兵买马"，而是选择了"上阵父子兵"。他采取的策略是通过办"法国式沙龙"，甚至是"构成几个法国式沙龙中心，蔚成一时风尚"（曾虚白，1988：83），来"进修文艺""广交文友"。所以对于人脉，他采取了慢慢发展的态度，而不是那种事先聚齐人马、厚积薄发的方式。甚至在书店的办事人选上，因为目的不在赚钱，他们请的是"从来没有做过生意"的伍际云做书店经理，顺带搭上伍氏"年二十岁，高中刚毕业"的儿子伍叔冰"做我编辑工作的佐理"（曾虚白，1988：84）。惟其如此，曾虚白才不得不独当一面，在经营和

---

  ① 笔者遍查《病夫日记》（《宇宙风》，1935年9月第1期、10月第2期）、虚白编《曾孟朴先生年谱》（儿子虚白未定稿）（《宇宙风》，1935年10、11、12月第2、3、4期）、《曾虚白自传》（台湾联经出版事业公司，1988年版）等直接资料和时萌编《曾朴生平系年》（见《曾朴研究》，上海古籍出版社，1982年版）、苏雪林的《曾孟朴的〈鲁男子〉及其父子的文化事业》（《畅流》，1979年1月，第15～19页）和《〈真美善〉杂志与曾孟朴》（《畅流》，1980年2月，第16～18页）间接资料，均未见真美善书店创办的确切日期，相关回忆文章也只是笼统地指为1927年。此处所用真美善书店创办日期是依据李培德著、陈孟坚译《曾朴的文学旅程》（台湾传记文学出版社，1977年8月1日版）"第四章 作家、出版家和翻译家"中"只看他在民国十六年九月一日创办'真美善书店'之后不久，立刻出版他底四部译著：如雨果底《欧那尼》、《吕伯兰》、《吕克兰斯鲍夏》和莫里哀底《夫人学堂》，而查这四本书的初版本，出版时间均注明为"民国十六年九月出版"，书店地址标记为"静安寺路斜桥总会对面一二二号"，可知书店的创办日期至迟当在9月初，又李培德为撰写此书曾两度从美国赴台湾专访曾虚白，故依此说。

  ② 徐念慈，1908年去逝，黄摩西1913年去逝，丁初我1930年去逝。

编辑上得到全面的锻炼。当然,曾朴选择独资办书店,还有可能是为了防止他人入股会对书店的经营策略和杂志的编辑方针掣肘,以免步了"小说林"社后期因股东经营理念不一致而失败的后尘。不过,对曾朴的这次文化创业,还是有友人施以援手:"一个是韩君萃青,扶助我发展文学的资力,使我胆大着手;一个是周君菊人,指示我近年出版界的状况,辅助我营业上的规划。"(病夫,1927b)

在书店出版物方面,据笔者依据真美善书店新书出版广告和所见实物所作的统计,真美善书店先后出版文艺和政论类书籍 83 种,预告未出版图书约为 7 种[1],其中包括曾朴、曾虚白、崔万秋、顾仲彝、张若谷、杜衡、叶秋原等 12 位翻译家[2]翻译的英法美日俄等 6 国[3]5 种文字[4]18 位作家[5]的译作 28 部,曾朴、曾虚白、陆鲁一、孙席珍、徐蔚南、谷剑尘、崔万秋、苏雪林等 31 位作家[6]创作的戏剧、长篇小说、短篇小说集、散文、诗歌、文论等作品集 49 部。此外,还有虚白编原编、蒲梢修订的《汉译东西洋文学作品编目(第一回)》及其他如合订本和专号等 6 种。

杂志方面,《真美善》杂志历经半月刊、月刊和季刊 3 种刊物形态。其中,第 1 卷为半月刊,每月 1 日、16 日按期出版,共 12 期;自第 2 卷第 1 号(1928 年 5 月 16 日)至第 7 卷第 3 号(1931 年 1 月 16 日)为月刊,每卷 6 期,共 33 期,除第 4 卷第 2 号推迟 3 日,即 1929 年 6 月 19 日出版外,其余均按期于每月 16 日出版,其中第 6 卷第 3 号(1930 年 7 月 16 日出版)为"法国浪漫运动百年纪念号",另于 1929 年 2 月 2 日出版"一周年纪念号外——女作家专号"一种;1931 年 4 月改为季刊出版第 1 卷 1 号,于同年 7 月出完第 2 号后,黯然停刊,共出刊 48 期。杂志刊登了大量的翻译、创作和文艺批评及文学史传文章,并对国外文艺动态作了较为及时的报道。在翻译方面,《真美善》杂志共刊登了由 51 位译者翻译的 17 国 14 种语言 103 位作家 186

---

① 具体书目及出版信息参见"附录—真美善书店出版图书目录(1927~1931)"。

② 其中,病夫译 10 种,虚白译 9 种,崔万秋译 3 种,顾仲彝译 2 种,张若谷、马仲殊、刘麟生、杜衡、姜蕴刚、叶秋原等各译 1 种,李史翼、陈湜合译 1 种。(二人合译者,每人计算 1 次,如虚白、病夫合译者,两人均计算 1 次,故此处累加数据大于正文统计数据)。

③ 法国 14 种,英国 3 种,美国 3 种,日本 4 种,俄国 1 种,捷克 1 种,欧美合集 1 种。

④ 分别是法语、英语、日语、俄语、捷克语。

⑤ 这些作者是法国的嚣俄、佐拉、梅丽曼、葛尔孟、莫郎、穆里哀、边勒鲁意和法郎士,美国的佛雷特里克、德兰散和皮蔼尔,英国的哈代、王尔德和巴翁兹,日本的武者小路实笃、夏目漱石和高桥清吾,捷克的史万德孩女士,俄国的薄力哈诺夫。

⑥ 这些译者是曾朴(东亚病夫、病夫)8 种,虚白 5 种,陆鲁一 3 种,孙席珍 3 种,陈学昭 2 种,张若谷 2 种,徐蔚南 2 种,李慈铭、谷剑尘、曼陀罗、叶鼎洛、卢梦殊、黄归云、俞长源、马仲殊、陈明中、周开庆、陈翔冰、郑吐飞、崔万秋、王坟、王佐才、程碧冰、苏雪林、董显光、王家械、荷拂、陈宀竹、朱庆疆、于在春、庄江秋等均为 1 种。

篇次不同文体的作品；在创作方面，吸引了来自不同文学流派作家的大量稿件，文类齐全，风格各异，值得注意的是，有很多文艺新人是在《真美善》杂志上首次露面进而登上文坛的。

杂志第 1 卷只开设"述"、"作"和"读者论坛"（不固定）三个栏目，自第 2 卷第 1 号起，取消"作"和"述"栏，直接顺序发排稿件，每篇文稿单独编排页码，并陆续增设"编者小言""读者的贡献""书报映象""读物杂碎""文艺的邮船""文艺零讯""思想的花园""诗""文学家林""文坛近迅"，以及"名著一脔"等十余个栏目。从这些栏目的设置上，我们可以体察到编者编辑思路的变化。从第 6 卷第 1 号（特大号）起，曾氏父子对杂志的栏目设置进行了全面改革，设"社会政治论丛"，述、译并列，并依文体设置"长篇小说""短篇小说""随笔""诗""名著拔萃""文学家林"和"文艺的邮船"等栏目，全刊统一编排页码，透露出较明显的变革意图。值得玩味的是，曾朴在《真美善》创刊号《编者的一点小意见》一文中就详细地提出了全面认同西方文学文体分类的方法，却直到两年半后才全面据此设置栏目。

杂志另设"编者小言"和"卷头语"（不固定）来阐发编者的文艺主张和编辑思路，设"读者论坛"和"文艺的邮船"两个栏目刊发曾氏父子与作者和读者的书信往来，讨论创作、翻译理论与方法及办刊编辑方针，宣传其文艺主张并号召同志同声和气，进修文艺。而其"真美善俱乐部"栏目更是现代文坛上一种颇为新鲜的刊物推介方式，通过它，曾氏父子，主要是曾虚白，设计了一系列的编读互动活动，如鼓励读者参与对作品的命名，通过"名作推选"投票推选优秀著译作品，组织"小说演习大会"，让读者参与"创作接龙"，并在刊物上连载，以一种新鲜活泼的形式吸引了文坛和读者的关注，并努力在读者中培养和选拔文艺新人。

从真美善书店 1927 年 9 月到 1928 年 8 月一年间的出版物和 1927 年 11 月到 1928 年 4 月间的《真美善》（半月刊）第 1 卷总 12 期登载的著译文章来看，"真美善"初期是真正的"父子书店"。在真美善书店一年间出版的 17 部书籍中，曾氏父子著译的有 14 部，其中曾朴 9 部，曾虚白 4 部，父子合著 1 部，外稿仅有 2 部，另有《真美善第一卷合订本》1 部。同样，在《真美善》杂志第 1 卷合订本中第 12 期上所发表的143 篇作品里，曾氏父子的著译文章就有 114 篇，其中曾朴 56 篇，曾虚白 58 篇，此外才是其他 16 位作家的 29 篇作品。曾氏父子发表的作品篇幅占到杂志版面的 4 / 5。表面看来，虽然曾朴和曾虚白的作品在篇目数量上相当，但在篇幅上却相差悬殊，曾朴有两部长篇小说《孽海花》（第二十一回至第三十五回）和《鲁男子》以及长篇文论《论法兰西悲剧源流》在《真美善》杂志上同时连载；而曾虚白的文章虽然在数量上比曾朴的还多两篇，但其中有很多是短小的补白文字或短篇著译。当然，曾虚白此时也已开始翻译、连载葛尔孟的《色》与梅黎曼的《炼狱魂》等法国小说，并开始译介包括法、美、英、德、西班牙和爱尔兰等 8 个国别 14 位作家的作品①，充分表现出其在外国文学翻译方面多语言译介的优势和能力。

在"真美善"事业的初期，曾氏父子在书店经营和杂志编辑上，有较为明显的分工：曾虚白"全权经营管理"书店，带着伍奂冰负责编辑所的日常事务；在杂志编辑方针的制定和"文学招牌"的"打制"上，曾朴是"掌舵人"。从第 1 卷上曾朴亲自撰写《编者的一点小意见》和近 10 篇《编者小言》以及亲自回复"读者来信"等方面②，就可以看出曾朴对于在真美善书店、《真美善》杂志创刊之初就要阐明其文学理念的重要的充分认识。据笔者推测，曾朴如此分工的目的有两个：其一，利用《真美善》杂志第 1 卷对曾虚白进行编辑和创作上"手把手"的"传帮带"；其二，他要亲自、有效、清晰地向文坛阐释自己的文学理想和文化建设的思路与主张。

3.2　阐释"真美善"：理想化的文学与艺术标准

"正像开铺子要招牌，进衙门要附号，立国要定花徽，办杂志便都要带一种色彩张一面旗帜"（邵洵美，2008：49），这面旗帜便是"书店老板、编辑先生、大文学家等等招兵买马的手段，引用的是同一条原理。去运用这一条原理，最好是在本店或本人经办的刊物上宣言"（邵洵美，2008：50）。创办真美善书店、《真美善》杂志时的曾朴兼备了上列"书店老板"、"编辑先生"和"大文学家"等三种文化身份，他又怀着强烈的"广交文友"的主观愿望和宏大的"改革文学"的文化理想，那么，他的文学"宣言"就一定要是一面"色彩"鲜明的"旗帜"了。而他从晚清到 20 世纪 30 年代不辍地译介、著述的文化生产经历和对国族命运的深入思考，都会对他的"文学宣

---

①　这些作家是法国的梅黎曼、葛尔孟、薄台莱，美国的濮爱伦、德兰散、欧亨利，英国的威尔斯、王尔德、葛莱，西班牙的阿拉斯，匈牙利卡罗莱·稣斯法吕提，德国的苏特门，新犹太的阿虚，爱尔兰的司蒂芬司。

②　在第 1 卷里，曾朴撰写的编者讲话和回复读者的信函有《编者的一点小意见》（第 1 卷第 1 号，简称 1.1，下同）、《编者小言》（1.2）、《卷头语》（1.4）、《编者一个忠实的答复》（1.4）、《卷头语》（1.5）、《复戴望道》（1.8）、《编者小言》（1.9）、《复陈锦遐》（1.10）、《复王石樵、黄序庞、愿羲的信》（1.11）、《复胡适的信》等 10 篇文稿，阐释《真美善》的创刊目的、编辑理念、自己的文学主张和译介标准等。

言"产生深刻的影响。的确，曾朴集其 29 年（1898～1927 年）研习法国文学的经验，在《真美善》第 1 卷第 1 期上发表了《编者的一点小意见》，开宗明义地提出了"真、美、善"的文学宣言，"我选这三个字来做我杂志的名，是专一取做文学的标准"。这是曾朴深受法国浪漫主义文学影响的结果，但却不是对法国浪漫主义文艺运动口号简单的照搬与模仿，而是曾朴从其中西文学的经验与修养出发，充分考虑到中国文化现代化建设的需要，从文学文体学、形式审美、艺术真实、文学的目的和发展变化的文学史观等角度提出的文学的标准。我们不妨通过文本细读来分析曾朴这份文学宣言对于当时文坛的意义。

文章中，曾朴系统阐释了"真、美、善"的内涵。"那么在文学上究竟什么叫做真？就是文学的体质。……作者把自己选采的事实或情绪，不问是现实的，是想象的，描写得来恰如分际，不模仿，不矫饰，不扩大，如实地写出来，叫读者同化在它想象的境界里，忘了是文字的表现，这就是真。"（病夫，1927b）不难看出，曾朴所强调的"真"就是我们所谓的"艺术真实"——"事实"指向"情节真实"或称"故事真实"，"情绪"指向"情感真实"或称"叙述真实"，他强调"描写"的"恰如分际"，反对"模仿"——低级的模仿便是抄袭，反对"矫饰"——无聊的矫饰就是滥情，反对"扩大"——失度的扩大便是失真。我们应该注意到，曾朴没有费力去探究文学应该是"为人生"的还是"为艺术"的，不去界分文学应该纪事还是抒情，也不去探讨文学应该是写实的还是想象的。因为，他认为文学既要"为人生"也要"为艺术"，即文学既应该有其社会功用，也应该遵循艺术自身的发展规律，既可以纪事也可以抒情，既能写实又要发挥作者的想象力，文学的"体质"应该是"健康"的，即"艺术真实"的。凡是能达到"艺术真实"的文学，就是"真"的文学。曾朴之所以强调文学的"真"，主要是因为他对当时文坛上派系林立、论争不断的状况感到不满。曾虚白曾这样描绘当时的文艺界："踏进这小世界去看，却居然是个世界！总共不过百十来个作者，也是五花八门的分出了数不清的派别，这一派说那一派是时代的落伍者，那一派说这一派是读者的唾弃者；我说我是潮流的先导，你说你是民众的呼号，一个个高兴采烈地把有用的精力在攻击，颂扬上彼此对销掉的不知有多少。"（虚白，1928a）从文学建设与发展的眼光看，这样的"内耗"实在是新文学发展的一种障碍。以"在改进文学的长途上，做个收拾垃圾的打扫夫"自期的曾朴对"艺术真实"的强调，无疑是他对新文学现代化过程中的一些文艺歧见争执不下的一种思考，是一种跳出"主义之争"以"求同存异"的"中间路线"。

"那么什么叫做美？就是文学的组织。组织是什么东西？就是一个作品里全体的布局和章法句法字法。作者把这些通盘筹计了，拿技巧的方法来排列配合得整齐紧凑，……自然地显现出精神，兴趣，色彩，和印感，能激动读者的心，怡悦读者的目，就丢了书本，影像上还留着醰醰余味，这就是美。"（病夫，1927b）这是曾朴为配合其"真"——"艺术真实"的实现，在形式上所作的"美"的规范，其目的在于强调形式的重要性，从而使"美"的形式为"真"的审美效果——即读者的阅读快感和审美愉悦——服务，并且要求这种审美愉悦一定要能"激动""怡悦"读者，"影象"（即"形象"）要生动、立体，有"余味"，也就是要能用"美"的形式去实现"真"的"形象"和"情感"，即实现"故事真实"和"叙述真实"。这是强调文学应该用怎样的"体质"（真）和"组织"（美）去打动读者。那么，文学为什么要打动读者？也就是说，文学的目的是什么？

"那么什么叫做善？就是文学的目的。目的是什么东西？就是一个作品的原动力，就是作品的主旨，也就是它的作用；凡作品的产生，没有无因而至的，没有无病而呻的，或为传宣学说，或为解决问题，或为发抒情感，或为纠正谬误，形形色色，万有不同，但综合着说，总希望作品发生作用；不论政治上，社会上，道德上，学问上，发生变动的影响，这才算达到文学作品最高的目的；所以文学作品的目的，是希望未来的，不是苟安现在的，是改进的，不是保守的，是试验品，不是成绩品，是冒险的，不是安分的；总而言之，不超越求真理的界线，这就是善。"（病夫，1927b）这里，曾朴肯定了文学的目的性，并且是"多目的性"，但是文学的具体目的究竟是什么呢？曾朴的回答是："发生作用""发生变动的影响"！这样的回答是不是空洞呢？这是不是简单、机械的工具论呢？曾朴的确认为文学要有"效用"，至于这效用的对象，却没有作出具体而微的规定。这样的观念在文学的"阶级论者"和"无阶级论者"、在文学的"工具论者"和"反工具论者"、在"人性论者"和"反人性论者"、"艺术派"和"人生派"们看来恐怕都是"骑墙"的。其实，他的倾向是很明确的，那就是要"发生作用"。那么，文学要如何、又针对什么样的对象、发生何等程度的、是积极还是消极的作用呢？答案很简单，不管从哪个方面，只要能够对政治、社会、道德和学问"发生变动的影响"，并且"不逾规"，即"不超越求真理的界线"，就算是达到了"文学作品的最高目的"，也就是说，文学要能为"求真理"而"发生作用"。那么，"真理"是什么？"真理"是"希望未来的，改进的，是试验品，是冒险的"！在这里，我们看到曾朴承认了文学的时代性、进化性和创新实验性，具有了一种发展的、进步的、探索的文学观，这种文学观是针对当时文坛的"喧哗与骚动"而提出的，其目的在于"化干戈为玉帛"，号召大家停止关于文学目的性主张及其优劣的争执，各按自己选定的路线，向着"求真理"前进。这是一种胸襟开阔、开放包容的文学观，是一种大文学观。①

3.3 确定"文学的范围"：形式规范与审美导向

为了落实自己的文学观，实现自己的文学理想，曾朴从两个方面提出了"改革文学"的技术和操作层面的步骤与规范。其一，划定文学的文体种类和范围；其二，规定了文学改革的初步路径——从改革语言文字入手。值得注意的是，对于这两个方面的论证，曾朴都是以中外古今尤其是欧洲历次文学变革的成功先例为事实依据和蓝本的。

曾朴声言："我们这部杂志，是文学杂志，那么必须先将文学的范围确定，然后杂志应采的材料，方有标准。但文学范围，论坛上，至今还没有把它的领域划清。……我现在只好凭着主观的判断，把那确已成了专科的不列，此外仍依文学史上原有统系，暂定我杂志里所含创作或译述文学种类的范围。"（病夫，1927b）表面看来，这个声明似乎并无深意，只是一个关于杂志选登稿件的文体要求而已，但是我们只要看看《真美善》第1~5卷就会发现一个奇怪的现象，这5卷里仅第1卷以"述""作"来分别代指"翻译"和"创作"，此外便是诸如"书报映象""文艺的邮船""读物杂碎""思想的花园"等一类栏目，直至第6卷才开始按照"长篇小说""短篇小说""诗""随笔""散文"等文体门类来划分栏目。那么，曾朴为什么制定了一个实际上不用的体裁规范呢？而且，他还是"依着欧洲文学上逻辑的分类法，把中国体裁概略的参合"，

---

① 面对文坛争执的"喧哗"，邵洵美曾经发出过这样的宣言："……我们对于这个时候的文坛的不满意，《金屋月刊》便因此产生。我们要打倒浅薄，我们要打倒顽固，我们要打倒有时代观念的工具的文艺，我们要示人们以真正的文艺。再谈到色彩与旗帜上去，你们当能明白了，不愿受时代束缚的我们，怎愿被色彩与旗帜来束缚！我们的作品，可以与任何派相像，但决不属于任何派。我们要超出任何派。我们的写实，要比写实派更写实；我们的浪漫，要比浪漫派更浪漫；我们的神秘，要比神秘派更神秘；我们的……假使我们做得到。我们要用人的力的极点来表现艺术。"（邵洵美，2008：53-54）两相比较，我们不难发现，邵洵美的宣言恐怕也是一种"喧哗"，一种不切实际的"喧哗"。而反观曾朴的文学观念，我们就更能看出曾朴这份"小意见"的"大"气魄来，他的文学主张是有现实依据的、务实的、可操作的，是建立在对中外文学深入的比较研究和思考的基础之上的。所以，仅据这两份关于文学的宣言，我们就可以驳斥那些把《真美善》与《金屋月刊》简单地归为一类的，即"唯美主义，甚至颓废主义"的说法了。在下文的论述中，我们将会更深入地提供论据来反驳这种关于《真美善》是"唯美主义，甚至颓废主义"的刊物的观点。

确定了这 68 种小文类[①]，并申明"这并不是编者的喜新，也不是媚外"（病夫，1927b）。那么，他为什么要制定这个"文学种类的范围"呢？"只为这杂志是主张改革文学的，不是替旧文学操选政或传宣的。既要改革文学，自然该尽量容纳外界异性的成分，来蜕化它陈旧的体质，另外形成一个新的种族。"（病夫，1927b）原来，他的着眼点并不仅在《真美善》杂志，还在于他的"大文学观"——从改革发展中国文学的远期目标上，为中国文学的现代化腾飞划定一条文类的"跑道"，从形式上为中国新文学借鉴他所钦慕的优质异域文学资源制定规范，有在艺术形式（即"美"）上"抛砖引玉"的深意。

曾朴之所以要根据欧洲文学的经验来划分文体类别，实在得益于陈季同关于中国文学如何赶上外国文学的一番谈话："我们现在要勉力的，第一不要局于一国的文学，嚣然自足，该推扩而参加世界的文学，既要参加世界的文学，入手方法，先要去隔膜，免误会，要去隔膜，非提倡大规模的翻译不可，不但他们的名作要多译进来，我们的重要作品，也须全译出去，要免误会，非把我们文学上相传的习惯改革不可，不但成见要破除，连方式都要变换，以求一致，然要实现这两种主意的总关键，却全在乎读他们的书。"（病夫，1928a）由此可见，曾朴制定这个文体规范的目的是要为译介、传播外国文学提供形式范例，即用西方文学的形式来译介西方文学作品，用西洋文学的形式来改造中国文学的文体模式和审美精神，用西洋文学的形式来向外译介中国文学名著。所以，他看重的并非仅是这细分到 65 种的文体范围，还有这 65 种文体所代表的文学样式的丰富性和文学审美表达的多样性。因为在实际创作和刊物编辑过程中，没人会真正用到这么多文体。况且，他使用的很多文类名称全是音译过来的，又没有具体的解释说明，对于外国文学研究不深的人恐都不知所云，更遑论那些全无外国文学知识的读者和作者了。所以，曾朴制定的这个"杂烩"式的"文学范围"的启迪示范意义远大于其实用价值。这样，我们就不难理解他在刊物的实际编辑过程中为什么

---

① 原为图表，此处仅简列以作说明。文学范围：散文和韵文；散文：论说文（分纪录、书翰、批评、论文、演讲、叙文、吊辞、格言、辩诉等 9 种）和叙事文（分文学史、寓言、童话、诺纬尔、罗曼、小传、游记、笔记、日记、散文剧等 10 种）；韵文：短歌（分谜诗、铭诗、三解诗、循环诗、十四行诗、八行诗、恋歌、贺婚诗等 8 种）、学诗（分童话诗、讽诗、学诗、书翰诗、寓言诗等 5 种）、叙事诗（史诗一名爱保贝）（分俳体爱保贝、滑稽英雄爱保贝、历史英雄诗、英雄爱保贝、调诙爱保贝等 5 种）、抒情诗［琴歌。抒情诗又分香颂（再分滑稽香颂、香颂、武励香颂 3 种）、歌谣、奥特分正调奥特、赞美。赞美又分游戏短歌、英雄短歌、谢恩歌、颂歌等 4 种）、悲歌、会唱等 5 种］、剧诗［分喜剧诗（又分弥姆、巴洛谛、喜剧奥贝拉、正格喜剧诗、舞达威尔、亚丹兰纳、索底、狂剧等 8 种）、道德剧、舞曲、讽刺特拉姆、特拉姆、通俗特拉姆、笑悲剧、悲喜剧、神秘剧和悲剧诗（又分悲剧奥贝拉、正格悲剧诗 2 种）等 10 种］、牧歌（分不对话牧歌、对话牧歌 2 种），合计共 68 小种文体。

没有依据自己制订的"文学范围"来设置栏目了：因为，我们的作家群和读者群还不适应这样的文学范围。当然，在看到曾朴外国文学研究学养广博的同时，我们也要看到他的文学理想也有不切实际、"水土不服"的一面，难免曲高和寡，甚至会吓退那些对外国文学不甚了解的人。从他对林纾小说价值的评价①上，我们就可以看出他对外国文学文体丰富性的看重。他认为"我们翻译的宗旨，是要扩大我们文学的旧领域"（病夫，1928a），并列举欧洲文艺变革得益于"外界异质成分"影响的文学史案例②，来证明异质文学经典的冲击对于本国文学变革的重要意义："世界上，无论那一国的文学，不受外国潮流的冲激，决不能发生绝大的变化的。"（病夫，1927b）但是，外潮涌入是不是就要全盘接受呢？中国自鸦片战争之后，就一直在引入"西潮"，东渐的"西风"愈刮愈烈，国内知识界对于"西风"的态度也从未统一过。但是，"全盘西化"的呼声却一直都很响亮。那么，中国文学的现代化是不是要"放弃自我"，是不是要"全盘西化"，是不是要"欧化"呢？我们译介西方文学的目的到底是什么？作为一个对西方文学文化深有研究的知识者、作家、学者，曾朴对于渐熏的"西风"持什么态度？曾朴的回答是理性的："我们主张要把外潮的汹涌，来冲激自己的创造力。不愿沉没在潮流里，自取灭顶之祸，愿意唱新乡调，不愿唱双簧；不是拿葫芦来依样的画，是拿葫芦来播种，等着生出新葫芦来。"（病夫，1927b）即用经过精心择取的优质异域文化资源来激发自我的创造力，在保证民族文化主体性地位的前提下，实现文化的自我复兴与创新！那么，什么样的外潮才算"汹涌"，才能够激发中国文学自身的创造力呢？很简单，只要符合"真"、"美"、"善"的标准的都是。也就是说，曾朴为自己及"真美善作家群"乃至整个中国文学翻译界的译介活动规定的源语作家作品择取标准是要"真"、"美"、"善"。那么，在"真"、"美"、"善"的"外潮"冲击之下，我们所要努力创造的也应当是符合"真"、"美"、"善"标准的作品，即"新乡调"，有新的"体质"、新的"组织"、新的"目的"的有民族特色、"中国气派"的"新文学"。

在文学译介、创作的目标和标准确立之后，曾朴接着规定了实现目标的方式方法，

---

① 曾朴说："畏庐先生虽是中国的文豪，外国文是丝毫不懂的，外国文学源流，更是茫然，……如照他这样的做下去，充其量，不过增多若干篇外国材料的模仿唐宋小说罢了，于中国文学前途，不生什么影响；我们翻译的宗旨，是要扩大我们文学的旧领域，不是要表现我们个人的文章。"（病夫，1928a）

② "试问拉培雷没有荷兰欧拉斯姆的《狂颂》，英国毛尔的《乌托邦》，那里能创造《巨人传》；没有七星社的翻译希罗作品，那里会开发法兰西的文艺复兴；米尔顿不到意大利，受但丁影响，那里会有《迷失天国》的创作；哥德不隐居法兰西乡间，译了《狐史》，那里来《孚士德》的成功；嚣俄不流放英国，灌输了莎士比亚戏剧的热浪，那里敢放胆造成法国的特拉姆。"（病夫，1927b）

即规定了文学改革的初步路径——语言文字的革新[①]。很显然，曾朴是想把真美善书店出版物和《真美善》杂志作为实现其文学革新理想的"试验田"和"样板"推出的。他依据其研究法国文化史的经验[②]指出，"凡文学的革新，最先着手的，总是语言文字。"（病夫，1927b）那么，该如何通过革新语言文字来革新文学呢？对此，他提出了三个实施标准和配套方案：其一，用"解放的，普及的，平民的"（病夫，1927b）白话来创造明白易懂的"真的平民文学，真的群众的文学，真的'艺术为人生'的文学"，"把白居易做诗的标准，来做我们文学作品的标准"（病夫，1927b）。需要指出的是，引文中的"真"并非仅具一般意义上的"真正的、真实的"之意，还应当指符合曾朴的"真"的审美标准的文学语言风格。具体来说，又应该分别指"叙述语言的'真'"和"故事人物语言的'真'"，即"恰如分际，不模仿，不矫饰，不扩大"的具有艺术真实的"语言"。从曾朴的文学语言主张及其创作文本和《真美善》杂志登载的文章的语言来看，都基本达到了以上要求，在其整体上实现了其建设"平民的文学""群众的文学""艺术为人生'的文学"的文化理想。从总体上来说，曾氏父子及"真美善作家群"的文学译介与创作是关注人的生存境遇的文学，并非"唯美主义"甚或"颓废主义"的文学。其二，因为认识到"文学是一个种族或一个国家的背景。凡是成立一个种族或一个国家，也和一个人一样都有它的个性，文学就是一个种族或一个国家个性的表现。"（病夫，1927b）由此可见，曾朴充分认识到了文学对于一个民族国家的成立及其民族性的彰显所具有的重要意义，而这也正是曾朴在退仕之后选择以文学作为其人生"道"的寄托的深层原因。需要指出的是，曾朴对于文学的社会功用的认识前后是有变化的，其变化的总体趋向是由"文学—新民—新社会"而变为"文学—新人—新文化"，其中政治功利性诉求减退，艺术审美性色彩增加。他认为要实现"新"文化的目标，就要"爱护尊崇希望整理"国语，他批评"中国近来新文化的运动，……只顾癫狂似的模仿外人，不知不觉忘了自己"（病夫，1927b），反对无限度、迷失自我的模仿，反对欧化文字。其三，他主张文学语言的"调和同一致"，即"应该用文言的一致用文言，白话的一致用白话，不可自乱了界线"（病夫，1927b），这反映出曾朴与新文化

---

① 曾朴早期的著译作品在文言、白话的选择上，并无明显的倾向。《孽海花》使用了当时的文人白话，即文雅易懂的白话。连载于《小说林》1908年第11、12期的《马哥王后佚史》使用的是白话，而连载于1912年《时报》的《九十三年》则使用了文言，连载于《小说月报》1914年第5卷1~4期的《银瓶怨》使用白话，此后曾朴便完全使用白话进行译介和创作了。

② "就拿法国来说，文艺复兴时代，龙沙尔就在它的诗里，散播了许多拉丁字，步爱罗虽然赞美它的诗，还攻击它这一点，马雷勃继续兴起，开始矫正整理做成真法国的诗；浪漫派第二次的改革，冲破古典派的谨严，再进一步，把通俗的语言，用入诗文里。"（病夫，1927b）

派在对待文言文问题上态度的不同：新文化派的激进分子们一般主张完全"打倒"、抛弃文言文，而曾朴则认为文言用了千余年，是成熟的，反倒是白话还不成熟，需要"用各省最流行的官话，做白话文普通用语。不过也要有个拣选工夫，慢慢的把粗的淘汰了，乱的梳清了，秽的沥净了，叫大家都归到一致"（病夫，1927b）。为了实现"这个整理国语的工作"，曾朴立了"几条标准：（一）在对话内，绝对不许混入文言。（二）在写景或叙情的语句里，不许叠用文言的形容辞。（三）不模仿日本文法，在一句里连用许多的字。（四）不用古小说或古曲本里已废的俗语，如"干鸟事"，"兀的不"等等。（五）不拿外国字掺入，做隐名的替代，如 T 城 V 镇 E 君等。（六）叹词必要有根据，不用已废的"（病夫，1927b）。曾朴是以"在改进文学的长途上，做个收拾垃圾的打扫夫"（病夫，1927b）。自期的，他提出的这些关于改造中国新文学的美学标准和技术路径，是在其研究外国文学尤其是法国文学进而认识到中外文学间的差异并仔细考察了当时新文学的状况的基础上提出的，他自认其为是"整理文学形式的初步"（病夫，1927b）。

除了发布"文学改革宣言"之外，曾朴还亲自处理读者来信，并在《真美善》杂志上发表。曾朴在晚清的文坛经历和办"小说林"社对于文化场域话语权力量的亲身体验，加上对新文化运动文人公共交际方式的旁观，都让曾朴充分认识到期刊杂志作为公共文化话语空间所具有的强大传播力。编者讲话和编读通信，是掌握话语权的期刊编辑们习用的一种有效的沟通和自我宣传推介方式。那些与知名文化人、作家、学者的通信，尤其是带有"论辩""争执""暧昧"甚至是"相互攻讦"色彩的通信则更能快速有效地吸引读者的眼球，扩大刊物的知名度和销量。对此，曾朴有充分的认识，并尽量利用"通信"来阐发自己的文学理想和文艺主张，如在第 1 卷第 4 号上，他通过《编者一个忠实的答复》一文来补充说明在《编者的一点小意见》里提出的"调和一致"的含义，解释《鲁男子》序幕的命意，为自己译文的忠实自辩等；又如通过《复戴望道》和《复王石樵、黄序庞、愿羲的信》等文来论述自己的翻译主张，表达自己对复译、翻译用语、系统翻译、翻译与创作的关系等问题的看法，批评译界的种种乱象，阐明刊物的编辑思路等，都是他以《真美善》杂志作为发声筒，通过"通信"这一方式在向文坛传达自己的声音。

我们且看曾朴的《复胡适的信》一文。文中，这位晚清小说大家以洋洋六千余言，"有些婆婆妈妈白头宫女谈天宝似的"（病夫，1928a）。跟胡适这个文坛后辈、这位新文化运动的主将，自述其"进修文艺"的经历、对新文学的看法，以及自己要通过译介外国文学来改造新文学的文化主张。文中曾朴的低姿态①难道仅仅是他的谦逊吗？我认为，曾朴看重的，是胡适作为新文化运动的领军人物的文化身份！他复信中的"适之先生：两次捧读示教，迟延了两三个月"（病夫，1928a），的说辞，虽然托词是"近来精神太不济"，（病夫，1928a），但我们可以想见曾朴对于如何回复胡适的信是费了思量的。因为，他要把这封信发表在已经办了半年的《真美善》杂志上，要通过这封信在自己苦心经营的"公共话语空间"里向新文坛传递自己的声音。那么，这封信就应当"言之有物""掷地有声"。要不然，他也不会在"精神太不济"的情况下熬夜到"一七，三，一六，天明时"（病夫，1928a）来写这封信。我们不妨从曾朴体验很深的两件"文坛公开信"事件上来旁证我们以上的推测：其一，文坛公案——《新青年》杂志"双簧（信）戏"事件。当年的《新青年》诸公为了引起视听关注，"悍然"决定以通信讨论方式设圈套诱引林纾上钩，与之展开激烈论辩，从而使《新青年》杂志及其新文化的主张成功地吸引了公众关注。新文化运动的先锋们的这段"不择手段"的文化表演，此后似成了文坛佳话，开了以"私信"充作"公器"与"攻器"的先河。对此，曾朴是深有感触的，并由此见识了"公共话语空间"里"话语权"的威力，他曾对张若谷表达过他对此事的看法："晚年他（指林纾）受新文化运动的一个重大创击，把唯一依为生活的北大教员饭碗打破了，好像从九霄云里牵到深渊底，直到逝世，没有重复爬出头来"（张若谷，1929a：21）；第二件"双簧（信）戏"事件的"被讨论者"就是他自己。他在《修改后要说的几句话》里回忆道："我却记到了《新青年杂志》里钱玄同和胡适之两先生对于《孽海花》辩论的两封信来。……被胡先生瞥眼捉住。不容你躲闪。……赚得了胡先生一个老新党的封号。"（东亚病夫，1928：4-5）对于钱、胡二人关于《孽海花》文学价值的讨论，曾朴当时并未回应。笔者推测，他未作回应的原因，可能是因为当时手里没有掌握杂志，没有舆论阵地，不敢轻易反击，怕重蹈了林纾的覆辙。直到 1928 年 1 月，在自办的真美善书店出版《孽海花》（修改本二十回）时，曾朴才在解释了自己创作《孽海花》的动机并比较了其与《儒林外史》在叙事结构上的差异以为自辩后，悠悠地回赠了胡适一顶"老新党"的帽子。由此可见，曾朴对于当时期刊杂志上流行的"通信"的"威力"和作用是有很深的认识的，只不过，这时他的文化身份已由当年的"被讨论者"变成了手握"传媒公器"的真美善书店老板和杂志主编了，他要做的就是好好利用胡适显赫的文化身份，对他及其背

---

　　① 曾朴在信中使用的敬语词如"您"、"恕"和"宽恕"等均可证实他"谦逊"的姿态，尤其是他自称是"时代消磨了色彩的老文人"，在与"新文化运动主将"对话的语境中则更显得自谦了。

后的新文化阵营"一吐衷曲"罢了。

此外，在《真美善》杂志第 1 卷上，比较重要的文论文章，还有曾虚白的《翻译的困难》和《模仿与文学》，前者指出了创作与翻译的差别及翻译的两种"困难"，针对当时翻译界多数译者存在的问题，提出了翻译训练的方法，是技术层面的建议；后者指出了创作与模仿的关系，实际上是对曾朴关于译介外国文学以为中国新文学创作榜样的文学理念的进一步阐释，文章指出古今中外文学进步的方法在"模仿"，即通过学习借鉴优势文学资源来造成伟大的作家作品，是方法论层面的建议。曾虚白的这两篇文章是《真美善》杂志创刊初期曾氏父子文学改革和建设理论的有机构成。

在《真美善》杂志第 1 卷上，曾朴、曾虚白父子著译并作，他们的文学主张得到了不同文学流派、文艺团体作家的响应，这从杂志的"文艺的邮船"等栏目的"编读往还"和时人对曾朴及《真美善》杂志的评价上就可窥一斑：郁达夫赞誉曾朴是"中国新旧文学交替时代的这一道大桥梁，中国 20 世纪所产生的诸新文学家中的这一位最大的先驱者"（郁达夫，1935）；胡适在致曾朴的信中，称赞他译嚣俄戏剧全集为"今日文学界的一件绝大事业"（胡适，1928），称他是"中国新文坛的老先觉"（胡适，1935）；茅盾则在《看了〈真美善〉创刊号之后》一文中表达了对曾朴文学观念的总体认同，并提出了对《真美善》的热切期望（茅盾，1927）。

第4章 "真美善作家群"的形成及其文化姿态

4.1 "法国式沙龙"："真美善作家群"的形成聚集

应该说，曾朴、曾虚白父子对 20 世纪 30 年代的文坛生存规则和以书店、杂志作为"公共文化话语阵地"在现代文化场域中的作用是有充分认识的。自然，所谓的文坛生存规则，就是书店老板、杂志主编和从事文学创作的文化人的生存规则，是"文学生产场的生成和结构"法则①。在当时中国文学中心城市之一的上海，作为文学生产、流通活动组织者的书店老板、刊物编辑们是影响文学生产和流通过程及其质量的一个非常重要的因素，他们以传播者的身份和作家、作品与读者共同构成文学生产、流通和消费的整体生态。他们的物质利润的高低和文化声誉的大小，主要取决于他们集结了一批什么样的作家和文学产品的营销队伍（即发行渠道）。因为，作家作品的质量和营销队伍的发行能力，决定了他们投入到文化出版业中的资本的升值空间和他们作为文学生产和流通活动的组织者在文学生产场中的地位。因此，他们总是试图用各种手段拉拢作家、艺术家，将其纳入自己的阵营，利用文学场的生存法则来规约他们并从他们身上最大化地"榨取"剩余价值。另一方面，作为文学生产主体的作家们也分为几类：无名的文学青年，一般要谋定一份糊口的职业，业余从事创作，四处投稿，结交编辑，想办法发表文章以求文坛知名，这几乎是每一位"穷"作家的必经之路，典型者如成名前后的沈从文；已成名的作家，凭借一支笔著译不辍，在其他文化机构如学校兼职，或做职业作家，投稿卖文为生，也要搞好与书店老板、杂志编辑的

---

① 皮埃尔·布迪厄指出，"文学场就是一个遵循自身的运行和变化规律的空间，内部结构就是个体或集团占据的位置之间的客观关系结构，这些个体或集团处于为合法性而竞争的形势下。……这些位置的占据者的习性的产生，也就是支配权系统，这些系统是文学场（等）内部的社会轨迹和位置的产物，在这个位置上找到一个多多少少有利于现实化的机会"。（皮埃尔·布迪厄，2001：261）我们对于"真美善作家群"的讨论基本上是关于他们在 20 世纪 30 年代上海文坛"文学场"内部活动轨迹的讨论，即关于他们为寻找自己在中国文学现代化进程中的作用和价值定位的活动的讨论，同时强调他们作为一个文人群体在"占据位置"时所采取的文化姿态，以及在这个过程中所表现出的异于其他文化群体的个性化特征和共性化特点。

关系①，甚至为卖稿要托人找关系；此外，就是已有文名、拥有一定私人资本并抱有某种文学理想和文化主张的作家们，为了创作上和经济上的独立，会募集股本，办一个同人书店或刊物，勉力支撑以求有发表作品的阵地，进而希望能通过自己的文化活动在质与量上影响中国文学现代化的进程，如"新月"、"真美善"和"金屋"等实体书店（出版社）和杂志的创办都属于第三种情况："开书店的目的，一方面想借此发表一些自己的作品，一方面也可借此拉拢一些文艺界的朋友，朝夕盘桓，造成一种法国式沙龙的空气"。（虚白，1935b）

因此，在文人汇聚的 1930 年前后的上海，当曾朴、曾虚白父子的真美善书店和《真美善》杂志开张之时，他们就获得了在"众声喧哗"的公共话语空间——文坛上——发出自己声音的话语权。并且，因为拥有了书店老板和杂志主编的文化身份，他们还获得了通过代为出版图书、编发文章授予他人话语权的权力。这种"权力"正是可以"号召同好"的资本——一种依托金钱资本的话语资本。书店、出版社的资本越雄厚、出版发行能力越强、依托于书店的杂志的版面容量越大、出版周期越短，书店老板和刊物编辑们就能获得越大的话语权和号召力，他们也就获得了组建以自己为核心的作家群的"物质"基础。

然而，"文化生产场"是有自己的存在和运转法则的。一个作家群的诞生，实际上要受到种种外在和内在条件的规约。在获得了一个相对稳定的、允许他们存活的外部政治、经济和意识形态环境之后，他们还内在地需要一个或数个在创作和批评理论建设上均有号召力的领袖人物，一种目标接近、路径一致的趋同的文化理想，一种以文学宣言的形式对外公布、对内形成规约的群体性文学信念，一群审美气质接近或有地域文化因缘的作者，一个或数个可以发表作品的定期出版物，以及一种群体成员一致接受的内部私密的和外部公共的文化交际方式，即一种共同的在私密领域和公共文学空间中适用的文学生活方式。

上海作为当时中国现代化和开放度最高的金融中心和租界城市，为作家文人们提供了一个政治上宽松、生活上舒适的外部环境。曾朴以一个久享文名的文坛前辈身份，加上他对法国文学的深入研究与译介成绩，以及真美善书店老板和《真美善》杂志主编的名头，无疑具备了担当"真美善作家群"领袖人物的文化资本；曾氏父子在《真

---

① 如郭沫若在忆及当年创造社依附泰东书局办刊时的情境曾说："我们之为泰东服务，其实又何尝不是想利用泰东。……创造社的人要表现自我，要本着内在的冲动以从事创作；创作了，表现了，不能不要发表的地方，所以在他们的那种迷梦正酣的时候，泰东书局无论怎样苛刻他们，对于他们是有效用的。"（郭沫若，1958：72）由此可窥书店老板与编刊文人、作者关系不平等之一斑。

美善》杂志上发表的关于通过译介外国文学来改革中国文学的主张,是这个作家群的文化宣言;真美善书店和《真美善》杂志是他们用以吸引拉拢同人的"公共文化话语空间"和发表作品及文学言论的舆论阵地。可以说,曾氏父子及其"真美善"文化事业具备了上列构建作家群的六项条件中的四项。为切实实现其建构作家群的目标,他们还需要拉拢、培养一批与自己文学理想和审美气质接近的作家,找到一种内部私密和外部公共的文化交际方式,以团结同好,共享"文学生活",并相对一致地对外宣扬自己的文学理想,实践其文化主张。

因为曾氏父子"开书店的目的决不想赚钱,只想开创社会提高文艺价值与爱好文艺兴趣的风气"(曾虚白,1988:83)。他们既不想做"逐利"的文化商人,也不愿当仅为"追名"的腐儒文人。他们有为中国新文学现代化谋出路的远大理想,有要"领导群伦"的家学体统和文化价值观传承,他们想做的就是要为振兴中国文学造一种"风气",把"爱好文艺热心研究文艺的同好"(曾虚白,1988:83)召集起来,组建起一个以自己为核心、有趋同的文学理想、有相近的文学艺术审美价值观念的文化生态群落,即一个审美气质相对和谐一致的作家群和对应的读者群。

如果说曾朴的《编者的一点小意见》是一面宣示自己在文学上的"主义"的旗帜的话,那么下列言论,无疑是他们父子招募文学改革"义勇军"的"招兵告示"了:

"本杂志欢迎投稿不论文言白话凡与同人等宗旨相同有文学价值之作品皆当尽量采录。"(真美善杂志编辑所,1927)

"我们这只独木舟并不是专预备给自己坐的,不时的溜着眼光向两岸的人群里寻找那同舟的伙伴。深望站在那里看热闹的诸君个个跳上船头来,做一次文艺界金羊毛的远征吧。"(虚白,1927a)

"我们知道委托给自己的使命未免过分重大,绝不是少数人的力量所能够收圆满功效的,所以希望同志协助的心比什么多急切。你说的'实际上的表现'就是我们创办这份刊物的宗旨。我们知道主义的成功全靠着试验的努力。……文学也是这种的,我们就想贡献这份杂志给我们的同志大家来充分表现一下子。"(虚白,1927b)

"本店创办的宗旨在《真美善杂志》里边已经说得狠详细的了。我们希望爱好文艺的读者,不光拿空嘴说白话的赞美来鼓励我们,却愿大家给我们实质的协助,来加入我们这个奋斗的团体。所以我们正伸长着脖子在这儿盼望诸君的佳作的哩。

如有长篇创作或是译述可以刊成单行本的送来，更是我们所渴望的。既是一个旗帜底下的奋斗者，待遇如何当然再用不着多多饶舌的了。凡是取费或抽版税均可当面或通信妥议的。"（真美善编辑所，1927）

这些"启事"既要征稿，强调文稿要"与同人宗旨相同有文学价值"，又要"征人"，呼吁"爱好文艺的读者"，都"来加入我们这个奋斗的团体"，"充分表现一下子"。在这些宣言、征稿启事中，曾氏父子以"真美善"作为文艺的标准，号召其文艺同好和书店、杂志作者们通过译介世界文学经典来改造中国文学。当然，他们也知道这"使命未免过分重大，绝不是少数人的力量所能够收圆满功效的"，进而提出了要召集起那些"一个旗帜底下的奋斗者"来成立一个"奋斗的团体"。除声明"宗旨"要"相同"外，还许以"待遇"不错的物质"诱惑"，声明"凡是取费或抽版税均可当面或通信妥议的。"这是曾氏父子通过《真美善》杂志为"组建""真美善作家群"在作者团队召集方面所作的宣传努力。通过这种方式，他们收到了一些自由投稿。真美善书店和《真美善》杂志的很多撰稿人都是当时文坛并不知名的作者，都是他们通过这种方式召集起来的。这些作者中有很多都是很有潜力的青年作家，曾氏父子对他们奖掖扶持有加，其中如苏雪林、陈锦遐、俞牖云、崔万秋（时为留日学生）、叶鼎洛、小瑟、行泽、穆罗茶、徐蔚南、卢梦殊、陈明中、王佐才、孙席珍、王坟（时为东南大学学生）等人都成了《真美善》杂志的固定撰稿人，有些更是在真美善书店出版了他们的作品集或著作①单行本，从而登上文坛。

然而，在书店、杂志林立的上海文化大市场上参与文学和商业的竞争，仅仅争取自由投稿是不够的。虽然曾氏父子志不在赚钱，但是要维持刊物的运营，并实现其文学理想，就必须主动出击去争取那些合乎自己文学标准的作家和优质稿源。他们首先想到的是他们设在法租界的真美善书店的近邻——邵洵美的金屋书店，以及那些出入其间、与自己有着较近的文学追求的作家们。

1936 年 2 月 15 日，在上海的《六艺》杂志创刊号上，刊登了一幅署名"鲁少飞"并题为《文坛茶话会》的漫画，描绘了 20 世纪 30 年代文坛知名作家的众生相，涉及的当时聚集在上海的知名作家有如鲁迅、茅盾、郁达夫、沈从文、林语堂、老舍、穆时英、田汉等共 27 位，而坐在主人位置上的，就是当时闻名海上的孟尝君——邵洵美。当然，在现代文学史上并不存在这样一次"文坛茶话会"，但是这幅漫画却以形象的方式给我们虚构性地、形象地再现了一个长久被遮蔽的文学史人物邵洵美的当年

---

① 具体书目可以参见"附录一真美善书店出版图书目录（1927~1931）"。

风采。在 30 年代文坛上，邵洵美是一位被称为"小孟尝"的出版家，一位兼有书店老板、诗人、翻译家和期刊编辑等文化身份的文化"闻人"。他交游广泛，各家各派的文人他都相与交好；出身官宦家庭，家资雄厚，爱好文艺，又具有浓厚的文艺气息和浪漫气质，并不惜资财参与和赞助出版文化事业。他先后办有"金屋书店""时代图书出版公司"等出版机构，是《狮吼》（复活后）、《金屋》《时代画报》《论语》和《人言》等 11 家刊物的老板。或许正因为如此，当他被"虚构"性地放置到"文坛茶话会"主人的位置时，也就多少有了些历史的真实感。同时，由于邵洵美"广交游"的范围主要是文艺界人士，其个人精神气质浪漫多感，又不拘形迹，再加上他家底雄厚、乐善多施，尤其是他素来主张要为繁荣文艺事业而组织"文化的护法"和"文化的班底"。他曾发表《文化的护法》一文，提出可以通过"文化会社"和"交际社会"（"小规模的交际社会，便是'文艺客厅'了"）两种方式来组织和培养文艺的"护法群"（邵洵美，1935a）；也曾发表《文化的班底》一文，指出"我所谓的'文化的班底'，便是一切文化工作撑场面的人物，是一种基本捧场者。……原来一切文化运动，一定少不了'班底'"（邵洵美，1935b）。他的这两种观点都是在 1935 年提出的，但很有可能是在与曾朴的交往中相互激发明确了这种想法。从邵洵美的主张看，他有很明显的"文化群落"意识，意识到了建立这种"文化群落"的重要性，并提出了具体的建构方法。所以，他的金屋书店和家中客厅就成了各派文人聚谈的一个场所。

据郁达夫回忆："我们空下来，要想找几个人谈谈天，只须上洵美的书斋去就对，因为他那里是座上客常满，樽中酒不空的。在洵美他们的座上，我方才认识了围绕在老曾先生左右的一群少壮文学者，像傅彦长，张若谷诸先生。"（郁达夫，1935）从郁氏的这段回忆中，我们可以得到如下信息：其一，20 世纪 30 年代的文坛各作家群体间并非壁垒森严，他们在上海的文化群落里频相往还，并且是网络交叉、"相互渗透"的，文学史为作家粘贴的流派/派系标签恰恰也是遮蔽作家本身文化追求多样化和文化生态丰富性的障碍物；其二，围绕着曾朴的作者们也围绕着邵洵美，那么曾、邵有共同点吗？这共同点是什么呢？从《真美善》杂志刊登的文章来看，邵洵美也是希腊罗马古典主义和法国浪漫主义的崇拜者，与曾朴有着共同的审美气质。况且，他是金屋书店的主人，有自己的"唯美主义"的文化班底。邵洵美的文学活动在文化场域和人员上，为曾氏父子在其"真美善"事业起步阶段的"文化社交活动"提供了一个便利的平台，而他本人也无疑是以曾氏父子为核心的"真美善作家群"的重要成员。虽然曾、邵二人的文化理想未必一致（他们也不求一致），但他们对于组织"群体性文学生活"的方式的意见却很相洽。曾朴在 1928 年的日记中记载下了他们这样的谈话：

"（五月二十三日）……傅彦长同了金屋书店主人，邵洵美来了。……开首讲了些出版界的事情。后来讲到文艺界太没有联合的组织，何不仿法国的客厅或咖啡馆，大家鼓些兴会起来。"（东亚病夫，1935b）因为曾朴对法国风文艺沙龙式文学生活方式的热切向往，他希望自己的文艺沙龙能够有"地道"的法国味，所以迫切"希望能产生一位法国式的沙龙中心女主人"（东亚病夫，1935b）。他们还兴致勃勃地讨论了请王映霞和陆小曼来做这女主人的可能。从他们的言谈中，我们可以见出将他们联系到一起的一个重要文化纽带——法国文化气质里的"浪漫情怀""异域情调"，以及这种文化情调带给他们的对于异域文化的现代性想像和关于国族文化自强的热切期望。他们所以要住在法租界，除了其自身经济富裕的因素之外，又何尝不是因为法租界可以给他们提供体验"异国情调"和异域文化风采的生态场呢？他们看准了法国风文化沙龙对于像自己一样的异域文化爱好者所具有的吸引力，因此，就不遗余力地学习模仿起来。

　　尽管如此，我们还是需要指出，曾家客厅和邵氏书斋的文化氛围还是有较大差异的。曾朴明确提出了要把真美善书店办成法国式文艺沙龙，其客厅文艺沙龙带有浓重的法式贵族气。当然，这种氛围的获得，主要是啸聚其间的沙龙人物们在曾朴的引导下通过对法国沙龙文化生活的文本阅读和跨文化想像与模仿实现的；邵氏书斋的文化交际方式，可能更偏向于传统的、中国贵族式的酒肉场上的雅集，或者是中西合璧式的。我们仅看郁达夫对两家客厅的描述便能分出轩轾，关于曾家客厅，郁达夫的描述是："我们有时躺着，有时坐起，一面谈，一面也抽烟，吃水果，喝酽茶"（郁达夫，1935）；关于邵氏书斋，郁达夫的描述是："座上客常满，樽中酒不空"。（郁达夫，1935）仅从这"茶"与"酒"的差异，我们就可以想见在曾家客厅里一群围绕在文坛老将曾朴身边的文艺青年们的活跃（泼）中的相对安静，一种法式的安静；也能想象当年邵氏书斋中一群同龄文艺青年的喧闹自在，一种竹林放浪的喧闹。曾虚白曾回忆说："这些人，来者自来，去者自去，踏进门不一定要跟这位谈风正健的主人打招呼，要想走，也都那么默默无声的溜了。我父亲就喜欢这种自由自在的气氛，感到这才有些像法国的沙龙。"（曾虚白，1988：95）

　　邵洵美除了在自家书斋里会见文友外，还不时摆宴召集文艺界朋友、作家们雅集。时为《真美善》杂志作者之一的赵景深曾收到他的这样一封招宴请柬："阴历九月二十二日星期六，下午六时，谨备薄酌作文友小集。同席为东亚病夫父子、若谷、彦长、达夫等，尚乞驾临。"（孔海珠，2006：103）《金屋谈话》中还曾以"新雅酒楼"记录下另一次聚会："（1928年）十月二十八日新雅酒楼的一个集合。并不一定都是预先约定的，到有曾孟朴父子、傅彦长、郑振铎、张若谷等十余人。……他们谈到国术考试，谈到元曲的孤本，谈到邵洵美家藏的旧书，谈到包罗多的小说。吃完了饭，便到郑振铎家里，于是又谈到《海外缤纷录》，谈到《孽海花》。"（佚名，1928）他们不仅往还宴集，还把这样的集会作为文坛消息发表在自己编辑的刊物上。据笔者推测，邵洵美们刊登此类文坛消息的目的，可能是要向文坛和读者界展示其"文化班底"的实力，展示其文化交际的状貌，满足一般读者的好奇和"追星"心理。但同时，也为我们留下了关于当时文艺界作家相互交往的生态图景和文学史史料。

曾氏父子是在开始其"真美善"文学实践活动时，出于要聚集拉拢文艺同好目的，慢慢接近并加入到上海的文学生态群落中，参与他们的"文学生活"。他们是邵洵美的这个小文艺团体的"后来者"。对此，张若谷曾回忆说："你（指朱应鹏，笔者注）与傅彦长、邵洵美、徐蔚南、叶秋原、周大融、黄震遐，诸位兄长都是有资格的咖啡座上客。最近又新得到东亚病夫父子两人，参加我们的团体。"（张若谷，1929b：6）

正是通过这些集会，通过这些私人场合的文化交际活动，邵洵美的"文化班底"慢慢部分地也成为了曾氏父子真美善书店和《真美善》杂志的"文化班底"，成为曾家客厅文化沙龙的常客和《真美善》杂志上常见的名字。于此同时，曾朴也竭力营造出了一种"法国风沙龙"的气氛来吸引文艺青年。曾虚白曾这样回忆曾家客厅里文艺聚会的盛况："来访者都是透过真美善杂志的关系的一些文艺爱好者，其中尤以爱好法国文艺者受我父亲最诚挚的欢迎。现在回忆，走的最勤的该算是邵洵美带头的张若谷、傅彦长、徐蔚南、梁得所与卢梦殊等。因为邵洵美自己也开一家书店名'金屋书店'，这些人经常在他那里聚首，不约而同地再向我们家里来转转。此外来我家的文人，我现在能想得起的有郁达夫、李青崖、赵景深、郑君平、顾仲彝、叶圣陶、陈望道、朱应鹏、江小鹣、钱崇威、俞剑华等，当然现在想不起的要比这些人数多过好几十倍。"（曾虚白，1988：93）这个人群的构成比较复杂，人员流动性也很大，很多人的来去都是泛泛的一般性文坛交际。而且，他们中的很多人和曾朴、曾虚白父子在文化气质、审美诉求和文学理想等方面都有较大差异，在文学上的"道"不同，多没有真正对真美善书店和《真美善》杂志的发展做出实质性的贡献或帮助。因此，我们仅将其中在真美善书店出过书或在《真美善》杂志上发表过文章的那些作家称为"真美善作家群"的"曾家客厅沙龙人物"。

《真美善》第3卷第5号《编者小言》里曾出现过一个"长期作稿"人员名单："撰稿方面除本刊病夫、虚白外，已约定邵洵美，徐蔚南，绿漪，傅彦长，张若谷，赵景深，叶鼎洛，孙席珍，崔万秋，顾仲彝，马仲殊，谢康等诸位先生长期作稿，尚有许多同情我们和赞同我们的作家也已经供给我许多珠玉般的文字预备逐期给读者相见的。"（佚名，1929a）而在第 3 卷第 6 号封底页也曾经登载过一个"长期执笔"人员名单："病夫、傅彦长、邵洵美、赵景深、张若谷、孙席珍、顾仲彝、叶鼎洛、马仲殊、王坟、虚白等长期执笔"（真美善编辑部，1929）。我们可以把这两个名单上的人物称之为"《真美善》杂志特约撰稿人队伍"。此外，还有长期为《真美善》杂志的某一栏目供稿但在以上两个名单里都没有提到的人物，如鹤君、周章等长期为"思想的花园"栏目供稿，师鸠长期为"读物杂碎"和"文艺零讯"栏目供稿，毛一波长期为"书报映象"栏目供稿，陈雪清独力为"文学家林"栏目供稿等，我们可以称这些作者为《真美善》杂志专栏撰稿人队伍"；还有一群在《真美善》杂志上长期登载稿件或在真美善书店出版作品集或单行本的作者，如王佐才、邵宗汉、傅红蓼、陈学昭、季肃、味真、王家械、朱庆疆、孙佳讯、成孟雪、朱云影、穆罗茶、周承慧、俞长源和荷拂等，他们构成了一个较为稳定的"真美善书店及其杂志固定投稿人队伍"。以上四组人物共同构成了以曾朴、曾虚白父子为核心，有着趋同的文化气质和审美追求、以文学交谊相互呼应、有一定层次感的"真美善作家群"。他们基本认同曾氏父子"真、美、善"的文学理想和文学改革主张，并以积极著译投稿、参与刊物的编辑和撰写书评、文论文章等方式，在《真美善》杂志或其友好刊物上同声和气、交相呼应，在 20 世纪二三十年代的中国文坛上蔚成了一道"真美善"的文学风景线。

"真美善作家群"的作家们同出于对异质文化的热爱，出于对文学艺术美的尊崇，努力追求文学的自在和多样性发展。他们集合在曾氏父子"真、美、善"的文学旗帜下，构成了一个被称为"20 至 30 年代初纯文学期刊的散兵游勇"的"真美善作家群"，他们"以独立和坚韧的精神，呈现出那个时期相当一批作家对艺术的执着、对美的纯朴追求。它们的存在，是中国文学现代性追求多样性和丰富性的表征"（杨联芬等，2006：180）。他们具备了构成一个作家群最重要的三个文化要素：其一，他们有鲜明的文学理想和文化主张，有纲领性的文学宣言[1]，有明显的群体意识[2]；其二，他们有核心的组织者，如曾朴、曾虚白父子和邵洵美等，有组织地进行经常性的文艺聚谈和组稿活动，并筹划出版专号等；其三，他们有定期的出版物、实体出版机构（即书店，兼具编辑和出版功能）和发行所，有相对稳定的撰稿人队伍，这就保证了他们有稳固的言论阵地和畅通的传播渠道。此外，还有一点非常重要，那就是他们有可以互为呼应的兄弟刊物，如《金屋》《狮吼》（复活后）、《申报·艺术界》《咖啡座》《雅典》《白

---

① 曾朴的《编者的一点小意见》（病夫，1927b）一文是曾朴文学理想的集中体现。

② 曾朴曾号召说："愿大家给我们实质的协助，来加入这个奋斗的团体。"见《真美善》杂志 1927 年第 1 卷第 3 号的《征求文稿》。

华》《新月》和《当代诗文》等，这些同人刊物的编者和作者们有很多都是曾氏父子客厅文艺沙龙的常客或真美善书店及《真美善》杂志的作者。

4.2 客厅与书店：作家群体内部的文化交往

尽管在表面看来，因为时局多变和个人因素，民国时期作家群的聚合方式大多较为松散，但一旦某个作家群体聚合形成，便会在群体内部生成一种组群文化和自我认同的精神规约。这种精神规约，就是后来者需要迈过的"门槛"。文学生产场中的核心人物，尤其是那些有文化抱负、通过资本介入获得了文学场全部或部分话语权的领导者和"已在场"的人物，即组群成员们，在其意识深层（尽管他自己意识不到或不愿承认），都有掌控群体的话语权力和资本（如金钱或资历）走向的欲望。皮埃尔·布迪厄在论及文学场的"法则和界线的问题"时说："这些行业（指报纸、电视、电台等传媒，笔者注）的功用在于把它们的占据者放在'环境'的中心，在这环境中传播构成作家和艺术家的特定竞争的信息，建立关系并获得有利于出版的保护，有时取得特殊权利的位置——出版者、杂志、文集或全集的主编身份，通过出版、赞助和建议等从新来者那里获得承认和尊崇，这就有利于特定资本的增加。"（皮埃尔·布迪厄，2001：274）为了获取"特定资本"，为了不断强化其核心人物的核心文学主张对群体内部其他成员的影响力，或者说为了不断强化一个群体、尤其是有思想的作家群内部的人际和谐与理论素养与实践能力的提高，文学场中各种参与话语／"资本"权力角逐的力量——在本书中具体为"真美善作家群"——就不能忽视其内部"文学生活"的频次和质量，并保证对不同层次的人员使用不同的交际手段和拉拢方式，来实现本组群在文学场中的持续"在场"并保持持续、良好的文坛声誉。

每个社群组织的成员个体与其核心人物关系的疏密度都不一样，这就是社会性群体组织的内部层级性。"真美善作家群"因其成员各自生存地域、艺术追求和个人气质等方面的差异，与其核心人物曾朴、曾虚白父子关系的疏密程度、交往频次也各自不同，所以我们可以用有层次感或层级性来形容他们整个作家群内部成员间的关系。同时，作为文学生产场上诸种竞争力量的一支，他们需要不断与外界其他文艺团体和规约因素发生关系，从而适时加强或调整其文化姿态和内部人员部署，以求适应环境，并使群体的"特定资本"——文坛声誉和现实利益——持续或增加。那么，对于"真美善作家群"，尤其是对曾氏父子而言，他们就需要处理好内部和外部两种关系，在个人化的聚会场合展开内部私密性交往，在公共文化空间展开外部公共性交际。同时，因为其内部的层级性结构及其与外部其他群体的层级性关系，他们需要展开侧重点和方式不同的对内、对外两个层面的层级性文化交际和文化公关活动。

"真美善作家群"基本上由四个主要层级构成的："曾家客厅沙龙人物"，"《真美善》杂志特约撰稿人队伍"，"《真美善》杂志专栏撰稿人队伍"和"真美善书店及其杂志固定投稿人队伍"。尽管这几组人物名单多有交叠，在"特约撰稿人"名单里的人物基本上都是"曾家客厅沙龙"里的常客，但是很多"曾家客厅沙龙人物"却又从未在真美善书店及其杂志出版、发表过作品，如曾虚白所列的郁达夫、陈望道、叶圣陶、梁得所、钱崇威、郑君平（郑伯奇）等名字，均未在《真美善》杂志上出现过。由此可见，他们与曾氏父子间的交往，对于"真美善作家群"而言，属于外围的"礼节性"交往。虽然因为声气相投，常相往来，但未必认可曾氏父子的文学主张。当然，这种往来丰富了20世纪30年代文坛作家们的文化交际活动，为不同文学群落间互通声气提供了一个私人管道。正是通过这个管道，曾朴成功地向当时的新文学界部分地传递了自己的文学主张，并获得了某种程度上的认可。郁达夫在记述他出入曾家客厅的文章中，给我们描绘了曾朴的当年风采："孟朴先生的风度，实在清丽得可爱"，"先生的那一种常熟口音的普通话，那一种似流水的语调，那种对于无论哪一件事情的丰富的知识与判断，真教人听了一辈子也不会厌"，"先生所特有的一种爱娇，是当人在他面前谈起他自己的译著的时候那一脸欢笑。……感受到一种说不出的像春风似的慰抚"（郁达夫，1935）。应该说，郁达夫身上的浪漫气质、"偏神经质"式的名士作派，与曾朴的浪漫、热情洋溢最相宜，他们的相互吸引，是个人精神气质的相互吸引和对彼此文学成就的相互欣赏悦服。试想假如没有在曾家客厅沙龙里的竟夕长谈，郁达夫又怎能把曾朴赠阅的译著《肉与死》"一晚不睡，直读到了早晨的八点"（郁达夫，1935），从而进一步从日夕纵谈中深入了解并同情他的文学理想呢？

那些既是"曾家客厅沙龙人物"，又名列"《真美善》杂志特约撰稿人队伍"的作家们[1]，是曾氏父子通过个人化的客厅文化沙龙活动结交并相互认可的"文艺同好"，是这个作家群的核心圈子。他们不仅在客厅沙龙里聚谈社会人生和文学理想，而且还在交谈之中为曾氏父子的"真美善"文化事业出谋划策，为书店出版计划的制订建言，为杂志撰写文章，展开"集团作战"，集体对外张扬本群的文学主张，如集体为"女

---

[1] 其中王坟、马仲殊、孙席珍、崔万秋不在客厅沙龙名单中，因为他们的生活地域不在上海，如王坟在苏州念书、崔万秋在日本留学，但是他们的确是真美善书店及其杂志上的活跃分子，又在"特约撰稿人"名单中，因此，也当划入"真美善作家群"的核心圈子。

作家专号"和"法国浪漫运动百年纪念号"提供编辑思路，并帮助曾氏父子组织、拉拢稿件，或亲为撰稿，等等。这种"真美善作家群"的"文学集体操"，让我们看到了这一作家群的文学理想和文化姿态。其中，作为作家群的核心人物，曾朴很主动地参加各类文化聚会，他不仅经常出席邵洵美组织的文艺活动和宴饮聚餐，有时还"主动出击"："听说虹口北四川路有家广东茶馆是文艺作家们在下午三四点钟经常聚会的地方。他老先生竟兴致高得要我陪着他好几次闯得去做不速之客。当然，他一到在座者欢声雷动，一谈又是一两个小时。"（曾虚白，1988：95）此外，曾朴还着意把自己的文艺沙龙办得在精神、氛围和形式上都具有"法国风"①。因为，法国式文化沙龙不仅是曾朴所私淑的文化生活方式，更是他借以聚拢其"真美善作家群"的一个"文化磁场"。因此，曾朴在法租界的住宅就为他放置其"法国风沙龙"提供了一个理想的外在文化场域。在曾家的客厅文化沙龙里，"先生于著述之余总喜欢邀集一班爱好文艺的同志，做一种不拘行迹的谈话会。那时候他的寓所中，常常是高朋满座，一大半都是比他小二十岁三十岁的青年，可是先生乐此不疲，自觉只对着青年人谈话反可以精神百倍，所以一般友好，都取笑他是一个老少年"（虚白，1935b）。徐蔚南曾这样当面评价曾朴："您不仅能了解比您年纪小一半的青年的心情，而且要和青年人做伴侣，加入于青年队中。因为您有着这样'白头少年'的精神，所以您会忘却您自己在近代文坛上的权威，而毅然决然再跃入新的文坛里了。"（徐蔚南，1929：11）应该说，曾朴对文学的热情及其热烈易感的性格特点，加上他从不以知名文人自恃，所以能够苦心经营起一个文学青年们喜爱的法国风文化沙龙，这是一个半私人化的文化生活空间，曾朴在此间既与文坛友人聚谈，展开小范围对外交流与宣传，又邀约其"真美善作家群"内部成员交流对文艺的看法，商量策划书店出版和刊物编辑计划，并通过出版图书和发表文章向外界展示群体的文学成就。需要特别指出的是，我们所以要强调曾家客厅文学沙龙的半私人性是因为，若从出入其间的文学人物的构成来看，它还有着对外营造一种"文化群落"的魅力和吸引力的作用。那些慕名而来的作家如郁达夫、郑君平、叶圣陶们的名头本身，对曾氏父子及其"真美善作家群"就是一种激励和名人效应式的广告。因此可以说，曾家客厅文艺沙龙是一个半私人化半公共

① 曾朴在谈到与张若谷的相识时曾说："我们一相遇，就娓娓不倦的讲法国的沙龙文学；路易十四朝的闺韩文会 les precise des Ruelles；邸馆文会 Une nouvelle preciossites de salon；梅纳公夫人的印庭 La Coeur de sceaux de la Duchesse du Maine；朗佩尔夫人的客厅 Le Salon de Mme Lambert；兰史碧娜斯姑娘的客厅……等。尤其喜欢谈罗曼派诺甸 Charles Nodier 的亚尔那的 Salon d'Aeseale 第一次客厅，嚣俄的王家场 Palace royale 住宅；金百合房的 La Chamoleon Lis d'or 第二次客厅。"（东亚病夫，1929：7）

化的文化空间。

从《真美善》杂志的"专栏撰稿人队伍"和"固定投稿人队伍"聚合到曾氏父子周围、在书店出书或在《真美善》杂志发表文章的时间来看，他们基本上都是通过向《真美善》杂志投寄稿件，受曾氏父子赏识、约请，而固定为某一栏目提供稿件，如毛一波、师鸠等。从某种意义上甚至可以说，他们是刊物的"编外编辑""专栏作家"，或者"专栏编辑兼撰稿人"；此外，还有因文才卓越被曾氏父子欣赏①而直接在真美善书店出版单行本图书（《蠹鱼生活》）的文坛新人，如苏梅（雪林）、王坟等。而苏雪林则对曾朴的知遇赏识之恩念念不忘，晚年还曾连作两文颂扬曾朴的"真美善"文学事业②；还有因在其他同人刊物上发表文章而引起曾氏父子注意而受约撰稿的作家，如陈雪清、朱庆疆等；更有在读学生、留学生等与曾朴、曾虚白父子通信成为文友而经常撰稿并在真美善书店出版图书的，如王坟、崔万秋和朱云影等，曾氏父子通过书信与这些在空间上距离较远的作家保持着经常性的联系。从刊发在《真美善》杂志上的一些信件来看，曾氏父子非常关心这些无名青年作家的写作和生活，鼓励他们致力著译，有些劝诫堪称苦口婆心。如在《悲哀的号哭》③一文中，曾虚白极力劝慰《现代作家》手稿被火灾烧毁的王坟不要灰心，甚至主动提出要代为抄稿，其情殷殷，感人至深④。反过来，这些"通讯作者"们也都很关心提携、奖掖他们的曾氏父子的真美善书店及其杂志的文化事业⑤，并以踊跃供稿等方式来提供支持。需要注意的是，

---

① 曾朴在"女作家号"上作诗称赞苏雪林是"女中青莲、闺中大苏"。原诗是两首七绝，兹录如下："此才非鬼亦非仙，俊逸清新气万千，若向诗坛论王霸，一生低首女青莲。亦吐风雷亦散珠，青山画集悔当涂，全身脱尽铅华气，始信闺中有大苏。"（病夫，1929）

② 两文标题为《真美善杂志与曾孟朴》和《曾孟朴的〈鲁男子〉及其父子的文化事业》，笔者未见原刊，转录自朱传誉的《曾孟朴生平概述》（天一出版社于 1982 年出版，第 81～85 页）。该书为相关文章的原刊影印汇装本，只见目录页两文后简单标注为"畅流 69.2 台北"和"畅流 68.1. 台北"，两文原刊页码分别为 16～18 和 15～19，《畅流》为半月刊，仅根据所标月份无法判断卷次和期次。

③ 见《真美善》第 4 卷第 3 号"文艺的邮船"栏目。

④ "朱雯（即王坟，笔者注）先生：……我当时听见了蔚文排字房失火，就为你着急。（因为我急于给你出版，叫他们把这本稿子，提前排印，我知道它一定在排字房中）所以匆匆自己赶到火场去查问，吓！果真，他们说《现代作家》竟遭劫了……的确，你是我最近发现的宝玉，虽不敢过份恭维你是怎样'色泽晶莹无正配'，可是蕴藏在你内在的，倘能尽量地发展开来，准可以吐出光明的异彩，我确信你将来的造就，所以我要坚持着请你继续的努力，并且无论如何这部《现代作家》我是要给你出版的。……倘有原稿，也许你心情恶劣不能下笔，那就请你捡齐了挂号寄下，我来设法给你抄写，以赎我处理失当的罪衍，你道如何？"（王坟，虚白，1929）

⑤ 崔万秋曾谈到他在东京时关注真美善书店杂志出版物在日本的销量情况："……贩卖部可以说是上海出版界的缩图。近年上海小书店勃兴，贩卖部代卖的，差不多都是小书店的书籍。因为我和真美善书店的关系深些，便首先注意到真美善出版的书。我译的《母与子》和《草枕》，此处都有代卖。病夫虚白父子合译的《肉与死》，也已经来到了，其他如张若谷的《咖啡座谈》虚白的《潜炽的心》也都有卖。我很想问一问《真美善》销路，但找了半天，不见司事的人，终于没有问得成。"（崔万秋，1929）

从《真美善》杂志的版面来看，与这些作家直接沟通的工作基本上都是由曾虚白承担的，究其原因，其一，可能是因为曾朴身体多病，又忙着实现其宏大的著译抱负，所以就卸担子给曾虚白了；其二，曾朴应该也有要让儿子与这些作家密切联系以培养其"领导群伦"的能力和人脉的考量吧。

曾氏父子正是通过其针对"真美善作家群"成员在生活地域、审美气质、个人文学声誉和性格等方面的差异，在群体内部展开了层级性、多管道、个人化和私密性文化交际活动。其中，主要是通过半公开半私人化客厅文化沙龙和信函交流①来"聚合"并"沟通"着他们的"真美善"文学事业的人脉资源。

4.3　"领导群伦"："真美善作家群"的文化姿态

从"真美善作家群"从事文学活动的力度和范围看，他们大多是 20 世纪二三十年代上海文坛的活跃分子，是著译成绩颇丰的作家、翻译家，其代表性人物，如曾朴、曾虚白父子和邵洵美等，都是掌握一定出版资本的出版家。同时，他们又多兼有媒体人、刊物编辑、大学教授或（留）学生等身份，有较为深厚的国学修养和外国文学知识，以及能够使用一两种外语进行翻译的跨语言文化交际能力。此外，他们的籍贯和生活的地理区域多较接近，基本都是江浙一带有家学渊源且聚居上海或在附近区域谋职、求学者，他们在彼此的刊物上发表作品或相互批评，同声和气。可以说，他们是中国文学现代化变革与探索的积极参与者，具有较清醒的文化建设和文学改革意识，较充分地认识到了外来文化资源在现代文化文学建设中的借鉴价值，基本认同并践行了其核心人物曾朴提出的"真、美、善"的文学创作、翻译和批评标准，并依此有选择地移译外国文学作品以期启发同人、创造新作。从《真美善》杂志刊载的相关文艺理论主张和评论文章来看，其发起成立的一个很重要的原因，是曾朴、曾虚白父子对新文学第一个十年的创作、翻译成绩不满，又因其有着通过文学变革来革新中国文化的抱负，因而试图通过开书店、办杂志"纠合"同志，通过翻译著述来参与到中国新文学发展变革的洪流中。可以说，他们是中国文学现代化建设的自觉参与者，以文学出版活动为安身立命的事业，对自己的文学身份和文学理想充满自信心和自豪感。

为此，曾朴、曾虚白父子明确表达出了想要"领导群伦"通过译介外国文学，来改革中国文学，以建设开放、包容的"群众的文学"的文学普及者的文化姿态。同时，

---

① 若不发表，则属私密信件，若公开发表，则属公开信，此指前者，下文还会专节讨论后者。

作为"真美善作家群"主要成员的邵洵美、张若谷和王坟等人，也通过自己对中国新旧文学之争的观察，基于既不排斥旧文艺、又不满意新文学的文化心理，提出了他们的文学主张及革新思路。邵洵美从发现"新作品永没有机会可以使旧作者领略；旧作品便也缺乏人为他们做新价值的估定；双方的发展都有一种停顿的可能。这中间缺少一座桥梁，所以，我常说：'我们没有一个文学的过渡时代'"的角度出发（邵洵美，1936），指出"新文学的出路是一方面深入民间去发现活辞句及新字汇；一方面又得去研究旧文学以欣赏他们的技巧、神趣及工具。我们要补足新文学运动者所跳越过的一段工作：我们要造一个'文学的过渡时代'"（邵洵美，1936）。他的这种文化理想，不同于曾朴要"在改进文学的长途上，做个收拾垃圾的打扫夫"的低姿态，明确放言要造一个"文学的过渡时代"。当然，尽管他们的姿态高低不同，但是对于新文学既有成绩的不满却是一致的，甚至他们关于改进文学的方式方法都有方向上的一致性：曾朴要做"群众的文学"，强调语言的民族性，要"整理国语"："用各省流行的官话，做白话文普通用语"（病夫，1927b）；邵洵美要"深入民间去发现活辞句和新字汇"，两人都强调要追求文学语言的民族性、民间性。如果说，因为以上所引是邵洵美在 1936 年的言论，还不能充分凸显他作为"真美善作家群"的一员大将的文化姿态的话，我们再看他在 1929 年《金屋月刊》发刊词《色彩与旗帜》一文中所抱持的话语姿态："这个时候在文艺上是一个动摇期"（邵洵美，2008：51），"我们对于这个时候的文坛不满意，《金屋月刊》便因此产生。我们要打倒浅薄，我们要打倒顽固，我们要打倒有时代观念的工具的文艺，我们要示人们以真正的文艺"（邵洵美，2008：53）。与曾朴提出的"改进""改革"文学的口号不同，邵洵美使用了时髦的"打倒"一词；与曾朴提出的具体而微的文学改革、文化建设的方针、策略、路径（即系统翻译西方文学，"要把外潮的汹涌，来冲激自己的创造力"（病夫，1927b））不同，邵洵美既提出了较为笼统的口号："我们要超越任何派"①，也提出了较为具体而别致的通过"办画报"②来组织"文

---

① 原文为："我们的作品，可以与任何派相像，但决不属于任何派。我们要超过任何派。我们的写实，要比写实派更写实；我们的浪漫，要比浪漫派更浪漫；我们的神秘，要比神秘派更神秘；我们的……假使我们做得到。我们要用人的力的极点来表现艺术。"（邵洵美，2008：53-54）

② 请参看："新文学运动到现在已多少年了，但是除了一部分的学生以外，他曾打进了何种地域？以群众为对象的普罗文学，它所得到的主顾，恐怕比贵族文学更少数。但是画报是走到了他们所走不到的地方了：所以普罗文学刊物的销数一千；非普罗文学刊物的销数一万；而画报如《时代》《大众》及《良友》之类便到过六七万。人家也许要误会我用销数来定价值；其实我是用群众欢迎的程度来证明它存在的理由。"（邵洵美，2008：74-75）

化的班底"①的文学普及策略。

张若谷与曾朴、曾虚白父子有着趋同的文学爱好，同样喜欢阅读外国文学作品，在创作上同样受外国文学尤其是法国文学的影响②等。并且，他对于国内新文学的创作成绩也不满意："那时我正热衷于读国内新出版的西方文学作品，——直到如今，我只还喜欢读翻译品而不大喜欢看创作物，或许这是我的偏见拗病，但是实际上历年内文学创作出版物方面可以使人满意的作品也实在太少了。"（张若谷，1929b：6）正是出于对现代文坛的不满，张若谷向曾氏父子提出了编辑出版《真美善》"女作家专号"的建议，以向文艺界展示并推动中国女性文学的发展，在面对当时文艺界某些质疑"女作家专号"的声音时，他引述曾虚白的"征文启事"来回应和表明编辑专号的目的："中国荒凉紊乱的文坛上，几年以内却已有好多位天才的女作家向着我们发出异常可羡的光辉；然而，感觉不十分灵敏的群众对于这种现象却淡漠得很；这也是我们老大民族的老脾气，没有人大声叫嚷，他们的耳朵永远是聋的，眼睛永远是瞎的！因此，我们想趁着《真美善杂志》周年的机会发行一本'女作家专号'做一个摇旗呐喊的先锋，让聋盲的群众认识她们（指女作家）全体整个的伟大。"（张若谷，1929c）由此可见，他部分地认同曾氏父子的"文学普及"的观念，但也在一定程度上表现出对于"启蒙"立场的认同。此外，在文学上作出明确姿态的，还有王坟。他有感于"苏州虽离沪不远，而文坛却出人意外的冷寂"（王坟，1929），发起成立了"白华文艺研究社"，出版《白华》文艺旬刊，想"要在沉寂的苏州，激出一些文艺的呼声；而仗这悠悠的海水，鼓起一股小小的浪花"（王坟，1929）。这是他受曾氏父子的影响，在文学创作和文学组织上的文化作为。

此外，"真美善作家群"在参与文学变革活动过程中所表现出的历史和美学等典型性特征，也显现在他们借鉴外来文化资源的过程及其选择的较为独特的路径之中。他们出于对法国文化和文学的崇爱，选择了法国风沙龙式的文学生活方式和文化交游

---

① 可参见："七年前（该文《文化的班底》刊于 1935 年《人言周刊》第 2 卷第 20 期。七年前应是 1928 年，笔者注）……就想到了要去组织这个'文化的班底'。一个人的能力有限，当然不能顾全各方面；自己又是喜欢写文章的，所以便从出版方面进行。第一便是要设法去养成一般人的读书习惯；要引起他们的兴趣，于是从通俗刊物着手，办画报，办幽默刊物，办一般问题的杂志；五年来总算合计起来已有近十万的读者。这近十万的读者，无疑地是一个极大的'文化的班底'了。我希望他们把看杂志当作娱乐以外，再能进一步去探求更深的修养，那么我初步的计划便成功了。"（邵洵美，2008：100-101）在此，邵洵美表达出的是一个有气魄的出版家为培育理想的读者群体从而提高整个民族的文学、文化修养的美好愿望，他的七年发行"十万"册画报以养成"文化的班底"的说法是与其在 20 世纪 30 年代的上海的出版史实相符的。由此可见，他是一个新文学的实实在在的参与者和文学活动家。

② 张若谷曾在《十五年写作经验》一书中自陈其学习法国文学的经历时说："在我这十五年来的写作方面，我承认我是多少受到几个法国作家的影响。"（张若谷，1930：58）

方式，并试图以此来影响和团结文人、凝聚文气。通过系统译介以法国浪漫派作品为代表的外国文学名著，他们获得了创作的灵感源泉和"真、美、善"的文学理想。他们希望以外来文学资源刺激本国文艺创作，并以之为镜鉴来检讨本国文学传统与资源，进而沟通中西方文学的优势资源，将这种文学理想本土化，从而在创作实践上实现中国文学文艺审美现代化的历史性蜕变。正是怀抱着这样的文学理想，他们更进一步，把涵盖面更为广泛的其他国别的异质性异域文化资源也在刊物上整合、介绍，通过编辑专号和主题相对集中的单期杂志，来凸显他们的编辑思想和文化建设理路。在译介外来文化资源方面，他们有意识地追求系统性和经典性，强调有"统系"地译介一流外国文艺作品，接受并使用新文化运动"文学革命"的成果，以语体文、白话文忠实移译，力避欧化，反对全盘西化。他们通过对著作界、翻译界不良现状的批判与讨论来引起整个国内文坛的注意，并进行译品调查统计，编辑出版《汉译东西洋文学作品编目》，在杂志上刊发《中国翻译欧美作品的成绩》和《俄国文学汉译编目》，在刊物上发表逐字逐句地讨论译品价值评判的文章，努力按照曾朴、曾虚白父子提出的理论路线去实现他们设定的翻译目标。曾虚白在《翻译的困难》一文中提出了具体而微的翻译人员培养的"训练法"。针对具体文体如诗歌的翻译，曾朴则提出了译诗的"五个任务"。可以看出，他们不是简单地喜欢、推崇进而译介外国文学的，他们是在深入了解、认真思考的基础上，有意识地为如何实现中国文学的现代化提出了既有远期规划，又有具体操作规程的建议和计划的，他们对于如何"别求新声于异邦"有着自己独立的文化的、审美的和历史的美好愿想和技术路径设计。

第 5 章　凝聚交际：艺术的宣扬与商业化推销

在 20 世纪二三十年代的上海文坛上，曾朴、曾虚白父子在积极建设其"真美善作家群"内部交流沟通管道的同时，也在积极而颇为智慧地利用其掌控的《真美善》杂志展开对外文学交际活动。他们通过"编者小言"（编者弁言）说明刊物的编辑思路，推介作家作品；通过发表"公开信"，以及开设"读者论坛"和"文艺的邮船"等栏目，发表"编者—读者"或"编者—作者"间的通信，借机阐发他们的文艺主张和文学理想，讨论翻译和创作问题；通过制造并渲染"刘舞心事件"、特约张若谷编辑"女作家专号"、创办"真美善俱乐部"栏目等，来吸引文坛和读者界的关注，并以制造文坛轰动效应的方式进行文艺的商业化推销；通过"书报映象"栏目，对新出版图书，尤其是真美善书店出版的同人图书展开批评和捧赞；并在本刊上登载与自身审美倾向接近的文艺刊物的期刊目录，以及本店出版的图书目录和广告。通过以上诸种方式，曾氏父子及其"真美善作家群"有意识地开展了多方位、层级性、立体化的对外文化交际活动，有时甚至会采取群体性的、近乎"文化表演"的方式，来吸引文艺界及读者对其出版物和文艺主张的关注。

5.1　编辑通信与趣味互动：文艺观念及其主张的彰显坚持

《真美善》杂志的"编者小言""编者弁言""卷头语""末一页""编者报告""编者讲话"等，实际上是曾朴、曾虚白父子的专属"话语传声筒"。他们利用自己作为刊物编辑的身份便利，通过此类栏目对读者、作者和文艺界其他人群"喊话"，以阐明他们的文艺主张、文学理想和编辑思路，利用这个话语阵地推介属于自己阵营的作家作品，并参与文艺论争。这是曾氏父子占据公共话语场一角，向文坛传达自我及"真美善作家群"审美诉求的一种话语方式和发声渠道。

曾氏父子在"编者小言"栏目里的讲话，在内部起到了号召、团结其作家群成员的作用，对外则通过宣传其办刊思路和文学主张号召了更多的作者和读者。他们始终抱持着开放包容的"真、美、善"的文学理想，使《真美善》杂志在版面上呈现出百家并列、异彩纷呈的繁荣景象。"编者小言"对读者的引导，恰恰体现了曾氏父子以文艺为"领导群伦"的方式的文学抱负。

除"编者小言"外，他们还通过回复读者，用"借力打力"的方式来信阐明自己的文学理想和编辑思路。书信本是一种非常隐秘的私人化交流方式，但近代以来，随着西方书信体文学文本被译介传入中国并被作家们学习采用，它便成了一种颇受作家、读者们欢迎的文体样式。书信体大受欢迎的主要原因，是其让作家们在以第一人称或类第一人称视角书写时，感到了抒情和叙事的便利[①]，而且在展示书写者或抒情/叙事主体的内心私密世界的意识活动时，也能增加其亲切感和可信度。书信体在近现代中国文学史上作为一种崭新的文体形态，获得了作家们，尤其是女性作家们的喜爱，甚至在新文学之初颇有些男性作家喜欢以女性化的笔名和女性的口吻进行文学书写，其目的在于利用其第一人称或类第一人称抒情/叙事视角来展现第一人称倾诉者细密的思维活动和私密的情感波动。这种文体的流行对于长期阅读全能叙事文本的中国读者来说，颇有陌生化的阅读体验带来的审美快感，也部分地满足了他们长久以来被"外聚焦"叙事视角不能深入人物内心深处、不够细腻的心理描写所压抑的"窥私心理"。近现代文学文本中除了书信体作品的大量涌现外，还出现了一个颇有意思的现象，那就是作家家信、情书和作家间相互通信的公开发表。其实，这些"私信"之所以被"创作"出来，其目的就是为了公开发表，这是一种私人书写的公开化，是私人话语的公共化，其目的是要借助私信"倾诉"的便利来进行情感表白，如名人、文人情书等；或借书信形式进行文艺观念的辩驳，如现代文坛诸多的文艺论争多是以通信形式发表的，这是一种私人对话在现代公共话语空间的公开化。现代传媒的发达为这种知识者间的"话语交际"在空间上提供了媒介便利，在时间上提供了迅捷和时效性，并且提供了"看客"——读者，这是一种颇具现代意味的"文化表演"。作家文人们通过公开的辩论或友好的探讨引导读者/公众对文学事件进行思考，并形成对于对话者观点、论据和结论的是与否、对与错的价值评断。这是一种不同于传统文人"捧喝"或"棒喝"式文人对话模式的文化交际新方式，它的着眼点在于通过公开发表的通信来"炒作"一个文学事件、一个新的文学现象、一个作家流派或一部作品。这种文学"炒作"的目的当然是为了吸引公众的视听，但其目的细分有二：其一，为自家"主义"的通行和普遍为人了解接受计，"广告"一人、一派的文学主张；其二，为商业利益计，"广

---

① 可参看"书信终究是文学中一可爱的体裁。它可以完备一切别种文学门类的条件，而不受别种文学门类的束缚。……好文章可以从这里面产生出来。"（邵洵美，1934a：16）

告"一种文化/文学消费品（如书、刊、报、电影等）的进入流通领域，以招徕顾客；前者在新文学的初期，广为新文学的作家、编辑们使用，甚至成为时髦的"炒作"手段；后者在文学商业化、资本化气息渐浓的 20 世纪 30 年代文坛上广为使用，其目的是为了书店、文学期刊在商业竞争中的存活和发展壮大。在曾氏父子通过《真美善》杂志宣扬其文学理想与展开对外文学交际的渠道中，书信占了非常重要的地位①，我们不妨通过分析几个典型文本来领略一下曾朴、曾虚白父子的文化交际手段。

尽管曾朴在《真美善》杂志创刊号上《编者的一点小意见》一文里已经明确阐述了自己的文学主张和著、译、编标准，但为了引起读者、作者广泛的注意和认同，回答读者的质疑和批评，他和曾虚白又不断通过《真美善》杂志的"读者论坛"和"文艺的邮船"等栏目的通信来继续宣扬、阐释和强化自己的文学主张，使之更加完善。可以说，曾氏父子始终抱持的都是其"真、美、善"的文学"高标"，他们时时不忘对于这种文学理念的强调。如曾虚白在《一服兴奋剂·复李伯龙》一文中，就回应了这位普通读者所提出的反对欧化要"防备走入右倾的歧途"的建议，并把曾朴在《编者的一点小意见》里改革文学的"真、美、善"三字方针概括为："我们所定的目标一是做群众的文学，二是维持种族的个性，三是在调和一致里显现美的印象。"（虚白，1927b）使他们所倡导的文学主张更为简明、精确，并使之呈现出明显的"本土化"色彩，这是一种为避免文艺界误认他们"真、美、善"的文艺主张为法国浪漫主义文学口号在中国的"翻版"所作的努力。但实际上，还是有些研究者和文学史家把《真美善》杂志简单地定位为倾向"唯美主义"的文艺刊物。又如，在《编者一个忠实的

---

① 从《真美善》杂志版面来看，曾朴、曾虚白父子发表了如下通信，现依发表时序录列如下：《编辑的商榷·复田菊济》（虚白）、《一服兴奋剂·复李伯龙》（虚白，"读者论坛"，《真美善》第 1 卷第 3 号，下文简略为 1.3，余类同）、《编者一个忠实的答复·复彭思》（病夫，1.4）、《复戴望道》（病夫，"读者论坛"，1.8）、《复陈锦遐》（病夫，"读者论坛"，1.9）、《复王石樵、黄序庞、愿羲的信》（病夫，"读者论坛"，1.11）、《复胡适的信》（病夫，"读者论坛"，1.12）、《给全国新文艺作者一封公开的信》（虚白，2.1）、《复黎锦明君的信》（虚白，"读者论坛"，2.1）、《论本刊抽去〈孽海花〉的理由·复马仲殊》（虚白，"读者论坛"，2.4）、《复刘舞心女士书》（病夫，2.5）、《从办杂志说到办日报·复林樵民》（虚白，"读者论坛"，2.5）、《一个盗窃问题·复周承慧》（编者，"读者论坛"，2.6）、《复刘舞心女士的第二封信》（病夫，"文艺的邮船"，3.2）、《创作的讨论》（虚白、潘醒侬，"文艺的邮船"，3.2）、《致〈新月〉的陈淑先生》（虚白，"文艺的邮船"，3.3）、《日本来的谈话》（虚白、崔万秋，"文艺的邮船"，3.4）、《南洋来的谈话》（虚白、醒侬，"文艺的邮船"，3.5）、《致陈淑先生最后的几句话》（虚白，"文艺的邮船"，3.5）、《悲哀的号哭》（王坟、虚白，"文艺的邮船"，4.3）、《从本刊说到面包问题》（林墨农、虚白，"文艺的邮船"，4.6）、《苏州文艺的曙光》（虚白、王坟，"文艺的邮船"，5.1）、《论戴望舒批评徐译〈女优泰倚思〉》（虚白、王声，"文艺的邮船"，5.4）、《文学的讨论》（虚白、禾仲，"文艺的邮船"，5.6）、《关于三稜的题名》（禾仲、虚白，"文艺的邮船"，6.1），共有曾氏父子与 22 位作家、读者的 25 篇通信发表在"读者论坛"和"文艺的邮船"两个栏目，虚白的《给全国新文艺作者一封公开的信》和病夫的《编者一个忠实的答复》和《复刘舞心女士书》发表在杂志开篇的位置，以示重要。

答复·复彭思》中，曾朴详细阐述了自己对于文学语言"文俗一致""调和同一致"的主张，并进一步补充道："我是主张民众文学的，要求普遍的了解，是唯一的目标，白话里糅入文言，就是普及的障碍，当然不能赞同。但我也不是绝对的，因此纯白话，只限于对话，倘然参用文言，经过一番艺术的洗炼，叫人不觉到不自然，我也不固执成见。"（病夫，1927a）在此，曾朴补充了自己关于文学语言"调和同一致"的主张，在坚持原则的前提下表现出合理的灵活性。他还解释了《鲁男子》序幕的含义和全书的命意，"《鲁男子》是全部人生惨痛的呼号声；不是一个人的惨痛，是一般人同受的惨痛；不是一时代的惨痛，是无始以来不断的惨痛；凡是人生造成善和恶的行为，不是自己意志里的产物，是环境里压榨出来的粉团儿"（病夫，1927a），并进而提出"环境有两种，一种是外现环境，一种是内在环境"（病夫，1927a），指出了文学作品对人的描写要从"外现环境"和"内在环境"这两个角度展开。表面看来，这只是曾朴在理论上对叙事文学作品中的外部环境描写和内在心理描写的"新认识"。但实际上，曾朴的这种认识对其小说创作所产生的影响还不止此，它还极大地影响到了他的小说在叙事结构和叙事视角上的转变，从而使曾朴成为中国现代小说叙事模式转变过程中的一个过渡性、标志性作家。此外，曾朴还大唱文学的颂歌，阐明自己的文学观，认为"文学没有新旧"，"真正的文学，是超时间"①。

虽然曾朴、曾虚白父子对新文学界多有批评，但是他们非常重视新文学界对他们的看法，也很注意与新文学界的互动。其中，胡适和曾朴的通信就是一例。曾朴向胡适寄赠自己的译作《吕伯兰》、《夫人学堂》和《欧那尼》三本书，胡适在《致曾孟朴先生的信》中表达了对曾朴重视翻译的认同，并表达了自己对译界译品的看法，表明"入他法眼"的"近年以名手译名著，止有伍先生的《克兰弗》，与徐志摩译的《赣第德》两种"（胡适，1928）。而对于曾朴的译作，胡适认为："已读三种之中，我觉得《吕伯兰》前半部的译文最可读"（胡适，1928）。可以说，胡适对曾朴译作的认可度并不高，仅是一个"半部……可读"，他仅表达了对曾朴精神的嘉许："先生独发弘大誓愿，要翻译嚣俄的戏剧全集，此真是今日文学界的一件绝大事业，且不论成绩如何，即此弘大誓愿已足令我们一般少年人惭愧汗下。"（胡适，1928）再结合当年胡适在《新

---

① 原文如下："一年去了一年来，年代是有来去；文学是常住的，只有盛衰，没有来去。昨日之日旧，今日之日新，日月有新旧；文学是不变的，只有工拙，没有新旧。演台动人的雄辩，报馆感事的论文，未尝不轰动一时，但一瞥眼，就变了明日黄花。朴古的帝诰王谟，应试的房书行卷，未何不灿烂一时，但一刹那，便束之高阁，凡含有时间性的写物，都不是文学；真正的文学，是超时间的。趁着这一年开幕，我来替文学之神献个颂歌：时间的神猛如虎，磨牙吮血啮我肤，只羡你妙史的朱颜，照耀万万古。"（病夫，1928e）

青年》上对曾朴成名作《孽海花》的"酷评"，我们不难体会此刻满怀文学抱负的曾朴对于胡适对自己文学成绩不是十分认可的苦恼和无奈。这样，我们也就不难理解曾朴何以要用洋洋六千余言来回复胡适的短信了。因此，可以说，《复胡适的信》是曾朴试图通过胡适这一新文化运动的主将向新文学界的一次文艺"喊话"，信中他详细介绍了自己系统研习法国文学、创办小说林的文学经历和自己通过翻译外国文学经典来"冲激"、改革中国文学的文化主张，并提出了具体而庞大的翻译计划。

同时，文学批评的方式、方法也是曾朴、曾虚白父子在与读者作者通信中讨论较多的一个话题。在《复陈锦遐》一文中，曾朴表达了对于文学批评的意见："当着这文学混乱的时代，第一需要的是批评；不过所谓批评，不是只凭着纯主观的爱憎或纯客观的硬定了绳尺，来胡诌瞎讲就算数的；总要博览，明辨，慎思，下一番修养的功夫，确定了适应的主张，然后再行公表；就是因此惹起论战来，也不是无主意的战争。"（病夫，1928f）可见，曾朴主张"博览，明辨，慎思"和有"适应的主张"，即审慎的、公允的文学批评，反对主观批评和"纯客观"的机械论的批评，论战非不可有，但要持之有度、有据，这无疑是针对当时文坛"混乱"的论争局面提出的中肯的建议。曾虚白（1928a）在《给全国新文艺作者一封公开的信》里对文坛"五花八门的分出了数不清的派别"的批评是对曾朴此说的一个呼应。这封"公开信"的起因，是曾虚白受北京《中国青年政治杂志》之托要"把中国翻译界的历史和成绩介绍给外国人看看"（虚白，1928a）而进行相关调查时，发现中国"新文艺成绩总和的映象只有两个字：'贫'和'弱'"（虚白，1928a）。针对当时的文坛著译成绩——"自从新文化运动开始以至今日十多年来努力的结果，称得起有文艺性的作品，只有二百多种译本，一百多种创作"（虚白，1928a），他分析了"贫"的原因是发行者和著作者的"贫"，而"弱"的表现就是出版物销数的低少，即读者群的不成熟，而由"弱"的原因又推导出新文学的先驱们过于"曲高和寡"地强调启蒙而没有注重培育新文学的群众基础的结论，并对新文学界内部分门别派、论战不断的状况提出了批评。曾虚白最后呼吁："请你们收起了一切'骂人的艺术'，藏起了响遏行云的高嗓子，大家埋下头来做一番切实的功夫吧。"（虚白，1928a）此外，他还在《论本刊抽去〈孽海花〉的理由·复马仲殊》一文中谈到文学批评的责任和宗旨："批评家的责任，据我的意见是有两重：第一，对读者负一种选择读物的责任，第二，对作者负一种鼓励和指正的责任。他的宗旨，是促进文化的前进，并不在攻人之短，显己之长；所以批评作品唯一的要素是丰富的同情心，和准确而不杂感情份子的判别力。"（虚白，1928c）这些言论是对曾朴"审慎的、公允的"文学批评观的一个呼应。

  此外，通信也是曾朴、曾虚白父子在参与文艺论争或展开反批评时，使用过的一种公共话语方式。《新月》第1卷第10期"书报春秋"栏目登载了一篇陈淑批评曾虚白著、世界书局出版的《英国文学 ABC》①一书，列举了曾著"太不像样"处24条，又从四个方面数说了曾著的"没有新眼光"。曾虚白发表《致〈新月〉的陈淑先生》一文，对陈淑的"教训"和"指摘"进行了反批评，他逐条反驳了陈淑的24条指责，并从文学史的分期等方面反驳了陈氏对其"东抄西袭，堆砌成书"、"极普通的人云亦云的老生常谈"（虚白，1929a）的批评。最后，曾虚白提出了对批评家的批评态度和批评语言的看法："只须您肯把您那些措辞的态度，稍稍的改换下子，未尝不能成个社会所需要的好批评家"，"据我个人的私见，批评家应该有丰富的同情，温蔼的态度，因为他的任务是指导，是鼓励，不是仇视，不是扑灭。所以他最忌的是自炫，是讽刺，而谩骂更不必说了。教授式的批评令人可厌，而裁判式的批评却要令人可笑"（虚白，1929a）。在这里，曾虚白提出了对批评"态度和任务"的建议，要"温蔼"，要"指导"和"鼓励"，反对"自炫"和"讽刺"。其实，如果我们结合两人的文章和曾虚白的《英国文学 ABC》的"序言"来看的话，可以得出这样的结论：曾虚白编著此书确是有所创意的，他对自己的某些创见也颇为自得，而陈淑的批评语言确乎也过于"锋利"了些，因此引发了曾虚白的反批评。紧接着陈淑又发表了《致真美善的虚白先生》一文，对曾虚白"怀疑"他的"校勘功夫"的批评进行了反批评，并指责了曾虚白的《英国文学 ABC》的"序言"过于狂妄。最后，两人相互误会，批评转而变成对彼此"灵魂的清浊和人格的高低"（陈淑，1929）的"笔伐"。论战最后以曾虚白在《致陈淑先生最后的几句话》里对他们的论争是"浪费笔墨"的总结而结束。我们知道，现代文学史上论争不断，围绕着著作、翻译和某种文艺观念的批评与反批评往来不断，有些是理性的、客观的，但也有很多最后沦为"文人相轻"式口诛笔伐。但总的说来，现代文学史上的文学论争基本上都限定在文学领域，哪怕是意气之争，也是一种文人间的交流沟通方式，而且论争对于参与论争的双方都有名利上的便利，有些民国文人甚至热衷于搞笔争，专骂名家以搏名利，这也是民国文坛生态中的一道独特景观。曾虚白在他参与的这次论争中，"自辨"意味浓厚，其间，他也提出了反对谩骂的批评，欢迎指导的、鼓励的、温蔼的批评。这也是曾氏父子关于文学批评的基本倾向或意见。

  从以上的考察和分析中来看，曾朴、曾虚白父子主要是通过回复读者来信的方式，

---

  ① 该书于1928年8月世界书局出版，是徐蔚南主编的"ABC 丛书"之一册，曾虚白还著有《美国文学 ABC》，世界书局1929年3月出版。

借解答读者的质疑、回复读者的建议与批评的机会，来进一步宣扬并阐发自己的文学主张，我们可以把他们的这种文化沟通手段及其文学互动方式形象地称之为文学批评过程的"借力打力"。

与此同时，在"真美善作家群"新生力量的培养上，曾朴、曾虚白父子也是不遗余力。他们通过与读者、年轻的文艺青年通信，鼓励他们积极创作，并热情地"授之以渔"——跟他们交流创作经验。在《创作的讨论》一文中，曾虚白根据作者潘醒侬的投稿谈到了自己创作的经验："我创作的经验教给我要做好的作品是要拼命往里钻的；我想表现一种思想或是感触，最先找到的词句一定是一般人所用得烂熟的，所以是浮泛的，不能动人的，那决计要不得！于是我一定要努力往里钻，直到找着了的确可以表现我这种思想而绝不能移易到别处的词句，那才是真正值得写下来的东西。"（虚白，1928d）他还指出"蝴蝶派的作家"们的"失败实在只犯了因袭陈腐，笼统而抽象的这两个毛病"（虚白，1928d）。在这段议论里，曾虚白表现出了对于文学语言陌生化效果的重视和刻意创新求变的艺术追求，他以自己的创作经验引导向《真美善》杂志投稿的文艺青年在创作中求新求变，以新颖形象的文学语言和审美品质来创作新的作品。

曾虚白对待青年作者王坟的态度，就是他们父子善待、奖掖、扶持文学青年的一个佳例。王坟是《真美善》杂志诸多自由来稿作者中的一位，因为文笔出众而被曾氏父子欣赏，彼此结下文字因缘。由于真美善书店委托出版图书的印刷所排字房突遭火灾，王坟所著《现代作家》的稿本在事故中不幸被焚毁，他在难过之余给曾虚白写信，发出了"悲哀的号哭"，声称要"改行""绝笔"。对此，曾虚白写信极力劝慰，肯定他的文学才华，鼓励他说："你是我最近发现的宝玉，虽不敢过份恭维你是怎样'色泽晶莹无正配'，可是蕴藏在你内在的，倘能尽量地发展开来，准可以吐出光明的异彩，我确信你将来的造就，所以我要坚持着请你继续的努力，并且无论如何这部《现代作家》我是要给你出版的。……倘有原稿，也许你心情恶劣不能下笔，那就请你捡齐了挂号寄下，我来设法给你抄写，以赎我处理失当的罪衍，你道如何？"（虚白，1929b）从这些寥寥数语之中，我们可以感受到曾虚白对于青年作者的热诚提携与鼓励，以及作为编辑、出版家的胸怀与气度，特别是对普通作者负责任的态度和对文艺创作的尊重。他还提出要"设法"代为抄稿，"无论如何""要给你出版"等，都表现出与一般唯逐利的书店老板在文化品格和职业道德上的不同。就是这位王坟，在《真美善》杂志后期成长为"真美善作家群"的骨干作家和杂志主要撰稿人之一。

同样，在《苏州文艺的曙光》一文中，曾虚白不仅向读者介绍了由部分"真美善作家"参与组织的"白华文艺研究社"，"我们《真美善》的许多老友王坟，邵宗汉，袁琦，陶然（亢德），等在苏州组织了一个白华文艺研究社，并且发行《白华杂志》……现在把我们祝贺的去信发表在这里，就算是一种介绍吧。"而且还鼓励这些文艺同好们以坚韧的不停"走"的"奋斗哲学"来参与时代文学的变革。"时代是混乱极了，涡旋是湍急极了，可是我们仗着这自信心支撑的力量，决不要'喊'，也不要'哭'，更不要'哼'，只把我们自己造成一个超出这洪流的人物，——不，不独超出，并且要运用我们魔灵般的手腕，来挽救这洪流。"（虚白，1929c）曾虚白不仅自己怀有"领导群伦"的志向，也以"挽救洪流"来号召"白华社"的朋友们，因为他们都把文艺看成了自己实现人生价值、服务社会的阶梯。可以说，"白华文艺研究社"是在曾氏父子的直接影响下产生的文艺社团。另外，曾虚白还在《文学的讨论》中，强调了"真美善作家群"对于"文艺"的坚守："近日中国的文坛正鼓荡着种种侮蔑文艺，利用文艺的恶风潮，诚如你所说的，我们却始终抱定了'文艺至上主义'和'文艺公开主义'在风狂浪急的潮流中，尽我们绵薄的力量挣扎着为文艺奋斗至今。"（虚白，1930a）

从曾朴、曾虚白父子的这些言说方式及行为中，可以看出，他们其实是有把"私人的通信"看作文学"作品"的"编辑职业病"的。自然，那些有幸被编入"读者论坛"和"文艺的邮船"栏目的"私人的通信"，其实是入了他们法眼的"作品"，或是满足了他们就某一个问题对读者讲话的需要，而被连复信一起公开发表的，其目的就在于利用《真美善》的杂志版面这一"公共文化空间"向文坛喊话、与作者对话、向读者讲话，以使自己的编辑思路、文学理想和文化建设理路获得最大范围的传播和接受。

不仅如此，作为真美善书店及其杂志的主编，曾朴、曾虚白父子还要及时向读者、作者阐明自己的编辑思路和革新举措，其目的除了有利于号召稿件，让作者及时了解编辑思路、选题和用稿标准之外，还可以有效彰显自己的文学理想和创作实绩，更是努力消解真美善书店出版物和文学接受之间的游离与隔膜的一种必要动作。

首先，曾氏父子极力要向读者和作者表明的，是自己办刊的目的和自负的文化使命。在《编辑的商榷·复田菊济》一文中，曾虚白针对读者田菊济提出的关于刊物编辑的五个建议①——作出回应，并强调了"我们的使命，一方面是鼓起国人对于文学的兴会，一方面却是，尽我们的力量，给社会群众对于世界上的文学一个真切的认识"（田菊济和虚白，1927）。并申明要把《真美善》办成"读书先生书桌上的参考书"而

———————————

① 这五个建议是："（一）插图太少。（二）取直稍昂。（三）多登短篇小说。（四）少刊考证文字。（五）添辟杂俎栏。"（田菊济和虚白，1927）

不是"茶余酒后的消遣品"（田菊济和虚白，1927）。由此可见，曾氏父子在真美善书店及其杂志上寄托了沉甸甸的文学、文化理想。而在《复戴望道》中，曾朴就戴望道提出的封面与插图的问题、译文源语国别的单一化问题、译文的用文言还是白话问题一一作答，并对戴氏发出了撰稿邀请："我们才力有限，你能加入战队，帮助我们些材料，只要宗旨相同，是极欢迎的。"（病夫，1928b）这里，曾朴对"宗旨相同"的坚持，正是他对其"真、美、善"文学主张的坚持。

　　其次，通过"编者小言"栏目，曾氏父子向读者、作者表明了自己在审稿、发稿上采取的态度："我们想表白一下我们的态度。近来常听人说：'真美善是注意浪漫文学的。'或者说：'真美善是注意法国文学的。'实在这都不是我们真实的态度。在编者方面说，爱好法国文学和浪漫文学确乎是事实，然而我们绝不因自己的爱好而抹杀了一切。我们以为文学是一个广大的园地，每个作家有他特殊的种子，开出他特殊的花卉，拿死板板的地图来固定价值固然是可笑，就是拿人为的派别来决定取舍也是呆人。"（佚名，1929a）这种兼收并蓄、开放包容的用稿、编辑制度，是曾氏父子和真美善书店及其杂志能够网罗众多风格迥异、色彩鲜明的作家作品的主要原因，也是"真美善作家群"得以成立的一个重要基础；这种编辑态度不久又得到了进一步的重申："我们取公开的态度，不垄断，不摈斥，没有老先生上讲堂的眉眼，这是可以问心无愧的。我们以为文学不是课堂上可以造就的；一壁修养，一壁创造是文艺家成功的唯一途径；在这一点上，这一份小小的刊物，对于作者读者双方或者都有一点儿帮助。"（佚名，1929b）从这一段编者自白上，我们可以窥见曾氏父子办书店和杂志的目的不仅在于要自己"进修文艺"，还怀有要帮助读者、作者"进修文艺"、以期改造中国文学创作风气和阅读习惯的目的。并且，他们总试图向作者、读者们解释他们"真、美、善"的文学主张的开放包容性，并形象地自辨了《真美善》杂志与其他刊物的区别："这份刊物与人家不同的地方，就在它的活动性。若以水为比仿，普通的刊物，多少总有些像一方水池，那里面的份子免不了是固定的，而我们这份刊物却是无所不容的江河，一切心灵上的潮汐，该让我们感应最灵。"（佚名，1929c）这一点足可证明曾氏父子并没有把《真美善》杂志办成"法国浪漫主义文学"或"唯美主义文学"的宣传机关的主观想法。而且，他们对其"真、美、善"的文学"高标"的抱持也是坚决而骄傲的①。

---

　　① "我们这小小园地中竟平添了这许多可惊的努力者，这叫我们又惊又喜，说不出的兴奋，觉得可以十分地自傲。"（佚名，1929c）

此外，曾氏父子在向作者解释说明刊物的改革思路和定位时，还声明"我们的希望是愿把这份刊物贡献给最大多数的读者，把一切潮流所需要的思想贡献给一切读者，俾成为一种全民众的读物。我们的计划分减低售价与改组内容两种"（佚名，1929d），这个口号的提出是曾氏父子为摆脱一般读者关于"真美善是注意浪漫文学的"和"真美善是注意法国文学的"（佚名，1929a）印象而作出的努力，也表明他们对于自己"真、美、善"的文学理想的坚持，他们还进一步解释了改组的办法，并强调要把《真美善》办成"有趣味的读物"①。不过，值得注意的是，他们也同时声明要增加"政治论丛"栏目，虽然后来这个栏目只在《真美善》杂志上存在了不长时间，但是也透露出曾虚白怀着"文艺……也是做一个新闻记者必须具备的基本修养"（曾虚白，1988：83）的目的所作出的改革动作，并开始他"文人论政"的尝试了②。

曾氏父子还通过书信表达了办刊时在经营和商业上受到的挤压。曾虚白在《从办杂志说到办日报·复林樵民》一文中，陈说了文人办刊在商业资本和政治夹缝里挣扎奋斗的诸般"苦衷"与无奈：其一，相关业者如印刷商、纸张商对办刊文人进行狡狯的经济压榨，从而导致办刊成本增加，刊物定价随之抬高，"于是而刊物的销数微小，于是而灰心，于是而停刊"（虚白，1928e）；其二，读者购买读物时片面追求"名人效应"，导致刊物编辑们不愿刊发无名作者的文稿，或使无名作家们所创办的文艺刊物因销数低而无法维持；其三，受到以上两种情况挤压的办刊文人，在无奈之下，只好被迫放弃文艺追求，沾染政治，"他们纯洁的文艺的白袍上就开始染上了污浊的政治的色采。于是而攻击，而漫骂，引起了对方的恶感；初而压迫，继而封禁。"（虚白，1928e）在感慨真美善书店及其杂志在营业、著作和销数等方面"还不算坏"的"业绩"之余，曾虚白也对当时文艺生产的"贫"与"弱"的原因，提出了自己的见解。

同时，曾朴、曾虚白父子除了采用"编者小言"等形式与读者、作者沟通交流，尽量表达其"真、美、善"的艺术趣味外，还通过"编者小言"表露其编辑意图，促

---

① 原文如下："改组内容的办法我们想仔细的说一说。我们不愿揭着文艺的招牌唱高调，是想把它做成一切人共同的享受，我们不愿分什么界限，存什么成见，愿把这一份刊物化成老幼男女大家都觉得有趣味的读物。因为我们认定所谓杂志，原只是一种高深学问的导线，学问本体不论怎样严正，这导线却非以趣味为中心不可的。我们希望一切人有欣赏文艺的愿望，先得要养成他们爱好文艺的本能。这是我们此后的方针，至于取手段如何现在也说不尽许多。"（佚名，1929d）

② "从这期起我们扩大范围，特划出一部份园地，讨论研究政治经济问题。可是我们得郑重声明，我们的目的只是讨论研究，我等的态度是学者的态度，绝对没有任何的色采。在这方面，我们所持的态度，正和文学一样，是绝对公开，决不存什么主观的主张。"（佚名，1930a）

使读者理解自己的编辑"苦心"及深意，引导读者的阅读及其审美兴趣。在杂志的中后期，他们也常常着意集束性地编发主题相近的作品，对外推扩《真美善》杂志和"真美善作家群"的影响力。如第 3 卷第 6 号以"轻灵曼妙"为主题集刊发了"真美善作家们"如徐蔚南的《静夜思》、邵洵美的《三十岁的妇人》、孙席珍的《失却的丈夫》、王坟的《遁逃》、崔万秋的《他的新年》、穆罗茶的《十字架》、阿茅的《玩偶少年》、邵宗汉的《归乡录》、褒的《漫笔》、鹤君的《感触》、赵景深译英吉利恋歌《相思》和病夫的新诗《你是我》等作品，这是他们作为一个作家群集体亮相的一次"文艺汇演"。这些作品较为具体、鲜明地表现出了他们趋近的审美偏好和艺术趣味。当然，这也是作为杂志编辑的曾氏父子有意为之的结果；第 4 卷第 1 号的"编者小言"集中推荐了病夫的《鲁男子》、邵洵美的《巴黎的春天》、傅彦长的《南京人万岁》和崔万秋的《五月》、萧牧的《病吃》、华汉的《闲话断片》、张若谷的《关于"女作家号"》、繁蕗的《残梦》、鞭影的《最后的胜利》、佳玲的《感伤》、叶秋原的《复活》和阿茅的《母爱》等作品，以及《日本近代两大女作家》、《雪莱的初恋》、《小泉八云》和《介绍新俄无产阶级两大作家》四篇介绍外国文学作家和流派的文章，此外还有曾虚白分析审丑书写的论文《美与丑》。从这一期里，我们可以看出曾氏父子在组织、编发稿件时向"内容改组"方面的努力，并表现出创作多文体化、译介多国别化，增加了文论的分量，以引导读者的阅读取向；第 4 卷第 3 号介绍"与读者不常见面的作家"（佚名，1929e），该期邵宗汉的《最难熬的今宵》、芟楠女士的《结婚之夜》、李赞华的《柳二嫂子》、朱云影的《爱的宗教》、拂的《影子》和虚白的《松影》等作品是主题相近的描写灵与肉的挣扎和不同人群的性苦闷的，这一期《真美善》的稿件编选表现出曾氏父子在编辑上的又一种努力，即尽量使同期的稿件主题相近，以揭示某一个或某一类问题，其目的不在解决文体，而在通过艺术的、审美的手段展现人性的不同侧面。这也是表现了"真美善作家们"在创作路数上与"问题小说"和"革命加恋爱"小说作家们的不同。

5.2 "名作推选"与商业炒作：文艺市场的了解及运作

《真美善》杂志从第 4 卷第 2 期开始设立"真美善俱乐部"栏目，一直延续到第 7 卷第 3 号，除仅第 6 卷第 3 号"法国浪漫运动百年纪念号"未开此栏目外，共出现 19 期次。该栏目设置的目的是为了用轻快、幽默、滑稽的方式来吸引读者，是现代文学期刊中少见的一个“读者俱乐部”栏目，这也是曾朴、曾虚白父子设计的一个颇有创新意味的文学期刊对外推介、扩大读者群，并与读者有效互动的栏目。在栏目开设之初，就明确提出了关于俱乐部的一些要求①，强调该栏目是为了“趣味”而设的。首期提出的几个问题主要是关于读者文学趣味的调查，如“（三）外国文学作家在中国最著名的是那一个？（四）新文化创作的，你最喜欢读的散文是那一本？小说那一本？诗那一本？戏曲那一本？随笔那一本？……（七）你喜欢读的作品，是谈恋爱的，还是讲社会的？是充满颓废郁闷的，还是充满了热情奋斗的？是心理描写的，还是外形描写的？是同情的，还是讽刺的？”（编者，1929a）这三个问题涉及读者对外国文学和中国新文学作品的态度与阅读偏好。如问题（四）是从形式层面针对不同文体作品的调查，问题（七）是从创作方法、文本表现的内容和创作主体的情感投射等层面针对不同风格、流派作家作品的调查。这其中，已含有对读者进行关于作家作品的价值与受欢迎程度的调查、评比和排名的意味。此外，还有针对书籍编辑、装帧方式的调查，如“（五）你喜欢不裁边的书，还是裁边的？（六）你喜欢直排的书，还是横排的？”（编者，1929a）这是从书店老板和编辑的角度对读者关于图书外在形态的调查；当然，也有从“趣味”角度出发的问题，如“（十）萧伯纳愿意做割下来可以延命的狗头，（见《文艺零讯》）你以为怎样？”以上这些都体现了编者试图通过这个栏目，以“娱乐”和“文字游戏”等轻松活泼的形式来扩大读者群，培育读者的阅读趣味，调查并了解读者的阅读心理需求和期待，以便及时调整刊物编辑思路。

此后每期的“真美善俱乐部”都会公布上一期问题的“旧答案”，这些答案五花八门，有些答案颇为幽默风趣。栏目活动参与者的身份也不一而足，“真美善作家群”的作家们也颇有执笔捧场者，如徐蔚南、汤增敫、师鸠和邵洵美等，外来的投稿也很多。此外，该栏目每期也会提出“新问题”，这些问题基本上都围绕着跟文学有关的话题展开，有解字谜游戏，如第4卷第6号的“问题”为《真美善》杂志作者绿漪《棘心》里的一段话的打乱重排序。第5卷第1号公布“旧答案”时披露的参与人数，让我们可以对该栏目受欢迎的程度窥豹一斑：“在我们最后发稿截止期前（十一月五日）来函射覆的竟有八百五十七封之多。”而获奖者竟有“一百四十二位”，奖品也很丰厚，“非定户赠月刊全年，定户赠书券二元”（编者，1929b）。按照当时《真美善》杂志“全

---

① “我们在这里辟一角跟读者谈笑的俱乐部。这种谈笑，我们想用一种问答体的方法；也许我们出一个问题请读者来答，也许读者出一个问题让别一个读者来答。不过有一层要声明的，这是一个俱乐部的性质，过份严重的讨论要搅得我们头昏脑涨，是绝对不欢迎的；我们所要求的是滑稽的、闲谈式的，聊聊几个字，大家感到趣味的问答。”（编者，1929a）

年二元二角"的"定报价目"来比照计算，这个奖品的价值对一般读者来说是充满诱惑力的。"重赏"之下，这个俱乐部的"生意"果然不错，关键是它能不断带动《真美善》杂志读者群规模的增加。

这个栏目设置的目的意在进行文学的互动和文学的推销，如第 5 卷第 1 号的"新问题"规定了读者从曾朴译的《钟楼怪人》和《吕克兰斯鲍夏》的某折某幕里找句子填字格，其间暗含的促销本店出版物的意图再明显不过了。又如第 5 卷第 5 号的"新问题"，是为曾虚白的新长篇小说（暂定名《三棱》）征集篇名的，编者介绍了整个小说的情节构思和命意，并悬赏"现金十元"来征名。而读者要为之恰当地命名，需要先仔细阅读小说原文。可是，活动发起时，该小说才从第 5 卷第 6 号刚刚开始连载，那么，这"现金十元"赏格要催逼着、诱惑着多少文学青年和热心读者仔细阅读这篇连载小说啊？然而，实际上，也只有既是书店老板又是杂志编辑和作者的曾虚白，才能做到在自己掌握的杂志上做这种悬赏游戏以吸引读者。果然，应者云集，连张若谷和邵洵美也来投书捧场。到第 6 卷第 1 号，征名即过百，接下来又发起请读者在这投寄的 100 个题名里投选一个出来，而到了第 6 卷第 2 期，曾虚白却来了个悬而不决，仍用暂定名《三棱》。

最能体现曾朴、曾虚白父子利用"真美善俱乐部"来进行对外的文学交际活动的，当属从第 5 卷第 6 号开始发起的"名作推选会"。这个活动要求"部友们大家本着良心把平素最爱好的作品分类填好，（翻译作品除外）……推选的作品不论时代，不论主张，惟以新文化作品为限，而本刊主编者的作品也在除外之列"（编者，1929c）。推选的选票上设有长篇小说、短篇小说、散文、戏曲和诗歌五种文体，并要求推选者写明所要推荐的作家、篇名和理由。这个设计用"本刊主编者的作品也在除外之列"一语堵住了那些想要说曾氏父子借此"自抬身价"的悠悠之口，同时又对他们了解现代文坛新文学作家作品的接受情况和受众群分布情况有很大的助益。实际上，作为书店老板，这个调查结果一方面可以帮助他们在制订出版计划和选题时有所依凭；另一方面也有利于他们确定《真美善》杂志的栏目设置、调整与征稿、发稿的文体和主题选向等。最重要的是，通过这个活动，他们就掌握了一种类似于"作家排行榜"、"图书排行榜"或"畅销作家排行榜"的 20 世纪 30 年代文坛"作家作品排行榜"的"排行榜话语权"，而这也是公共文化话语空间里的一个重要的话语权模式。不难想见，随着推选结果的渐次揭晓，那些屡被推选的作家，自然高兴，而那些榜上无名的作家们，则未免失落。因为，这毕竟是由普通读者推选出来的榜单。虽然，这个诞生于 1929年底中国现代文坛上的"名作推选会"，还没有达到当代文坛上"畅销书排行榜"之类东西那种纯粹商业化的程度，但却可以说是现当代图书著作、出版行业商业化推销和"排行榜话语模式"的一个"滥觞"。对曾氏父子的真美善书店、《真美善》杂志和"真美善作家群"来说，这个"名作推选会"可以有效地帮助他们与读者深度互动，了解他们的阅读兴趣和审美取向，并以此为参考，调整书店的出版计划、杂志的栏目设置和作家群的创作思路，并有利于他们适时适度地（如化名写选票等）推介本店、本刊出版/发表的作品。此栏一开，应者云集，至第7卷第3号止，共揭晓结果八期次，其间现代文坛的名家名作几被推举了个遍。尤其需要注意的是，"真美善作家群"的作家作品有多人多次被推选提及，尤其是那些在真美善书店出版图书的作家，如东亚病夫、傅红蓼、王坟、朱庆疆、陈学昭、许绮禅、陈卢竹、黄归云、孙席珍、陈翔冰、徐蔚南、孙佳讯、马仲殊、邵宗汉、卢梦殊、王佐才等都屡登推选榜。

从第6卷第4号起，"真美善俱乐部"开始"征求部友"，并列章程，规定名额、入会手续和部友权利等，这也是曾氏父子用来招徕固定读者群的举措。第6卷第5号"发起一个小小的小说习作玩意儿，那就是从前仿佛也有人做过的轮回点将式的一种机关性的小说游戏"（编者，1929d）。在第7卷第1号正式取名为"小说演习大会"开幕，征得15人参与轮流创作，曾虚白作开幕词和第一篇，该栏目在第7卷第1、2、3号维持、存在三期次，因刊物改版为季刊而被取消。可以这样推测，若此栏目得以长期维持，定可以帮助曾朴父子发现、团结一批有创作潜力的"无名作者"，并能有效扩大读者群。

"真美善俱乐部"栏目通过丰富多彩的活动，为《真美善》杂志极大地调动了大量"非定户"读者参与到各种活动中，有效扩大了《真美善》杂志在期刊读者群中的影响，也为刊物争取了部分读者。此外，通过这个栏目，曾氏父子及其"真美善作家群"进行了有效的自我推介，扩大了书店出版物在读者中的影响和阅读接受面。他们通过"名作推选会"、为连载作品征名和"轮回点将式创作"的"小说演习大会"等作者和读者互动活动来吸引读者参与到创作之中，这虽赶不上当下网络文学创作的读者参与故事构思和商讨叙事策略与情节走向的即时性创读互动和阅读回馈的及时迅捷，但也是一种有效地利用现代传媒手段以广试听、扩大影响的传播手段，在当时是颇为前卫和"现代化"的。通过"名作推选"活动，他们还获得了一定的文学"评优"话语权，尽管这个话语权的影响有限，但这毕竟是这个作家群的一次有意识的话语权"争夺"行为，并表露出一定的"操控"这种话语权为我所用的意识，如上列推举名单里"真美善作家群"作家的多人入选，也多少说明他们有"夹带私货""毛遂自荐"的嫌疑，他们中有些作家如许绮禅既是当选者又是投票者就是一例。

除在编辑策略上翻新花样进行自我推销外，"真美善作家群"的作家们还成功地策划了两次自我"炒作"活动，即《真美善》"女作家专号"的出版、争议和"刘舞心事件"，都在当时的文坛引起了较为广泛的关注。这两次"炒作"活动的方式不同，但目的却基本一致：都是要吸引读者对"真美善作家群"及真美善书店及其杂志出版物的注意。

张若谷受曾氏父子特约编辑"一周年纪念号外：女作家号"，他曾回忆编辑该专号的"远因却起于某次的谈话会上。那一次，是十七年七月七日我在曾孟朴先生家里，同曾氏父子两位谈天，我恰巧译完了法国娄梅德 Lemaitre 著的《法国的女诗人与散文家》一文，因此大家就谈到中国女作家的问题上去。孟朴先生本来打算在《真美善杂志》上出一个《陈季同专号》，我当时就不负责任随便地说一句，提议出一个女作家专号。过了两个多月，虚白先生忽然写信给我，要我负责替《真美善》编一本周年纪念号外，《女作家号》因此就受孕预备诞生了"（张若谷，1929c）。通过给《真美善》"女作家专号"投稿而认识张若谷的苏雪林也回忆说："若谷怂恿曾先生办一个《女作家专号》。"（苏雪林，1996：72）可见这个《真美善》"女作家专号"的始作俑者是张若谷。曾氏父子在相关动议谈话以后两个月才致信张若谷委托主编之职，应该是经过一番思量的，他们对于出版这样一个专号应该是有担心的，而且他们的担心很快就应验了："在《女作家号》还没有出版之前，就有许多人在杂志报纸上做起文章来了。他们都并没有看见内容，只就女作家三个字大发议论，其中毁誉参半；在毁谤者方面，大半是杂志刊物的编辑或寄稿者这也许是同业方面的一种策略。"（张若谷，1929c）张若谷列举了如《文学周报》、《新女性》和《大江》等刊物的"毁谤"，其中言辞最利的攻击应该算是《新女性》上的"不谦"："一张该杂志（指《真美善》月刊，笔者注）《女作家号》的征文启事突然跃入我的眼帘来。我约略的读了几行"（不谦，1929：74），可见此时该文作者看见的只是一个"征文启事"①而已，依据这个"征文启事"，他就展开了议论，最后文末总结道："惟有从把女性为最灿烂的鲜花，和渴盼着的慰情天使的出发点来出女作家专号是女性的仇敌，和斗方名士捧坤伶逛窑子有什么区别！就这一件事情上，我们戳穿了他们的假面具，证明他们完全没有了解所谓的文艺，和蔑视了女子的人格；一方面也暴露了他们色情狂的变态性欲的丑态。"（不谦，1929：75-76）应该说，这种连该专号的文本都没有见到就展开的批评是有失公允的，尤其是当作者的批评语言又是"上纲上线"的人身攻击时，就更显得没有批评道德。此后，张若谷

---

① 该征文启事仅在《真美善》第 2 卷第 6 号登载一期，第 3 卷第 1 号换成"女作家专号编辑简例"。此外，便是第 3 卷第 4 号"女作家号现已出版"的广告，《发泄变态性欲的女作家专号》的作者的批评所依据、所针对的都是一个刊载在《真美善》第 2 卷第 6 号上的"征文启事"，并大加鞑伐之词，实在不能算是客观的批评。

又详细列举了 31 篇评论文章，来说明"女作家专号"受到的关注，并详细征引了一些他认为"正面"或"客观"的批评观点。这些我们姑且不看，我们且看他列的表里的前三篇《告智慧的男女》（少飞，《上海漫画》第 40 期）、《冰心庐隐与张若谷》（编者，《狮吼》第 11 期）、《对不住张若谷》（编者，《狮吼》第 12 期），这两份刊物中的三篇文章是最早公开"捧"《真美善》"女作家专号"的，而且他们"捧"的方式是借"捧"其主编张若谷来"捧"专号。我们知道，这两份刊物的后台老板邵洵美与张若谷都是曾家客厅中的常客，交契不浅。那么，他们的"捧"，就是一种对外的"自我炒作"："女作家号是时代上的产生品。……我对于若谷先生近编真美善杂志女作家号，认为有极相当的同情。虽然我们没有先看见这部书的内容，但是在这里一定可以找出一部分的时代认识，我可以决定地说不会使你失望！如果就此发挥未来的光明我想这也是意料中事吧！"（少飞，1929：7）如果我们把这段文字看做一般的招徕顾客的广告文字的话，那"捧"得更甚的还有："真美善杂志自请张若谷编辑女作家专号的新闻，发扬开来后，舆论哗然。当代二三流的女作家莫不人人自危，单怕不中选，似乎攸关名誉。张若谷却应酬周到，远的写信去讨，近的亲自去求。已得到的女作家杰作有十余万字，关于女作家的文字有二三万字。听说冰心庐隐两女士则因公忙不克作文，已写信来道歉了。"（编者，1929e）这一段文字"吹捧"的意味很明显，而且关于征文字数的详确却又实在难脱"自我炒作"的嫌疑。而在紧接着的《狮吼》第 12 期里，吊读者胃口的把戏又来了："上期本栏曾说张若谷编真美善杂志女作家专号，冰心庐隐因公忙不克写文；那知后来又打听到庐隐已有最近之得意杰作寄来，冰心也有，但没有知道详细。张君编辑女作家专号极为认真，一切稿件在出版以前，即亲信亦不得先尝一脔。"（编者，1929f）这段引文既夸赞了张若谷编辑态度的严谨认真，又打着冰心、庐隐这些当时知名女作家的招牌吊足了读者的胃口，怎能说不是"真美善作家们"有意的对外推介把戏呢？

其实，曾虚白在《真美善女作家号征文启事》中已经把编辑这个专号的目的讲得很明确了①，即要为女性作家们出一个专号，展示他们的创作实力，以引起文坛的注意。面对文坛热烈的褒贬，张若谷曾说出了自己的心里话："《女作家号》的出版，能

---

① "中国荒凉紊乱的文坛上，几年以内却已有好多位天才的女作家向着我们发出异常可羡的光辉，这是我们简短的新文化历史上最可自傲的一点；然而，感觉不十分灵敏的群众对于这种现象却淡漠得很；这也是我们老大民族的老脾气，没有人大声叫嚷，他们的耳朵永远是聋的，眼睛永远是瞎的！因此，我们想趁着本店周年的机会发行一本《女作家专号》，给中国文艺界的鲜花，读书界的天使做一个摇旗呐喊的先锋，让聋盲的群众认识她们全体整个的伟大。"见《真美善》1928 年第 2 卷第 6 号的《真美善女作家号征文启事》。

够引起读书界方面的注意是一件很难得的事了，虽则一般的批评并不完全是同情的或好意的，但是，我们对于鼓吹女子文学运动的呐喊的这一个小小的使命在可能范围之内总可以算是已经略尽过一点责任了。"（张若谷，1929c）从"女作家号"实际吸引的稿件数量（张若谷说有 30 余万字[①]，苏雪林回忆有四五十万字[②]）和引起的批评规模[③]来看，他们的这次专号从征稿、编辑到推介的策划都是很成功的，至少让真美善书店及其杂志的名字广被文坛关注。从目前笔者所见的《真美善女作家号》的版权页来看，该书在"实价八角"的高价之下的销数也是相当可观的："1929，2，2，初版 1—3000；1929，3，26，再版 3001—10000；1931，5，1，三版 10001—13000"（张若谷，1931）。应该说，他们这个专号的"选题"是对路的，加之他们通过"自捧"和"被批评"成功地吸引了文坛和读者的广泛关注，所以能够在一个月之内售完 3000 册，再版、三版又印 10000 册，这些都可以说明他们的这次对外自我推介是成功的，"读者以此为创举，同时也想看看女作家的作品究竟如何，那初版的专号居然卖完了，病夫先生怕再版无人买，不敢再举，若谷便将此书版权顶了去，再版，居然卖得不错"（苏雪林，1996：72）。毫无疑问，曾氏父子是这次专号策划、推介活动的最大赢家，真美善书店及其杂志在文坛的知名度得到大大提升自不必说，仅从对照《真美善》杂志此后的版面文章目录和张若谷在专号《编者讲话》里承诺"移在将来《真美善》杂志上发表"（张若谷，1931）的文章目录来看，张若谷这次的征稿给《真美善》杂志积累了十万多字的优质后备稿源和女性作者群储备，而这一点，对曾氏父子的"真美善"文化事业的发展壮大是尤为可贵的。

总体而言，这次的《真美善》"女作家号"运作也体现了"真美善作家群"文学生活方式的另外一个特点，即私人文化空间与公共话语空间文化生活的交互转换，把内部文学生活所得——文艺沙龙"闲谈"中偶得的创意——付诸实践，并转变为对外的征稿、编辑、宣传和"名利双收"，从而为真美善书店[④]和《真美善》杂志赢得外部生存空间和在作者、读者中的知名度。

除此之外，当时由邵洵美等设计、"导演"并被"炒作"而轰动一时的所谓"刘舞心事件"（邵洵美，1935c），或许更能够帮助我们深入体会到曾朴、曾虚白父子有意

①"我们与印刷所订的合同，本来是以二十万字计算现在有三十多万字，……我们不得已只好抽去了十万多字，移在将来《真美善》杂志上发表。"（张若谷，1929d：6）

②"若谷居然拉到了许多人汇集为四五十万字的一册。"（苏雪林，1996：72）

③张若谷搜集批评文稿 31 篇，实际不止这个数字，笔者据所见文稿资料估计在 40 篇左右。

④"陈学昭女士寄来一篇小说《南风的梦》，凡十余万言，因篇幅太长，已另付印单行本。"（张若谷，1931）《南风的梦》在真美善书店 1929 年 3 月出版。

通过娱乐化及商业炒作，来拓展其"真美善"文学事业及其社会影响力，并切实体验其"法国风文艺沙龙"的审美趣味及浪漫情怀等目的。

曾朴想把真美善书店办成一个"法国风文艺沙龙"，"他开书店在女性方面另外还有一个期待，那就是希望能产生一位法国式的沙龙中心女主人。这个女主人并不一定自己是文艺家，可是有欣赏文艺的能力与兴趣，因此，她就由文艺家大家共同的爱人转变而成文艺活动的中心人物"（曾虚白，1988：99）。可是，就在曾朴同邵洵美、傅彦长他们这些曾家客厅沙龙人物讨论、考察了王映霞、陆小曼、苏梅（雪林）等人觉得都不合理想而"心灰意懒绝端失望之后"（曾虚白，1988：99），曾朴突然收到了一封署名"刘舞心"的来信，自称是一个"家庭很自由""一天天只是读些新出版的文学作品""还能读些外国作品"的"十九岁"女中学毕业生，她告诉曾朴："中国的作家中我最崇拜的是三个人：一个是曹雪芹，一个是关汉卿，一个便是你"（刘舞心，1928），赞许《孽海花》不是"旧小说"。信中，她还提到曾朴要译边勒鲁意的 Aphrodite 一事，谈了自己的阅读感受。最让人浮想的，是她在信的结尾请曾朴为自己正在构思的一篇小说"取个题目"："我现在在写一篇小说：情节大概是一个女子读了一篇小说而爱了这小说的作家。她并不认识这个作家，她也不想认识这个作家。因为她想，一个好作家并不必是一个好情人。但她又极想那作家知道她在爱他。于是她写了封信细诉衷曲。那知道这位作家收到后竟把来发表在报纸上了。因了那女子写的是真名字，竟使她的亲戚朋友都藐视她而取笑她的人格。她没法便入了尼庵。"（刘舞心，1928）曾朴收到此信，"第一个直觉反应是欢喜若狂，中国竟还有这样符合他理想要求的女孩子"（曾虚白，1988：99）。虽经仔细琢磨也觉得蹊跷，但曾朴还是写了一封很长的复信，发表在《真美善》第 2 卷第 5 号首篇位置，"成为轰动一时的文坛佳话"（曾虚白，1988：100）。在喜欢捕风捉影的读者和有名士风的文人们看来，刘舞心所谓小说的情节构思和刘舞心对曾朴的夸赞，构成了一种颇有点"暧昧"的"示爱"意味的佳人慕才子式的古典情爱故事，难免会被看成是"文坛佳话"。

那么，这种所谓"文坛佳话"是不是曾朴想要的呢？我们不妨从曾朴的复信来寻绎他当时的心态。曾朴在开篇简短寒暄、表达遇到文艺知己的快乐[①]后，几乎倾其余下全部 11 页（约 3400 字）的篇幅来谈论法国作家边勒鲁意的《阿弗洛狄德》[②]一书在情节结撰和审美精神上的超拔之处，解释了尼采关于希腊艺术"两大精神：一是阿

[①] "您若不是彻底研究过全书的意义，尝味了作者想象的内在，怎么能说出这几句话？这真使我不自禁地手舞足蹈的欢喜。"（病夫，1928g）

[②] 在《复刘舞心女士书》一文中，曾朴始终使用《阿弗洛狄德》，而该书正式出版时则题名为《肉与死》。

普龙 Apollon 精神，一是頼尼骚 Dionysos 精神"的发明对于边勒鲁意创作此书的影响，并说明了自己对这部书的阅读感受和所以要译介它的原因："我读了之后，没有别的感觉，只觉得一章，一节，都是梦的漂渺的美，一字一句，都是醉的惝恍的美；我便常醉它醉的美，梦它梦的美，机械地想移译出来和有心人共欣赏了。"（病夫，1928g）曾朴虽然当时"对笔迹，已疑心这是洵美弄的玄虚"，"可是父亲不管这件事是真是假，他宁愿确认其为真来保持这故事的美与幻"（曾虚白，1988：100）。并煞有介事地写长信来回复并发表在《真美善》杂志上，他这样做的目的，我们推测一方面是出于对"游戏"发起者的尊重，另一方面，他恐怕主要是想借此机会来申明自己所以要译介这部被道德君子斥为"淫书"的名著的原因，并说明此书的审美价值①，这也是一则颇为聪明的推介新书的"软广告"。

然而，此信之后，刘舞心竟然到真美善书店棋盘街的发行所去亲访东亚病夫，未见即留字条而去，说是要去苏州访亲戚。曾朴即委托因办事路过苏州的书店经理伍际云顺道往访刘舞心，恰逢刘舞心因事出门未能得见。直到三个月之后，神秘消失的刘舞心突然又致信曾朴，说明自己消失的原因是在苏州养病。曾朴在回信中则主要叙述了"刘舞心事件"在文坛和"真美善作家群"内部引起的波澜，"自从接你的信后，一部分文坛上，都诧为奇迹；我们的小小客厅里，却变成了一件疑案，朋友们都做了嫌疑犯；我侦探你，你考察我，弄得一塌糊涂"（病夫，1928h）为申辩计，张若谷在《申报·艺术界》、邵洵美在《狮吼》上都作文自辩，这无疑是"真美善作家群"的作家们想把声势搞大，借以提高其文坛知名度的一种文化表演②，而曾朴在信末提到要把刘舞心的小说《安慰》编入"女作家号"，这无疑又会大大增加读者对《女作家号》的阅读期待。

通过对读刘舞心致曾朴的两封信和曾朴的两封复信，我们可以发现，曾朴在两封

---

① 在《肉与死》的后记里曾朴还提出过一个更为具体化的对该书的阅读感受和译介动机："那里面活现着的变态性欲，卖淫杂交，狂乱，蛊惑，杀害，盗窃，仇恨，愚妄，哪一件不是人类最丑恶的事材！然而在他思想的园地里，细腻地，绮丽地，渐渐蜕化成了一朵朵珍奇璀璨的鲜花。我们只觉得拍浮在纸面上的只是不可言说的美。我们译这部丑恶美化的作品来证明我们艺术惟美的信仰，不使冒牌的丑恶，侵袭了艺术之宫。"（边勒鲁意，1929：后记，6-7）这段话足以说明曾氏父子的文学审美与审丑能力和态度，要比当时文艺界一般的见识要高尚和严肃，他们不以纸面上文字里的"丑"为丑，而是以其表现出的审美精神和意蕴为"美"，看得到作品深层次的美感。

② 曾朴在信中交代了边勒鲁意的《阿弗洛狄德》（即《肉与死》）一书在中国的读者、研究者，有为其文艺沙龙中的作家群自塑群像的意味："边勒鲁意的作品，在中国文坛上，不大提及，尤其是《阿弗洛狄德》。最先提出的就是我，张若谷和徐蔚南两君都是醉心法国文学的人，各买了一本，邵洵美买了一本英译本的限制本，花去了三十多元的巨价，其余读书最多最勤的赵景深君，一定是读过的，大约欣赏而起哄的不过是我们几个最熟悉的朋友。"（病夫，1928h）

复信中都把自己要传递的信息量最大化了。第一封信既造成了一个与自己有关的"文坛佳话"，又很智慧地"夹带"着申明了自己译书的目的和书的艺术与审美价值，不啻为一篇文字漂亮而又感性丰满、学理充盈的书评文章；第二封信，把读者的注意力引向了"刘舞心疑案"，引导视听关注"真美善作家群"的文艺客厅及其"文学生活"、关注与《真美善》杂志同声和气的《申报·艺术界》和《狮吼》，并最终把读者的注意力导向其精心筹备的"女作家号"。

可以说，"真美善作家群"的沙龙人物们集体参与了这次"文化表演"。我们之所以认定这是一次"文化表演"，是因为刘舞心"确无其人"。邵洵美在曾朴去世后曾在《人言周刊》（1935年7月6日，第2卷第17期）上发表了《我和孟朴先生的秘密》一文，承认此事是他一手导演的，并说明了整个事件的细节。而在曾氏父子方面，虽猜到是邵洵美开的玩笑①，却也没有揭破，而是"因势利导"并将此事推波助澜，造成一桩"文坛佳话"和"文坛疑案"。这是曾朴和邵洵美"两人游戏人间制造出来的杰作"（曾虚白，1988：101），是他们这个作家群把其客厅文学生活外延化的一种颇具"浪漫色彩"的文化努力，是他们在自己掌握的杂志这一公共文化空间里、以唯美的、艺术的形式进行的一次成功的"文化表演"、一次成功的自我推介。

5.3 图书广告与"书报映象"：文艺界的"容纳"及阅读"指导"

在20世纪30年代期刊林立的上海文化市场上，书店（出版社）和期刊杂志既是文化生产和传播机构，又是需要时时考虑经济效益的营业性经济实体，他们除发卖图书报刊以营利外，还要通过刊登广告来增加收入。刊物的版面广告价位和总收入额与刊物的发行量是成正比的，刊物发行量越大，受众面越广，广告客户便越多，单位版面的广告价位也就越高，广告总收入额也会相应增加；反过来，一个刊物登载广告数量的多寡，也基本可以反映该刊物的受众情况和发行量的大小。当然，也很难排除当时的期刊之间相互交换版面登载广告，以互壮声势的情况。因为我们现在很难找到相

---

① 曾虚白在忆及此事时曾坦言："实际，父亲早就猜到这是洵美在后面做导演，可是真要搠破了，让这美丽的故事无疾而终才真是令人扫兴只有傻子才会干的事。正真了解父亲的邵洵美是在帮助父亲在他的幻想里制造一个他求之不得最适合他理想要求的女孩子。父亲会无情无理的毁了她吗！他故意写两篇复信先后发表在真美善杂志上，来表示他深信这故事的真实，藉以永远保持这故事在他幻想里像《肉与死》一样的有'梦的漂渺之美，醉的惝恍之美'。这真是他们两人游戏人间制造出来的杰作，也是父亲广交文友最后的结晶。"（曾虚白，1988：101）

关期刊的广告收入账目资料，所以只能依据刊物登载广告数量的多寡来大概推断其受众范围的大小。

从《真美善》杂志全刊 48 期①的版面来看，共登载各类广告 171 条②，其中包括 43 种文艺期刊 158 条次的期刊目录或征订、版权广告（其余 13 条为杂类广告）③。笔者通过查阅这 43 种文艺期刊的同时期刊物版面，仅发现《小说月报》上有对应的《真美善》杂志期刊目录广告，也就是说，《真美善》杂志基本没有和这些期刊进行广告版面交换登载自家期刊目录，那么，还有两种可能：《真美善》杂志自愿免费为他们登载广告和收费广告。《真美善》杂志登载的上列期刊目录广告多为"正文中或后面"的半个页面广告，价位是"十元"，算是价位适中的了④。所以，连沈从文、胡也频他们办的《红黑》等小刊物也登得起。但是，我们还是要分开说，与《真美善》杂志审美艺术气质相同的刊物或由"真美善作家群"的作家们担任编辑的刊物，如《金屋》《雅典》《狮吼》《白华》等的期刊目录广告，应属免费的"友情"广告，而像《人文月刊》《新月》《草野》《秋野》《春潮》《新女性》《贡献》等登载次数较多且与他们关系一般又没有版面交换的，应属收费广告。但是，不管属于哪种类型，《真美善》杂志能够先后为 43 家文艺期刊登载 158 期次的期刊目录广告，这两组数字本身就说明曾氏父子及其"真美善作家群"的文坛"人缘"不错、交游广泛。同时，这些大量次的期刊广告也间接告诉我们，《真美善》杂志获得了不错的发行业绩和较大的读者受众群。他们通过登载这些刊物的期刊目录可以了解同时期文艺界创作的风向，从而为其书店、杂志的组约、遴选稿件提供选题参考，并有助于他们适时适度地调整自己的著译方向和刊物的编辑方针。

此外，这些期刊目录广告还是曾氏父子最简单直接、最和气的对外交往方式，是拉近与其他刊物距离的最好的交际手段，并可以在当时的读者和作家中，引起一种"从众／围观效应"，即由其他刊物在《真美善》杂志上登载期刊目录广告，推知这些刊物的编辑、读者们是喜欢、认可《真美善》杂志的，那么，"我"——读者和作家们

---

① 第 1 卷为半月刊 12 期，从第 2 卷第 1 期至第 7 卷第 3 号为月刊（每卷 6 号），共 33 期，季刊第一卷 2 期，"女作家号" 1 期，共计 48 期。

② 不含"真美善书店"自己出版图书的广告和《真美善》本刊期刊目录广告，"附录一真美善书店出版图书目录（1927～1931）"中所列图书均有广告在《真美善》连续登载，故在本目中略去。

③ 详见"附录四《真美善》杂志登载各类广告目录"。

④《真美善》杂志广告价目分甲、乙、丙三种："甲种 底封面之外面 全面 四十元 半面三十元；乙种 封面之内面及对面或正文首篇对面及底页之内面 全面 三十二元 半面二十元 四分之一 十元；丙种 正文中或后面 全面 二十元 半面 十元 四分之一 八元"，见《真美善》1927～1931 年各期封三的"广告价目"。

也会"从众"而认可《真美善》杂志，并由此抱着"围观"的心态去购买并阅读《真美善》杂志。而且，曾氏父子在其《真美善》版面上还张好了另一张"罗网"，等着读者们自觉来"投"，那就是《真美善》杂志上的真美善书店出版图书广告，共含出版图书 83 种，其中译作 28 种，著作 49 种，其他 6 种；预告未出版 7 种①。这些图书全部都是真美善书店出版的，每种都有颇具煽动性的广告语，介绍该书大致的内容、作者的创作风格，有时也会使用一些"张大其词"的广告语，以引起读者的阅读和购买欲。《真美善》杂志越到后面的期次（至第 7 卷第 1 号），最后几页的图书广告条目越多，各条均以简洁的表格形式集中排列，并标明著译者、书名、价目和图书广告语，一目了然，不啻是对真美善书店出版图书和"真美善作家群"著译成绩的一种公开展示，也是对曾氏父子要系统译介外国文学以推动中国文学变革的文化姿态的一种成果层面的展览。

尤其值得注意的是，自第 2 卷第 6 号起至第 6 卷第 2 号止，《真美善》杂志一直设有一个名为"书报映象"的文艺批评栏目②，先后共有 17 期次刊登 20 位作家、批评家③的书评文章 45 篇次，涉及 41 位作家④在光华书局、现代书局、北新书局、新月书店、前期创造社（泰东书局）⑤、开明书店和真美善书店等出版社出版或在《小说月报》、《新女性》、《乐群》、《新月》、《狮吼·复活号》和《真美善》等杂志上发表的著译作品 45 篇 / 部。这个栏目的设置，是由于师鸠投寄的书评文稿引起了曾氏父子的注意，特辟此栏以登载图书和期刊文章的批评文章，开设之初即声明"除了有作用的谩骂和揄扬不敢收录外，凡正当的批评，我们当尽量容纳，因为这是读书界亟亟需要的一种指导"（编者，1929g）。从所有此栏目的文本来看，这些批评文章基本上都能平心静气、较为中肯地对作品作出评价，在体裁内容和方法上基本可分为阅读观感和理论批评两种，基本都能对作品作审美价值或思想艺术层面的批判，甚至还有延伸性的"指导"。当然，文艺批评本身是见仁见智的高层次审美鉴赏活动，也是最容易引

---

① 详见"附录—真美善书店出版图书目录（1927～1931）"。

② 这些期次是：2.6；3.2；3.3；3.4；3.6；4.1；4.2；4.3；4.4；4.5；4.6；5.1；5.2；5.3；5.4；5.6；6.2。

③ 这些书评文章的作者和篇次分别是：毛一波 17 篇次，师鸠 7 篇次，王坟 2 篇次，电光 2 篇次，汤增敡 2 篇次，赵景深、何辰、浩然、李赞华、司君、钟敬文、何如、傅润华、明若、士馨、逸菲、病夫、王树勋、符生、莫芷痕各 1 篇次。

④ 其中有郁达夫的《日记九种》、凌叔华的《花之寺》、沈端先译《女人的天国》、汪静之的《北老儿》、郭沫若的《反正前后》、梁实秋的《骂人的艺术》、巴金的《灭亡》、潘汉年的《离婚》、叶灵凤的《菊子夫人》、沈从文的《入伍后》、冯文炳的《竹林的故事》和《桃园》、成仿吾的《流浪》、托尔斯泰的《复活》等中外文学名著被评论，此外便以真美善书店出版的图书居多，有 10 部。

⑤ 此指泰东书局出版的前期创造社的书籍，后来创造社自办出版部，成员书籍基本都由其出版。

起论争的。《真美善》杂志"书报映象"栏目的整体"温蔼"色彩，使他们没有被过多地牵涉到文学论争之中。而这也正是曾氏父子所批判并竭力避免的一个新文学界的"弊病"。因为，"文论之争"最容易演变为"派系之争"，恰如浩然在《〈骂人的艺术〉——中国文章的价值》一文中所批评的那样（浩然，1929）。该文历数新文学以来的重要文学流派和文人团体以及文坛论战，而盖之以"骂人"，实在是一篇颇有意味的文章，可以与曾氏父子论及新文学成绩与缺陷的文章对读。这一栏目的稿件以毛一波（时为留日学生）（17 篇）和师鸠（7 篇）为最多，合计占到半数以上。他们所表现出的适度使用某些文艺理论展开批评的自觉，在当时文坛也是比较少见的。此外，他们还在批评中表现出了幽默诙谐与严谨中肯并存的批评文风，如师鸠的《叶鼎洛的大胖女儿》一文，是典型的为叶鼎洛的新书《未亡人》作广告的书评文字。叶鼎洛以新书比作新生儿，自谦其"体格虚弱、面貌丑陋、性格乖张"，师鸠则以"我已经是她这女儿的恋人了；她激动了我的同情心，我们已经订了婚约，结为终身伴侣了"（师鸠，1929）来标明自己对该书的喜欢、赞赏，并认叶鼎洛为"丈母"，甚至以床笫之事作比，来品评"这位姑娘"的好。但师鸠也毫不客气地也指出了该书的缺点，如"噜苏""迭床架屋复叙的毛病""个性的矛盾"等。整个书评极尽幽默诙谐之能事，在调侃之中对作品作了较为中肯到位的品评。总体来说，这个栏目的这种"温和"的批评作风，基本符合曾氏父子对于文学批评要"开放""温蔼"，要能有"指导"作用的要求。

事实上，由于这个栏目在开设之初就声明"想把这几页完全贡献给读者"（编者，1929g），因此，从版面来看，除了几篇他们作家群内部成员之间的"自我批评"和嵌入广告式的捧赞文章之外，基本都是针对当时文坛新出版的名家名著所作的及时的、跟踪批评和介绍。尽管投稿者并非都是真美善书店及其杂志同人，但因为曾朴、曾虚白父子在编辑、选登稿件时的有意筛选和严格把关，加上毛一波和师鸠的主干撰稿和王坟、赵景深、汤增敫等人的文字辅助，可以说，这个栏目比较好地贯彻了曾氏父子的"真、美、善"的文学批评理念，向文坛展示了他们力避"浮躁"和"斗闲气"式的批评的努力。因为这个栏目是《真美善》杂志及其作家群直接对当时文坛作家作品及其背后的作家群、出版机构和书报杂志发表批评言论、臧否得失的管道，他们采取了尽量选登以"审慎"的批评态度进行"正当的批评"的稿件策略，表现出了较高的编辑智慧，并与文坛的是非、论争保持了适当的距离，避免了陷入无谓笔战的尴尬。他们虽然渴盼文坛关注，但却不用搅入论争的方式来引起注意，这是尤为难能可贵的。

第6章 "注重翻译事业"：外国文学的翻译与介绍

6.1 "外潮的汹涌"：曾氏父子及"真美善作家群"的翻译实绩

据笔者根据真美善书店新书出版广告和所见实物图书所作的统计，真美善书店先后出版文艺和政论类书籍 83 种，预告但未出版图书 7 种①，其中有 12 位翻译家译 6 国②5 种文字③19 位作家④的作品 28 部：病夫译有《欧那尼》（法国嚣俄著，1927 年 9 月）、《吕克兰斯鲍夏》（法国嚣俄著，1927 年 9 月）⑤、《吕伯兰》（法国嚣俄著，1927 年 9 月）⑥、《夫人学堂》（法国穆里哀著，1927 年 9 月）、《南丹与奈侬夫人》（法国佐拉著，1928 年 5 月）、《法兰西小说》（法国多人著，与虚白合译，1928 年 8 月）、《钟楼怪人》（法国嚣俄著，1928 年 12 月）、《肉与死》（法国边勒鲁意著，与虚白合译，1929 年 6 月）、《项日乐》（法国嚣俄著，1930 年 5 月）⑦、《九十三年》（法国嚣俄著，1931 年 4 月）⑧等 10 种，占出版译作总数的 35.7%；虚白译有《鬼》（英国王尔德著，

---

① 具体书目及出版信息参见"附录一真美善书店出版图书目录（1927～1931）"。

② 法国 14 种，英国 3 种，美国 3 种，日本 4 种，俄国 1 种，捷克 1 种，欧美合集 1 种，《世界杰作小说选》2 辑。

③ 分别是法语、英语、日语、俄语、捷克语。

④ 他们是法国的嚣俄、佐拉、梅丽曼（又译为梅黎曼）、葛尔孟、莫郎、穆里哀、边勒鲁意和法郎士，美国的佛雷特里克、德兰散和皮蔼尔，英国的哈代、王尔德和巴翁兹，日本的武者小路实笃、夏目漱石和高桥清吾，捷克的史万孩孩女士，俄国的薄力哈诺夫。

⑤ 最早译为《枭欤》，由有正书局 1916 年 9 月出版，1927 年 9 月更名为《吕克兰斯鲍夏》在真美善书店出版。

⑥《吕伯兰》最早连载于《学衡》第 36、37 期（1924 年 12 月～1925 年 1 月），1927 年 9 月在真美善书店出版单行本。

⑦ 最早译为《银瓶怨》，连载于《小说月报》第 5 卷第 1～4 号（1914 年 4 月 25 日～7 月 25 日），1930 年 4 月改名为《项日乐》在真美善书店出版。

⑧《九十三年》最早连载于《时报》1912 年 4 月 13 日～6 月 14 日间，由有正书局 1913 年 10 月出版单行本。详见附录二注 9。

1928 年 4 月）、《神秘的恋神》（法国梅丽曼著，1928 年 5 月）、《法兰西小说》（与病夫合译，1928 年 8 月）、《欧美小说》（虚白等译，1928 年 8 月）、《人生小讽刺》（英国哈代著，与顾仲彝合译，1928 年 11 月）、《色的热情》（法国葛尔孟著，1928 年 11 月）、《肉与死》（法国边勒鲁意著，与病夫合译，1929 年 6 月）、《目睹的苏俄》（美国德兰散著，1929 年 8 月）和《世界杰作小说选》（第 1、2 辑）（虚白编译，1930 年 4 月）等 9 种，合译 2 种不计，占出版译作总数的 25%，曾氏父子二人的译作占真美善书店出版译作总数的 60.7%，约 3 / 5，其努力程度，可见一斑；此外，崔万秋译有《母与子》（日本武者小路实笃著，1928 年 5 月）、《草枕》（日本夏目漱石著，1929 年 6 月）、《忠厚老实人》（日本武者小路实笃著，1930 年 4 月）等 3 种；顾仲彝译有《人生小讽刺》（英国哈代著，与虚白合译，1928 年 11 月）和《乐园之花》（法国法郎士著，1929 年 9 月）2 种；张若谷译有《留沪外史》（法国莫郎著，1929 年 4 月）1 种，马仲殊译有《短篇小说作法纲要》（美国佛雷特里克著，1929 年 6 月）1 种，刘麟生译有《法西斯蒂的世界观》（英国巴翁兹著，1929 年 9 月）1 种，杜衡译有《一吻》（捷克史万德孩女士著，1929 年 9 月）1 种，姜蕴刚译有《政治思想之变迁》（日本高桥清吾著，1930 年 6 月）1 种，叶秋原译有《民族的国际斗争》（美国皮蔼尔著，1930 年 6 月）1 种和李史翼、陈湜合译《马克思主义根本问题》（俄国薄力哈诺夫著，1930 年 4 月）1 种，这 10 位翻译家的译作占出版译作总数的 39.3%，约 2 / 5。如果以文艺与非文艺书籍来分类的话，在全部 28 本译作中，纯文艺书籍有 21 本，占总数的 3 / 4，其中曾氏父子译有 16 本，占纯文艺书籍总数的 76.2%。如果以译作的源语和国别来分类的话，源语为法语的译作有 15 种，占 53.6%，其中曾朴译有 10 种，曾虚白译有 3 种，顾仲彝译有 1 种，张若谷译有 1 种；源语为英语的译作有 6 种，占出版译作总数的 21.4%，其中曾虚白译有 3 种，马仲殊译有 1 种，刘麟生译有 1 种，叶秋原译有 1 种；源语为日语的译作有 3 种，均为崔万秋所译；另有捷克语 1 种，杜衡译；俄语 1 种，李史翼、陈湜合译。另外有《欧美小说》和《世界杰作小说选》①为多人合译。

此外，还有虚白编《汉译东西洋文学作品编目》一册，所收翻译图书书目以单行本为主（杂志短篇一概未录），不限文言白话均录（但文言注明），"译本取舍之标准，以原作之价值为准，故如哈葛德，科南道尔，勒白朗等三四流作家之作品一概不录；至于译笔之忠实与否则不问"（虚白和蒲梢，1929），目录中详细注明原作者、书名、译者、出版社，除小说外均标注体裁，多人合译文集均细列译者，全书以国别分门别

---

① 这两部翻译小说集所收篇目，均为先在《真美善》杂志上单篇发表，后结集出版。

类排列，其中日本一国作家以出生年序排列，其他国家作家以姓名首字母顺序排列，共列有 26 个源语国和地区①的译作，凡 117 页。

据笔者对《真美善》杂志全刊所有期次的完全统计，在翻译方面，《真美善》共刊登了由 51 位译者②翻译的 17③国 14 种语言 103 位作家 186 篇次不同文体的作品。在这全部 186 篇次的译品中，曾虚白有 67 篇次（长篇连载分次计数，故称篇次），曾朴有 28 篇次，合计 95 篇，占总篇数的 51.1%。可以说，在《真美善》杂志的作者中，曾氏父子是译介最努力的，他们以父子二人之力，供给《真美善》杂志超过半数的译介稿件。其他在《真美善》杂志登载译作较多的翻译家有：崔万秋、张若谷、顾仲彝、赵景深、王坟、汪惆然、成孟雪、徐蔚南、卢世延、王家棫、陈广竹、季肃和味真等。从译作的源语国来看，法国有 93 篇次，占发表译文总篇数的 50%，被译介较多的作家有嚣俄（今译雨果）、梅丽曼、葛尔孟、戈恬、顾岱林、边勒鲁意、薄台莱、大仲马、弗劳贝（今译福楼拜）、李显宾、浦莱孚斯德、莫泊桑、葛莱、巴尔扎克、娄·德曼、圣德伴物、亚甘当、法郎士、都德、保尔穆杭、佐拉、勒穆彦、拉鲁、乔治桑、拉马丁、罗萨蒂（又译罗色蒂）、缪塞、米显莱和维尼等；英国有 25 篇次，占译文总篇数的 13.4%，被译介较多的作家有威尔斯、王尔德、哈代、曼殊菲尔、飞利浦、玛丽卫勃、盖莱尔、乔治摩阿、吉百林、罗素和弥而恩；俄国有 17 篇次，占译文总篇数的 9.1%，被译介较多的作家有柴霍夫（今译契诃夫）、陶斯屠夫斯奇（又译为陶斯托叶夫斯基，今译陀思妥耶夫斯基）、屠格涅夫、高尔基、阿尔志跋绥夫和托尔斯泰等；美国有 16 篇次，占译文总篇数的 8.6%，被译介较多的作家有濮爱伦（又译为艾伦·浦，今译爱伦·坡）、德兰散、奥亨利（今译欧亨利）、约翰·里德、姜伯伦（今译张伯伦）和怀尔特等；日本有 11 篇次，占译文总篇数的 5.9%，被译介较多的作家有武者小路实笃、芥川龙之介、与谢野晶子夫人和米川正夫等；德国有 5 篇次，占译文总篇数的 2.7%，被译介的作家有苏特门、汤麦司曼（今译托马斯·曼）、瓦塞门和凯西林（今译凯瑟琳）等；意大利有 3 篇次，被

---

① 依次是：日本、印度、波斯、阿拉伯、犹太、俄罗斯、芬兰、波兰、瑞典、挪威、丹麦、德意志（奥大利附）、匈牙利、保加利亚、希腊、捷克、瑞士、罗马、意大利、法兰西、荷兰、比利时、西班牙、英吉利、非洲、杂集。

② 他们是病夫、虚白、崔万孚、崔万秋、夏莱蒂（杜衡）、行泽、沈小瑟、张若谷、古鲁、杜芳女士、子京、续新女士、方于女士、张娴、顾仲彝、林徽因、杨毓溥、竞文、荩蔬、汪惆然、怀瑾、陈毓泰、赵景深、王坟、黄龙、高建华、叶秋原、炎微、查士骧、文益重、王家棫、潇雨、成孟雪、沈默、陆贞明、肖牧、陈广竹、龙朱、姜蕴刚、沈来秋、卢世延、李青崖、邵洵美、楠莱晏、徐蔚南、张璇铭、章石承、季肃、储安平、味真、潘修桐等 51 位翻译家。

③ 法国、美国、英国、日本、西班牙、匈牙利、德国、新犹太、俄国、暹罗、保加利亚、挪威、意大利、瑞典、爱尔兰、印度和中国等 17 国。以上各国中英、美、爱尔兰同为英语，其余各有本国语，共 14 种语言。

译介的作家有魏尔嘉、丹农雪乌（今译邓南遮）等；爱尔兰有 3 篇次，被译介的作家有司蒂芬司；挪威有 2 篇次，被译介作家有安特孙、般孙；新犹太有 2 篇次，被译介的作家有阿虚、宾斯基；西班牙有 2 篇次，被译介的作家有阿拉斯、伊本纳兹；匈牙利有 2 篇次，被译介的作家有卡罗莱·稽斯法吕提、育珂摩耳；瑞典有 2 篇次，被译介作家为史特林堡；暹罗有 1 篇次，被译介作家为猜越特；保加利亚有 1 篇次，被译介作家为伊林潘林；印度有 1 篇次，被译介作家为安德烈；中国有一篇次法语文章被译介，即陈季同以法语写作的《读物展览馆》一文，由病夫翻译，载《真美善》第 2 卷第 2 号。

从以上统计数据可以看出，在《真美善》杂志登载的各种源语译文中，源语为法语的译文刚好占了半数，这很明显是由曾氏父子，尤其是曾朴的文学偏好所决定的，也是曾朴及"真美善作家们"亲近法国文学、试图译介镜鉴法国文学的一个文本证明，这是他们这个作家群集体努力、发挥自己语言优势取得的一个重要的译介成绩。然而，我们也要注意到，他们也把一半的版面和译介努力付与了其他国别语种作品的译介，英、俄、美、日、德等国的作品译介也受到了相当的重视。并且，从上列源语国作家的名单来看，曾朴父子及"真美善作家们"所选择译介的作家作品都是颇能代表该国近现代以来文学成就的代表性经典作家作品。应该说，他们坚持了曾朴的对于翻译的系统性、经典性、名作化的标准和要求。这种译介成绩的取得，要归功于作为刊物编辑的曾氏父子通过他们的翻译理论导向文章和翻译技术探讨文章，为整个《真美善》杂志译者群体所进行的理论疏导及其译介不辍的实践榜样所带来的鼓舞力量。

这些翻译作品在体裁上有诗歌、戏剧、小说、散文、随笔、游记、书简、文论、批评、序文、传记以及政论等多种文体，其中文学批评文字涉及近现代西方文学的诸多方面，既有具体的作家作品批评，也有作家传记、回忆文章和文学史、流派史类文章和理论文章，构成了一个较具现代感的立体式西方文学批评的译介网络，为"真美善作家群"的创作和批评活动提供了一定的文本借鉴摹本和理论支撑。这一点，我们从"真美善作家们"，尤其是曾氏父子的文学批评和翻译理论探索文章中可以找到很多线索，比如说，他们在论述自己的某一文学主张或译介要求时，总要从西方文学史上找到一些具有典型性的文学史实和案例为其张目，以增强论说的力度。

6.2 "容纳异性"与"系统翻译"：文学翻译的基本立场与方法

1927 年 11 月至 1931 年 7 月间，曾氏父子及"真美善作家们"在《真美善》杂志上先后发表了 12 篇讨论翻译的文章①，此外还有一些真美善书店出版图书的"译者序"等也论及翻译问题。这些对翻译问题进行理论探索和技术讨论的文章共同建构起了曾氏父子及其"真美善作家群"的翻译理论体系。从文章数量、系统性和讨论的深入程度来看，其中贡献最大的当属曾朴、曾虚白父子。而从理论建构的层面上看，他们的这些文章主要涉及翻译的目的、标准和效果评价等方面。

据樽本照雄的统计，晚清 70 年间（1840～1911 年）大约有 2545 种外国小说被译介到中国（樽本照雄，1989：28-29），这些译品的译者不同，译介目的也各有差异，译介的方法更是千差万别。因为当时翻译界并无规范可循，译者们在这些外国文学作品中要寻找和寄托的东西也不一样。因此，误读、误译，甚至是有意的误读、误译都在在可见。王德威（2005）在总结晚清"翻译"时认为，"它至少包括意译、重写、删改、合译等方式。学者如史华兹（Benjamin Schwartz）、夏志清及李欧梵曾各以严复（1854—1921）、梁启超（1873—1929）及林纾（1852—1924）为例，说明晚清译者往往借题发挥，所译作品的意识形态和感情指向，每与原作大相径庭"。然而，在晚清关于翻译的纷纭众说中，对于"感时忧国"、有家国抱负的文化人影响最大的恐怕要数梁启超的"小说新民"论了，梁启超寄改良社会、开启民智的希望于"政治小说"的译介与创作，这种政治对于翻译文学的诉求，与曾朴"看透了固步自封的不足以救国，而研究西洋文化实为匡时治国的要图"（虚白，1935a：109）的想法是一致的。然而，此时曾朴研习西洋文化的目的却与梁启超不尽相同，他因为"认定外交官是为国宣劳的唯一捷径"，所以"决心学习外国语言，致力于西洋文化的研讨"（虚白，1935a：109），其关注点在"外国语言"和"西洋文化"，目的是要做"外交官"，尚未完全锁定文学翻译为其文化担当。只是因为曾朴小说家的身份和他对文学的热爱，才会让他后来在谋外交官职而不得的时候，在陈季同的影响下，改变了对于"西洋文化"的寄托，转而选择以译介外国文学为振兴中国文学的手段。

我们知道，曾朴是主张通过系统译介外国文学来"改革"中国文学的，那么，在通过开书店、办杂志获得了可以在公共文化话语空间发声的"资本"、在通过搞文艺

---

① 其中专论翻译的有《翻译的困难》（虚白，1.6）、《读张凤〈用各体诗译外国诗的试验〉》（上）（病夫，1.10）、《读张凤〈用各体诗译外国诗的试验〉》（下）（病夫，1.11）、《对〈少女日记〉译本的商榷》（曾耀仲，1.12）、《中国翻译欧美作品的成绩》（虚白，2.6）、《俄国文学汉译编目》（赵景深，2.6）、《致〈新月〉的陈淑先生》（虚白，3.3）、《翻译中的神韵与达——西滢先生论翻译的补充》（虚白，5.1）、《论戴望舒批评徐志〈女优泰倚思〉》（王声、虚白，5.4）和《胡适博士〈米格尔〉译文的商榷》（符生，5.6）等，捎带论及翻译的有《编者的一点小意见》（病夫，1.1）、《编者一个忠实的答复》（病夫，1.4）、《模仿与文学》（虚白，1.11）、《复王石樵、黄序庞、愿羲》（病夫，1.11）、《复胡适的信》（病夫，1.12）、《给全国新文艺作者一封公开的信》（虚白，2.1）。

沙龙成功地召集起了一个"真美善作家群"之后，"译介"就成了曾朴实现其文学理想和文化建设主张的关键步骤，因为"译介"是他"改革"中国文学的前提，是他引"外潮的汹涌，来冲激自己的创造力"（病夫，1927b）的一条"文化人工运河"，是他"尽量容纳外界异性的成分，来蜕化它陈旧的体质，另外形成一个新的种族"（病夫，1927b）的"文化蓄电池"。曾朴很早就认识到了"译介"在中西文化交通时代、尤其是中国文学远远落后于西方文学的情况下对于中国文学变革的重要性。他的这种认识来自陈季同关于中西文学不对等交际的一番谈话："总而言之，支那的文学是不堪的①；……我想弄成这种现状，实出于两种原因，一是我们太不注意宣传，文学的作品，译出去的很少，译的又未必是好的，好的或译得不好，因此生出重重隔膜，二是我们文学注重的范围，和他们不同，我们只守定诗古文词几种体格，做发抒思想情绪的正鹄，领域很狭，而他们重视的如小说戏曲，我们又鄙夷不屑，所以彼此易生误会。我们现在要勉力的，第一不要局于一国的文学，嚣然自足，该推扩而参加世界的文学，既要参加世界的文学，入手方法，先要去隔膜，免误会，要去隔膜，非提倡大规模的翻译不可，不但他们的名作要多译进来，我们的重要作品，也须全译出去，要免误会，非把我们文学上相传的习惯改革不可，不但成见要破除，连方式都要变换，以求一致，然要实现这两种主意的总关键，却全在乎读他们的书。"（病夫，1928a）②可以说，陈季同转述的这番话对曾朴的整个文学观、文化观和中西文学比较观产生了深远的影响，但曾朴并未完全接受。陈季同在这段话里面表露了对于中国文学与西方文学关系的认识：其一，当时一般的知识者和后来的研究者都认为，中国文学是落后于西方文学的。然而，陈季同并未表露类似的想法，他只是认为中国文学被人认为落后是因为中外文学的体系不同，相互产生了误会，而中国文学又"嚣然自足"，对外宣传不够，才导致外界的不了解；其二，在翻译的基础上，引入西方的文学样式，来改造中国文学，但未论及具体实施办法。曾朴将第二个意见改造使之具体化、明确化，并根据自己的理解，提出了自己的翻译外国文学、改革中国文学的主张。从中我们可以看出曾朴对于陈季同的文学观念的继承和改造：他接受了陈季同关于"系统译入"外国文学的主张，放弃了其"系统译出"中国文学的建议，可能是出于改革中国文学的策略上轻重缓急的考虑，认为译介对于中国文学的改革更重要吧。

---

① 此语是陈季同给曾朴转述的法郎士对于中国文学的评价，并非陈季同本人的观点，此后则是曾朴向胡适转述的陈季同的观点。

② 请注意，这段话是曾朴在《复胡适的信》中转述给胡适的，是陈季同在与曾朴交往之初就告于曾朴的。因为这段议论在曾朴致胡适信中，有些粗心的研究者误以为是曾朴个人的观点。

曾朴的中国古典文学造诣及其自身的创作体验和他对西方（不仅是法国）文学、文化的深入研究，赋予了他独到的文学、文化比较眼光，使他注意到中外（法）文学的差异是"文学注重的范围"不同，而这也正是中国文学保守性在文体上的一个体现。相对于西方文学的文体多样性，中国古典文学存在着表现领域过于狭隘、过分强调"诗古文辞"等文体的正统性而鄙夷小说戏曲为俚俗等问题，这也正是中国文学走向现代化的一个体制性障碍，而由此导致的文学创作在体裁、表现方式、传播途径、阅读和评价方式等方面的差异也是巨大的。中国古典文学生产、传播和接受方式的贵族化，必然会导致其无法实现有效的普及和大众愉悦，并使其失去了与世界文学新潮对话的便捷与可能。新文化运动在文学方面的努力、对西方文学的大力译介，就是为了扫除这一障碍。曾朴呼应陈季同提出的"要免误会，非把我们文学上相传的习惯改革不可，不但成见要破除，连方式也要变换，以求一致"（病夫，1928a），在《编者的一点小意见》里指出了"依着欧洲文学上逻辑的分类法，把中国体裁概略的参合"的文学文体分类法的原因："这杂志是主张改革文学的，不是替旧文学操选政或传宣的。既要改革文学，自然该尽量容纳外界异性的成分，来蜕化他陈腐的体质，另外形成一个新种族"（病夫，1927b）。而这也正是曾朴创办《小说林》和《真美善》杂志以为文学变革提供舞台、为中西文化沟通提供媒介的方式和目的。

曾朴不仅对于中国古典文学传统，即"旧文学"与外国文学的差距感到不满，他对于中国"新文学"的不满也是促使他号召重视翻译文学的重要原因。在《复胡适的信》中曾朴通过对林纾翻译的评价，声明"我们翻译的主旨，是要扩大我们文学的旧领域"（病夫，1928a），并在肯定了"新文学"在小品文、短篇小说和新诗的创作成就之后，从总体上评价了新文学第一个十年的成绩："我们在这新辟的文艺之园里巡游了一周，敢说一句话，精致的作品是发见了，只缺少了伟大。"（病夫，1928a）曾朴指出造成新文学贫乏的原因有二："一种是懒惰，一种是欲速"，而"现在要完成新文学的事业，非力防这两样毛病不可，欲除两样毛病，非注重翻译事业不可"（病夫，1928a）。

然而，对于新文学界的翻译成绩，曾朴也是不满意的。他曾批评说"翻译是创造的肥料，肥料不充分，产生的作物决不会有良果，一瞥我们译事的园地里，还是一片荒芜"（病夫，1928d），这既批评了译界的不作为，也委婉指出了新文学创作的不令人满意及其原因。作为对此观点的呼应，曾虚白在同期的《真美善》杂志上的《模仿与文学》一文中提出了要用翻译来为文学创作提供模仿的样本、以模仿促进创作的观点："翻开本世界文学史来看，中国仿之古，日本仿之外多不必说，就是欧洲各国，从希罗文学鼎盛数起，凡是时代的变迁，潮流的激荡，那一次不靠着模仿来做个导线，那一次不借重模仿来另创新纪元。"（虚白，1928f）

曾朴对中国文化自身价值的认同与他对西方异质文化成果的艳羡并不矛盾，他认为两种文化可以通过对话和沟通实现文化互动与增值，而翻译的目的正在于此。但他同时也认为，中国近代翻译的要务，是要尽可能多地移译西方文学名著，以刺激中国文学自身的变革，进而实现"文学为人生"的进化，并举出数例说明"世界上，无论那一国的文学，不受外国潮流的冲击，决不能发生绝大的变化的。不过我们主张要把外潮的汹涌，来冲激自己的创造力。不愿沉没在潮流里，自取灭顶之祸，愿意唱新乡调，不愿唱双簧；不是拿葫芦来依样的画，是拿葫芦来播种，等着生出新葫芦来"（病夫，1927b）。由此可见，曾朴是主张理性的"拿来主义"的，他反对全盘西化，反对迷失自我的"欧化"，反对肤浅的表现方法和主题上的简单模仿，而是主张在学习借鉴中实现中国文学的自我革新和浴火重生。作为对曾朴翻译目的观的一种呼应，邵洵美也曾著文批评过翻译界存在的"他们太把翻译当为是商业的或是政治的事业，而忽略了他是一种文学的工作"（邵洵美，1934b）的现象。

对于完成翻译事业的方法，曾朴在《复王石樵、黄序庞、愿義的信》中，做过深入而细致地阐发，提出了"系统翻译"的观点，他说："我对于译事，却抱着个狂妄的志愿；不愿把自己崇拜的几个作家，看了他们的作品，随手抓来就译，想做一番有统系的翻译工作。"（病夫，1928d）这是曾朴首次对文坛公开表示反对仅就个人爱好进行无规划、无目标的译介，主张系统译介外国文学，并毫不留情地批评了当时翻译界的弊病："只是些零星小贩，否则便是卖野人头；前一种是偷懒，后一种是眩奇。"（病夫，1928d）前者主要是因为没有系统翻译的观念和理想，后者则是捧"小国的作家"和"冷僻的作家"，曾朴对后者的批评一方面击中了文坛时弊，一方面也反映了他和当时文学界的隔阂。我们知道，当时文坛对于"弱小民族文学"的介绍正方兴未艾，目的在"借他人酒杯，浇我胸中块垒"，也是一种文化同情主义的观念在起作用。而曾朴当时所抱持的则是一种翻译上的文化正统主义，即译介经典作品、名家名著的观念，究其实，导致这种观念差异的主要原因，还是因为大家译介目的的不同：那些热衷于译介"弱小民族文学"的翻译家们希望通过译介异域文化资源为中国的"国民性"、"民族性"和"人性"的再造寻求精神支撑，为国人提供国民觉醒、民族复兴的异国文学形象，以唤醒大众的民族意识和国族意识，从而实现民族国家在政治上的独立，是实用主义译介观在起作用；曾朴则选择了通过译介外国文学经典来推动民族文艺复兴这一文化改革的视角，希望以异域优质文学、文化资源来"冲激"唤醒中国文学的自我复苏与新生，所以他译介的着眼点在"名家经典"。对此差异，我们要辩证地看，一方面，曾朴是以其有"统系"地翻译名家名著的翻译理想为参照，对新文学界译介小国小语种作品如"被压迫民族的文学"等表示了不理解，这无疑显示出其"真美善"的源语择取标准与新文学界一般译介标准的分歧：他是在西方文学经典中为中国文化重建和文学再造寻求高层次借鉴性资源，他追求的是文学／文化的经典性。当然，他的批评也的确击中了当时译坛急功近利的时弊。

曾朴指出了导致翻译界急功近利的社会原因，"是社会读者对着文学的观念太淡薄，逼得人家只好走这条路；只为不是这样，便成不得名，博不到利"（病夫，1928d）。可以说，曾朴的指责是两方面的：在读者方面，对文学理解太单薄，"文学消费需求"左右了"文学生产"；在翻译家方面，名利心太重，被"需求"左右，而失去了作为译者的主体性。对此，曾朴提出了解决问题的办法："第一要努力普遍的贡献，第二要实行自己的工作。贡献的办法，我想从希腊罗马起直到如今，各时代里，各主义下，各个作家的主要作品，凡足以表现时代倾向和文学过程，有必须介绍价值的，我们来博考慎选，汇编一个总目，详载篇题，意义，并加说明，（出版处所和价目亦可附入）假定叫做'文学译事准绳'，定翻译的标准，备文坛的采择。我们就在杂志里面，逐期发表，想诸君一定赞成。实行自己工作的办法，我们就依据前定的总目里，择其中最伟大最需的作品，提出一百种；换一句话说，就是选定古今一百个作家，一百部作品，实行我们翻译的工作；或自己担任，或特约请译，或自由投稿，多不拘定，只要不出规定范围罢了。随时译成，随时出版，满了百部，便合成一种丛书，拟称作《见影丛书》。这样的翻译，比较趁高兴的乱译，似乎稍有统系，诸君以为如何。"（病夫，1928d）在此，曾朴提出了他的"系统翻译观"的基本要求和和实践手段，即要有系统地按照历史时序整理出整个外国文学史上各国、各时代、各风格流派有代表性、有艺术价值的备译作品目录，并强调先"介"——"详载篇题，意义，并加说明，（出版处所和价目亦可附入）假定叫做'文学译事准绳'，定翻译的标准"——后"译"——"备文坛的采择"——的操作方法，即先依照文学史发展历程，列出备选源语作家作品，并作详细的"介绍"，以备"文坛的采译"，这是一种翻译之前的工作，是一种为翻译家提供源语作品信息的"前翻译"工作，是对翻译工作流程的一种技术性细化，明确了文学翻译过程中"译"与"介"的职能区分，指出了在翻译的过程中，翻译家了解自己的工作对象——源语作品及其作者和版本信息的重要性，也规定了翻译家的工作程序："介"—"译"—"介"。即译者获取源语作品信息，充分理解源语作家的创作意图和作品的文化、审美意蕴；译者用目的语对源语作品进行语言、文化、审美和形式层面的转换，并尽最大努力保留源语作品的神韵；译者将目的语译品呈现给目的语读者，并使读者在阅读译品的过程中能够参与对文本的"填空"和"对话"，获得对译品的理解，这是曾朴在深刻反思林纾翻译中存在的选材不精导致资源浪费的弊端提出的，是中国现代翻译文学史上仅有的一例主张在"翻译—介绍"的文化行为之前加上一个向翻译家介绍源语作品信息的翻译观点，只是长期以来，学界一直没有注意到曾朴的这种翻译观念创见，并将之简单地视为一般意义上的"译介"了。曾虚白在《从办杂志说到办日报·复林樵民》一文中也批评了译界和读者过于注重阅读"偶像"，导致"外国的名作家有好几百，……我们只认定了几个人译"（虚白，1928e）的怪现状，这是对曾朴批评译界的"急功近利态度"的一种补充和呼应。

在《复胡适的信》中，曾朴详细介绍了自己因经陈季同告知法郎士关于"支那的文学是不堪的"评语的刺激而发了"文学狂"的经过，并阐释了他受陈季同的影响而萌生的"系统译入"和"系统译出"的文学译介和文化交际主张。信中曾朴还进一步完善了他的"系统翻译观"："我们现定的方法，想先从调查入手，把已译成的各国作家重要作品，调查清楚，列成一表。译得好的或不好的，详加讨论。然后再将各国，各时代，各派别里的代表作品，有必须介绍的，另定一表，加以说明，便在杂志上逐期公表，和大家商榷，总希望定出一个文学上翻译的总标准。"（病夫，1928a）即要先进行译品调查，对已有的译品进行翻译批评和讨论，分析其优劣，这就有要全面盘点翻译界的成绩和缺点，以确定翻译的标准和译界日后努力的方向和目标的意味了，这种意见可以说是高屋建瓴式的。同时，曾朴强调了要在调查讨论已有译品之后，再向翻译界系统介绍源语作品，即"再将各国，各时代，各派别里的代表作品，有必须介绍的，另定一表"。由此可见，曾朴对于翻译的思考，不是仅仅着眼于一人一作的译介，也不是仅仅着眼于一词一句翻译的优劣得失，更没有仅仅停留在对于翻译技术的浅层次（是直译还是意译）考量上，而是放眼于文化大交流大沟通的大文化观，着眼于中国文化现代化建设的大未来。至此，曾朴向新文学界乃至整个中国文学界宣告了自己要通过系统译介西方文学名著来"冲激"、改革中国文学以实现文学、文化自新目的的文学主张，并说明了自己这种文学主张的文化渊源，即世界文学发展嬗变的历史规律和具有跨语言文化研究视野的陈季同的文学交际主张。同时，曾朴也给出了实施这种文化建设主张的技术路线和实际操作规程。

曾氏父子的"系统翻译观"还包含了他们对"复译"和"重译"的看法："我对于翻译有一种僻见，以为凡最好的作品，不妨大家复译，一者可以比较译法的优劣，二者可使作者的意义，多几个人传述，这一个说不明白，也许那一个说得明白些，彼此互相补助。欧美各国的名作，常常有几种译本，就是这个道理。然这个都是对着译得好的说。若是译得不好的，那更有重译的必要。"（病夫，1928d）在这里，我们可以清楚地看到，曾朴因为充分地认识到了文化差异的客观存在，以及翻译中文化误读的不可避免，因此着力强调"复译"和"重译"的必要性。当然，这也是针对译者水平良莠不齐的状况提出的解决办法，"复译"的目的，不是为了否定前人的劳动成果，而是为了更好地传递原作的精神风格，以为培育中国文艺创新的"肥料"。

可以说，与新文化界某些"全盘西化"的"左"的文化主张相比，曾朴、曾虚白父子的主张更具现实意义，但绝不是"资产阶级改良主义"的和"保守"（唐沅等，2010：1138）的；而与守旧派的"文化复古"主张相比，他们的文艺主张则更显出其求新求变的进步需求，但绝不是"文化冒进主义"。事实上，曾氏父子也确实按照他们的规划在《真美善》杂志上发表了《中国翻译欧美作品的成绩》和《俄国文学汉译编目》，并出版了《汉译东西洋文学作品编目》（第一回），自己译介并约请多位译者移译多国文学名家名作。

6.3　源语与经典：翻译标准的确立与技术探索

为实现"理性"借鉴，同时也针对新文学十年翻译工作中存在的问题，曾朴从战略性角度提出了翻译界合作与统一翻译标准的问题，以避免无系统的重译、漏译和无标准的乱译，这对中国现代翻译的发展无疑具有重要而深远的现实意义。对此，我们可以从曾朴关于源语作品择取标准和翻译效果评价标准两个层面的相关言论来展开分析。

需要强调的是，曾朴的系统译介计划虽因其规模庞大、任务艰巨非一人一文学社团之力短时间内可以实现而未完全铺开，但却透露出曾朴在源语作品择取上的几个重要标准。为了便于分析，我们有必要再次引用曾朴的这段"系统翻译论"："从希腊罗马起直到如今，各时代里，各主义下，各个作家的主要作品，凡足以表现时代倾向和文学过程，有必须介绍价值的，我们来博考慎选，汇编一个总目，详载篇题，意义，并加说明，（出版处所和价目亦可附入）假定叫做'文学译事准绳'，定翻译的标准，备文坛的采择。"（病夫，1928d）从这段文字里，我们可以读出曾朴在源语作品选择上的以下四个标准。

（1）名作意识，即经典意识，即要充分尊重作品在文学史淘选和读者阅读接受史上所表现出来的价值，尊重文学的历史谱系及其丰富性，主张选译世界文学经典，以"经典"培育"经典"，这是曾朴明显区别于、高于近现代一般翻译家的地方。曾朴在评价林纾的翻译时曾说："畏庐先生拿古文笔法来译欧美小说的古装新剧出幕了。……慢慢觉得他还是没标准，即如哈葛德的作品，实在译得太多了，并且有些毫无文学价值作家的作品，也一样在那里勾心斗角的做，我很替他可惜。……畏庐先生虽是中国的文豪，外国文是丝毫不懂的，外国文学源流，更是茫然，译品全靠别人口述，连选择之权，也在他人手里。"（病夫，1928a）曾朴曾颇有针对性向林纾建言，"推销"自己的"系统翻译观"，可惜林氏"事实做不到"（病夫，1928a），原因是林纾"自己不懂西文，无从选择预定"（病夫，1928a）。此外，虚白在《汉译东西洋文学作品编目》（第一回）的"编例"中，曾申明其编选译品目录的"译本取舍之标准，以原作之价值为准，故如哈葛德，科南道尔，勒白朗等三四流作家之作品一概不录，至于译笔之忠实与否则不问"（虚白和蒲梢，1929）。以上所引两例均足以说明曾氏父子关于源语作品择取的标准之高，其判断译本价值全依原作价值而定，究其实，还是对其"真、美、善"的文学标准的坚持。

（2）流派意识，即规律意识，即要充分尊重作品的时代风貌和流派（主义）风格（即所谓"足以表现时代倾向和文学过程"），充分重视作品所具有的时代性和文学史标本价值，重视从考察文学自身发展变化的规律和历史走向上去进行学习和借鉴，以西方文学的发展规律来指导和规范中国文学的现代化追求，这是符合曾朴的"真"（艺术真实）、"美"（形式美学）、"善"（对社会"发生作用"的文艺功用性）的文学标准的，即以"真、美、善"的、能够展现时代风貌的外国文学来促进中国产生"真、美、善"的文学，他希望这种文学样态能够像它的异域文学样本一样，尊重文学自身的发展规律、展示中国社会的时代风貌。这就是曾朴对于翻译文学的期待，是符合他的"真、美、善"的文学高标的。

（3）版本意识，即关注作品的文本形态和版本价值，重视作家作品自在的变化发展。版本意识实际上是一种文学上的正统意识，即强调忠实于文学作品在历时性文化大潮中的文本形态变化，关注作家对文本的改易，以及这种改易所暗示的作者或时代文化／文学观念的变迁。这也是曾朴不同于一般译者的地方，他的所谓"有统系的翻译"应该也包含对作家作品版本"统系"的重视。在《肉与死》的"后记"里，曾朴曾分析、比较过该书法文原版两个版本的区别："我们都仔细参照过，觉得二版本所增加的各章，在量的方面虽加多了篇幅，于质的方面，并未增加作品的价值反而不如初版本的一气呵成。"在这里，曾朴评价文学作品重"质"轻"量"的态度表露得再明显不过了，而重"质"正是与其"真、美、善"三字文学理想相洽的。

（4）他还提出要"定翻译的标准"，即实现"译有可依"，要求翻译界制定统一的翻译标准，在翻译的目的、技术手段和效果评价等方面有相对统一的翻译理念以及细部处理的统一办法和译名统一等方面的规范。

我们不妨比较一下曾朴和林纾在源语作品择取上的差异：林纾因"不审西文"而缺乏对西方文学发展的历史和文化机制的认识，又因前后与十余位外语程度不一的口述者合译，因此在源语作品的择取上很难有统一的标准，更谈不上"择各时代，各国，各派的重要名著，必须逐译的次第译出"（病夫，1928a）了；曾朴则提出了"有统系的"移译各流派名著的建议，体现出明显的经典意识。就目前学界关于林译小说的研究成果来看，我们基本可以认可曾朴在近百年前对林译小说的文学价值所作评判，林纾及其合作者对原著有意无意的误读误译，使我们在谈及中国文学的现代化进程时总难免有几分遗憾。林纾的翻译虽然"启蒙"了"五四"一代，但其最初的动因却是近代出版商和走出书斋"为稻粱谋"的知识分子之间在商业利益驱动下的文化合谋。林纾在其翻译中着力炫耀的是自己的"古文功底"，虽然他也时时激动于其译文中人物的思想言行，但却把译事看做"表现个人的文章"（病夫，1928a）和赚取高额稿费的方式，他译书的书斋甚至被友人戏称为"造币厂"。这样看来，林纾的翻译就具有了趋利趋时的功利主义色彩；与此相反，曾朴则表现出了令人钦佩的认真劲和浓厚的文化再造的理想主义色彩，"我们翻译的主旨，是要扩大我们文学的旧领域"，"要把外潮的汹涌，来冲激自己的创造力"（病夫，1927b）。

其实，对于林纾的翻译，曾朴初读"非常的欢喜，以为从此吾道不孤，中国有统系的翻译，定可在他身上实现了"（病夫，1928a）。但后来却失望于林纾的"没标准"和文言翻译，对此，曾朴建议林纾"是用白话，固然希望普遍的了解，而且可以保存原著人的作风，叫人认识外国文学的真面目，真精神"（病夫，1928a）。对此，向来以自己的古文为骄傲的林纾"完全反对"（病夫，1928a）。由此我们可以看出，曾朴和林纾对待文学翻译态度的大不同：林纾主张用文言翻译，且对自己的古文译品颇为自得，曾朴主张用白话，以求"普遍的了解"。从表面看，这只是目的语语言形式层面的差异（"文""言"之争）而已，但从深层看，林纾还停留在古文家的骄傲上，主张"中体西用""以中化西"，把他欣赏的西方作家比拟为中国古代的司马迁，几乎没有认识到中西方文学在文体层面和文化精神层面上的巨大差异，其翻译的目的也就成了给中国古文文学找"洋帮衬"；而曾朴则在系统研读西方文学史和大量作品的基础上，认识到了西方文学的优势及其文化、思想土壤的丰饶，其翻译的目的是要引进西方文学、文化及其精神内核，从文体上（即表现形式上）、主题上（即表现内容上）来改造中国文学。的确，林纾用古文而非白话传译现代外语文学作品，很是失掉了原作的一些风格精神，"意译过甚，近于不忠"（病夫，1928a），而他的读者也大都是文化水平较高的"士人"而非普通读者；此外，林纾的古文虽然雅洁典奥，但却有一个致命伤：与原作体裁不称，以中国古典文言章回体译以西方现代语文写成的表现西方现代社会、政治、思想和文化风貌的现代小说。曾朴认为，"他这样做下去，充其量，不过增多若干篇外国材料的模仿唐宋小说罢了，对于中国文学前途，不生什么影响"（病夫，1928a）。

对于"直译"与"意译"在翻译效果上评价，历来译界争执不下，难有定评。胡适在论及曾朴翻译的《吕伯兰》时曾说："已读三种之中，我觉得《吕伯兰》前半部的译文最可读。这大概是因为十年前直译的风气未开，故先生译此书尚多义译，遂较后来所译为更流利。近年直译之风稍开，我们多少总受一点影响，故不知不觉地都走上谨严的路上来了。"（胡适，1928）我们再看曾朴对这同一部《吕伯兰》的前半部的自我评价："第二缺点：译书第一要忠实，最好是直译，一字一句，像印模一样的印出来，方不至把原文的意义，走了样儿。我译这部《吕伯兰》，直译的地方，固然也不少，但第一折里，就不免有近于义译的所在，尤其是第三折第二场，那是触发我开译这部'特拉姆'的原动力，我心腔里的怒浪，不自禁汹涌地冲激出来，虽仍不敢远离原文的意旨，然词句里头，时有出入，这是很抱歉的一件事。"（病夫，1927c：3）对于同一译者同一译品的两种截然相反的评价，正说明了持论双方的胡适和曾朴对于意译与直译的效果评价标准的完全不同，这也是近现代翻译史上一直没有定论的争执，不能以高下、胜负视之，这正可以说明翻译效果评价标准的难以确定。关于翻译效果的评价标准，曾朴认为，"第一要忠实，最好是直译"。在《编者一个忠实的答复·复彭思》一文中，曾朴在回答彭思对他译戈恬的《鸦片烟管》译文效果的质疑——"你的译文与林畏庐相差几何？"（彭思，1927）时，给出了否定性回答，并颇为自负地宣称："这篇译文，好歹且不必讲，却一字一句都照着原文忠忠实实的移译，惟恐失了作者的真面目。"（病夫，1927a）可见，曾朴对于翻译的最低要求是"忠实"，即"真"。

《论戴望舒批评徐译〈女优泰倚思〉》是曾虚白与读者王声讨论戴望舒对徐蔚南翻译的《女优泰倚思》一书的评价的通信。在举例评点了戴望舒对徐译的批评后，曾虚白指出："我们公正地说，徐译的虽不无疵累，而戴评所谓重大的错误，根本上实在是翻译标准不同的一种争执而已。因为，徐译有意译的趋势，……而戴评却是以一字一字直译作根据的。"（虚白，1930b）曾虚白点出了"意译"和"直译"在方法论和评价标准上的不同所带来的阅读效果的差异，可谓看到了问题的实质。接着，他提出了一个译本好坏的评价标准："一本译本的好坏决不该在字眼上用功夫去推求，应该在它译笔中所传出来的风度和笔法上去摄取一个总的的映象，看它和原文所表达的风度和笔法能否吻合无间。"（虚白，1930b）这是曾虚白翻译观的一个提升，比他在《翻译的困难》一文所表达的翻译观念有了明显的进步。当然，《翻译的困难》一文主要是讨论翻译新手的入门训练法的，而此处讨论的却是翻译效果的评价标准。

《编者的一点小意见》是曾朴的文学宣言，因为《真美善》杂志著译并重，所以"真、美、善"这三字箴言也是曾朴父子自己进行翻译工作和择登翻译稿件时的标准："真"强调作品的艺术真实，若论翻译，近于"信"；"美"强调形式美，若论翻译，近于"达"；"善"强调作品言之有物的合目的性，若论翻译，近于"雅"。这个三字标准也是曾朴在翻译源语选择上的一个标准，符合其"真、美、善"标准的作品才会被选译，译得"真、美、善"的作品才会被选登。如其在《征求文稿》中所要求的："本杂志欢迎投稿不论文言白话凡与同人等宗旨相同有文学价值之作品皆当尽量采录。"（真美善编辑所，1927）这里所谓的"有文学价值"，当指符合其"真、美、善"的文艺标准，同时又要求"来稿如为译件望将原书一并寄交本杂志"（真美善编辑所，1927），明显是因为要对原文、译文进行严格的对校才会有此要求。

在确定了翻译的目的、宏观翻译策略和源语作家作品与翻译效果评价标准的同时，曾氏父子也对翻译实践的技术细节进行了深入系统的探索，并试图通过具体的译例来讨论文学翻译细部处理的某些共性技术问题，以期在技术层面作出标准性的行业规范。这种探索在宏观规定性上主要有以下两点：

（1）确定"文学的范围"。这一"大抵依着欧洲文学上逻辑的分类法，把中国体裁概略的参合"（病夫，1927b）的分类法的意义就在于，提醒译者在翻译外国文学作品时不要僵化地以中国固有文类套翻，而应直接使用源语文体，从而达到引进异质文化因子、丰富本土文学的文体类别，进而推动文学进步的目的。

（2）关于用白话译介的问题：一是追求明白晓畅，要做群众的文学；二是发扬自己的国性，维持种族的个性，尊重母语，在母语文字里，改造中国国性的新文学；三是在语言文字的调和一致里显现美的印象，提出"白话文普通用语"（病夫，1927b）的概念。以上这些要求既是对翻译目的语的要求，也是对在翻译过程中应采用的语言修饰策略和手段的强调。曾朴早期的著译作品在目的语的"文""言"的选择上，并无明显倾向，《孽海花》使用了当时的文人白话，文雅易懂；连载于《小说林》1908年第11、12期的《马哥王后佚史》使用的是白话，而连载于《时报》1912年4月13

日至6月14日的《九十三年》则使用了文言；连载于《小说月报》1914年第5卷第1~4期的《银瓶怨》使用了白话。此后，曾朴便完全使用白话进行译介创作了。而曾虚白在译介《炼狱魂》时使用了文言，此后所有的著译文章均用白话。

曾朴、曾虚白父子对于翻译技术的微观探索主要是在以下两个方面展开的：①翻译技术初步训练和翻译能力的初步养成，对此讨论最集中深入的就是曾虚白的《翻译的困难》一文；②诗歌翻译技巧的探索与实验。

在《翻译的困难》一文中，曾虚白以"摄影术"比文学，以"直接取景"比"创作"，以"翻版"比翻译，指出了翻译与创作的区别："它（指翻译，笔者注）负着充分摹仿人家个性的使命，却时时刻刻提防着自己的个性钻出来胡闹。所以创作的需要是独立性，翻译的需要是摹仿性。"（虚白，1928g）可见，曾虚白是强调"忠实"，反对"意译（过甚）"的，他认为："翻译家的使命是要忠实摹仿这认为目的的映象，倘然原文所用的方法，换了一种文字，因为作者同观者环境的不同发生了两样的感应，翻译家就应该像科学家纠正色盲色感一样，变换方法来完成它的使命。"（虚白，1928g）在此，曾虚白指出了翻译过程中源语与目的语在语言文化、思维模式、风俗习惯等方面的差异会导致误解、误读，但是他认为，翻译家是可以纠正这种"误"而正确译介的。从理论上来说，这是可能的，但是在实际操作中，却有着巨大的困难，实际上，文化差异让百分百的翻译忠实成为永远无法实现的文化交流之梦。

曾虚白指出了导致"完全"翻译的困难的原因有两种："第一种，因为各种族遗传下来风俗，习惯，思想的不同，同样的辞句却能发生绝对不同的感应；第二种，因为各种族文学上的组织不同，没有精炼的改造，决计不能充分表现创作里边原来的映象。"（虚白，1928g）应该说，曾虚白的归纳兼顾了导致翻译过程中"文化转译"不等值、不等效的两种因素：外部（外在于文学作品文本，仅作为文本文化背景存在）的"风俗，习惯，思想的不同"带来的民族文化心理积淀的差异，这种差异会导致翻译的"前理解"出现偏差。从文化信息的携带与传播层次上讲，源语作品要传递的文化信息实际上可以简单地分为两种：表层（或称易解的）文化信息和深层（或称潜在、难解的）文化信息。译者在阅读接受译本传递的文化信息时，总难免（即使是那些异国文化通、语言文化专家们也难免）会对某些源语文学/文化信息（即阅读者的非母语文化信息）产生误读和接受盲区，导致文学信息接受出现偏差，即"前理解"的偏差，这种偏差在译者开译之前就已经决定了目的语译品与源语作品在文化信息传递上的"不等值"，即目的语译品携带的源语文学信息量小于或不等于源语作品负载的文化信息量；而文学自身（文本本身的文字、句法、表述习惯和审美精神等内在因素）

的"组织不同"，则会导致文本转换时文化信息量的流失，这是由传媒即不同国家、民族的语言文字及其背后的文化差异所导致的翻译效果的"不等效"，即目的语文字（和语法等语言层面的文化因素）无法完全传递源语文字所能传递的信息，目的语文字和译者在试图传递某些源语信息时感到了表达的无奈和语言的贫乏，只能借助"转义"译，即当不能"等效翻译"时，只能退而求其次，采取所谓"意译"或"移译"。

对于第一种困难，曾虚白表示了技术上的无奈："第一种困难是根本上种族性的不同，只可靠时间来慢慢的调和，不是性急得来的。"（虚白，1928g）他认为，对于异质文化的理解力需要慢慢"习得"，而"第二种困难却完全是一个艺术上的问题。……正像一切艺术一样，只要有确当的训练，自然能产生纯粹的作品"（虚白，1928g）。即语言层面的翻译能力是可以通过"训练"获得的。此外，他还指出了翻译的对象和目的："我们译书的人应该认清我们工作之主因是为着不懂外国文的读者，并不是叫懂得外国文的先生们看的。我们的任务是翻出版来叫看不见那张相片的人们看，所以我们训练的进行应该就着这一班人的心理来定我们的方针。"（虚白，1928g）曾虚白确定的这种翻译的对象和目的，是从其"真美善作家群"的文化姿态出发的，即追求"群众的文学"和"普遍的了解"，也就是要求译品要使用"目的语""群众"（即读者大众）能"普遍了解"的语言形式和表达方式，要实现译本审美趣味的"目的语化"，即本国化，这是与他们反对欧化的主张相符合的，他追求的是译品要适合目的语读者的阅读习惯和审美期待，尤其是要能被没有源语阅读能力的读者所接受和喜爱，为实现其"文学的普及"的目标服务。为达此目的，他提出翻译时"就不能一手拿着笔，一手翻着字典，一字一句依样葫芦的描下来就算了事的了，我们应该拿原文所构造成的映象做一个不可移易的目标，再用正确的眼光来分析它的组织，然后参照着译本读者的心理，拿它重新组合成我们自己的文字。换句话说，必需改换了方法，才可以得到同样的目的"（虚白，1928g）。

接着，曾虚白提出了翻译训练的三个步骤，即"分析"—"锻炼原子"—"组织整个"。他认为"分析是翻译家应有的训练。文章的组织——由字成句，由句成段，由段成章——中国外国多是一样的，所不同的，只有那组织的方法"（虚白，1928g），他提出"分析就是用着科学的方法来研究这不同的所在，借此就可以找出那改造的规程"，即译者要仔细分析源语和目的语在文法组织结构上的差异，并在目的语的表达规范中找到"等效"的语法和句法，这是后面两个步骤的准备和基础。而所谓"锻炼原子"，就是要在充分理解源语作品的基础上，在目的语里找寻"等值"的"字"，即"炼字"；所谓"组织整个"，就是要在"炼字"的基础上"炼句"："我们既然精选了确当的原子，就把这一堆原子，参照着作者观者两方面的心理，拿来组织成一个适当的短句；做成了一堆短句，又照样的把它们组成整句；于是用着这个方法逐步进行，由句成段，由段成章，只要选择适当，组织合宜，总可以一丝一毫不走原样的吧。只是要适当，要合宜，就得要把中西文组织的方法详细研究那不同之点，等到后来水到渠成，自然能得心应手的了。"（虚白，1928g）可以看出，曾虚白强调"等值""等效"的直译，强调既要忠实于原作，又要对读者负责。当然，他的讨论似乎有些过于机械，但是对于一般的翻译训练还是有效的，这也是他针对当时翻译界普遍存在的"懒惰无能"现象提出的有针对性的改进方法，也是对曾朴关于翻译界"卖野人头"和"零星小贩"式翻译现象的批评的一种呼应。

对于翻译过程中源语文化和目的语文化的重要性，邵洵美也曾简括地指出："翻译是一种运用两国文字的文学工作，缺一不可。所以第一个条件应当是对于原作的文字要有彻底了解的修养；同时对于译文的文字要有充分运用的才能。"（邵洵美，1934b）对翻译技巧，他曾指出三种代表性的翻译方法："第一种是林琴南的翻译，他是要原作来迁就中文的文字能力的范围的；第二种是徐志摩和苏曼殊的翻译，他们相信中文尽够有表现原作的能力；第三种是朱维基的翻译，他觉得原有的中文不够丰富，所以他要用一种新的中文结构去表现原作的精神。"虽然当时并无关于翻译"等值""等效"的理论可供借鉴，但是邵洵美对于这三种翻译方法的归纳分析，已经非常接近使用"等效翻译"和"等值翻译"理论对原作和译本进行比较的译介学分析法了，同时，他也注意到了翻译中语言文字转换的目的在于表意基础上的传神。

对于诗歌翻译，曾朴曾谈到他在翻译《吕伯兰》诗剧时因为在技术上感到无奈，只好将"诗剧"译成散文："《吕伯兰》特拉姆是诗剧，而且是抒情诗。讲起来也应该译成诗体，才可以把作者的烟土披里纯 Inspiration 和音节的真相，表现得完全。但是我那时对于译外国诗，没有想出适当的方法；固然要不失作者的真精神，免却仍是中国人自己的诗不是外国某家诗的讥评；又必须叫妇孺都能了解，不至发生一部分人会读一部分人不会读的困难；我实在没有这天才，打出一条诗的新路径来，只好避难就易，译成散文。"（病夫，1927c：3）由此可见，对于译诗曾朴最注重的还是"不失作者的真精神"（即完全表现"作者的烟土披里纯 Inspiration 和音节的真相"）、"叫妇孺都能了解"，即"忠实"、"传神"和求"普遍的了解"。对于诗歌翻译的困难，曾朴曾指出"译诗这件事情，本来是顶石臼串戏的把戏，音韵节奏，中西文字根本悬殊，因此到处会遇到不可解救的困难，然而，在我们译的这几首诗里，还是尽着可能的范围，勉力着保持原诗的缀音数，押韵法，和浪漫诗种种应有的特点。"（佚名，1930b：828）

在《读张凤〈用各体诗译外国诗的实验〉》，曾朴提出了译诗的五个任务：理解要确，音节要合，神韵要得，体裁要称，字眼要切（病夫，1928i）。曾朴分别对这五个任务作出解释，就不同诗体的特征作出说明，提出翻译的策略与方法，表现出良好的比较文学的功夫，并通过对张凤选译戈恬诗的原文和译文从 "理解" "音节" "神韵" "体裁" "字眼" 等五个方面进行仔细的文本对读，从语法、文辞、音律等方面分析其得失优劣，指出可能会导致诗歌翻译误译的文化的、民俗的、语言的和心理的诸种因素。

曾氏父子及 "真美善作家" 们是怀抱着翻译为创作提供可资借鉴的文学模本的文化主张进行其翻译理论与技术探索的，他们以 "真、美、善" 为其源语作品选择和译品翻译效果评价的最高标准，在力所能及的范围内较为系统地翻译、介绍了多国作家作品，来为其实现他们 "真、美、善" 的文学理想提供 "创作的肥料"。

结　语

　　真美善书店及《真美善》杂志是曾朴跨时代、跨文化文学活动的重要组成部分，是他阐发和宣扬其"真、美、善"的文学理想的传媒阵地和发声管道，是他通过文学著译来实现其"匡时治国""改革文学"的文化理想的物质基础，是 20 世纪 30 年代上海出版业繁盛时期诸多文化出版机构和文学杂志中的一个。通过真美善书店及其杂志，曾朴、曾虚白父子获得了在上海公共文化话语空间的发言权和号召文艺同好的传媒资本，获得了在大上海文化场域中组织自己的"文化班底"的文化凝聚力。以真美善书店和《真美善》杂志为中介，曾氏父子通过在法租界的异质文化氛围中举办法国风文艺沙龙，拉拢、"纠合"了一批有共同的文艺倾向和文学理想的学者、作家和翻译家，形成了有一定内部层级性文化交际方式的"真美善作家群"，他们通过私人聚谈和书信往还，相互交流文学著译的观念与心得。在对外文学观念的宣扬与推介上，他们采取了较为一致的文化姿态，并通过图书评论、编读互动等方式在《真美善》杂志和声气相投的同类刊物上相互呼应，表现出较为一致的"群体性"审美倾向。

　　身处租界中的真美善书店及同名杂志，因为其主人对异质文化尤其是法国文化的热爱，从一开始便给自己涂抹了鲜明的异域文化色彩。但曾氏父子开阔的文艺视野和开放的文学理想，加之其结交的"沙龙人物"的驳杂广泛，使得"真美善"这一招牌经历了几次变化，从一开始倾向法国浪漫主义的"父子书店""父子杂志"，发展到中期的倾向于登载"左翼"文艺作品和争论文章，再到后期的专注于登载长篇著译的"同人杂志"。曾氏父子在办刊和译介外国文艺作品过程中各自文艺思想的变化，以及编辑主干从曾朴到曾虚白的递变带来的刊物风格、撰稿人队伍、稿件内容与质量的变化，与其间所展现出来的曾朴、曾虚白父子间的文化理想的差异，都是颇值得继续掘进的话题。

　　此外，租界文化氛围和留学生文化与其各自对应的异域文化体验书写和异国情感体验书写在真美善书店出版物和《真美善》杂志上与关于本土生存体验的文学书写之间构成了一种鲜明而有意味的比照，体现了"真美善作家"们在异域和本土两种文化风景和情感间的徘徊。对他们而言，在对异域的社会升平与文化繁盛的想象性体验的幸福之中，也深深掺杂着对本国民生凋敝与文化烦乱破败的焦虑与失望。可以想见，当这群向往异国情调却又对本国文化的现状和未来充满焦虑的"文化入世者"，围绕在曾朴这位厌倦官场的"政治出世者"身边时，他们身上所体现出的 20 世纪二三十年代中国知识分子对于国族命运和文化出路的担当与彷徨。作为疏离现实政治的一群，他们在当时文化商业资本运作成熟的文化疆场上的奋斗，不同于那些"文学革命家"，也迥异于"革命文学家"们，他们的文化选择和文学理想与实践，无疑带有鲜明的时代文化生态标本性质。

"真美善作家群"的文学探索具有那个时代文化人的共性特征。真美善书店和《真美善》杂志存在于风云变幻的多事之秋，那是一个大动荡大变革的时代，一个文学艺术"百家争鸣"的时代，是一个文学艺术的生态图景异常丰富的时代。不同的社会阶层搅扰在外来的和自生的种种政治思想、宗教信仰和文艺思潮中，他们在文艺界的代表通过文学表达着他们的诉求，也通过创作、翻译实践和文学批评及相互间的文艺的与非文艺的论战表达着他们对于文学和审美的诉求。同时，商业资本对文学的渗透和影响也达到了前所未有的深度和广度。在当时全面左倾、革命化日炽和商业化渐浓的文坛上，真美善书店及其杂志和"真美善作家群"与其他文艺刊物与作家群一样，生活在政治和商业的夹缝之中，试图疏离政治、以非政治化的方式参与文学变革，却又迫于时代和读者的需求而不得不向政治示好；他们办刊的目的本是借以发表作品、团结文艺同好，但生存压力又迫使他们不得不以商业化的方式进行刊物推介。在政治和商业的双重挤压下，文学不是被政治操控、变成宣传工具和时代的传声筒，就是走向为了商业利益而迎合低层次阅读趣味的通俗路线，除此之外，便只有消亡一途。真美善书店和《真美善》杂志在 20 世纪二三十年代的中国文坛，尤其是出版业兴盛、书店、杂志林立的文化中心——上海——的创立、发展、挣扎与消亡，以及他们为自己的文化理想所进行的奋斗，都是 20 世纪 30 年代中国文艺界的典型代表，具有时代共性特征。

"真美善作家群"见证了中国文学由近代向现代的发展嬗变，经历了由"文学革命"向"革命文学"的递演。20 世纪 30 年代是"追寻政治（及文学）正确的年代"，在时危国难面前，本就追求"单一的现代化"的"文学革命"一变而为更加"窄化"的"革命文学"，文学试图向政治靠拢以服务革命，政治试图把文学纳入革命的阵营，文学的主体创作意识慢慢被挤压、文学的审美气质慢慢被革命话语所消磨。同时，20世纪中国文学发展到 30 年代，达到了商业化的峰顶，文学不再是单纯而高尚的精神高蹈，而是变成了一种文化商品。文学的产业化和商业化使得作家群体性地被文化商业资本所"驱驰"，文学生产的链条被文化商业资本所掌握，所有的文学生产者——

作家和传播者——书店、期刊都被迫陷入商业化竞争，文学的生产与传播领域成了一个巨大的"名利场"。就这样，20 世纪 30 年代所有的出版机构、文学期刊杂志和作家都被迫陷入政治、商业和文化／学间紧张的三角竞争关系中。那些宗旨不同的文学期刊、文学理念各异的作家们，一边要抱持自己的文学理想，一边要为"文学的市场"打拼，一边还要思量如何与政治和意识形态（主要是革命话语）的保持适度关系，从而形成了众语喧哗、丰繁复杂的 20 世纪 30 年代中国现代文学生态。然而，文学场的竞争同生物场的竞争一样是残酷的，那些占据了主流地位、掌握了话语权的文学势力一刻也不会放松对异己势力的压抑和遮蔽。在这样的文艺生存法则面前，种种文艺试验宣告破产，曾氏父子苦心经营的"真美善"文化事业也在苦撑了三年零八个月之后宣告终结。因此，置身高度现代化、商业化的大上海殖民社区和文化氛围中，真美善书店及其杂志获得了现代先进出版技术和成熟的商业营销渠道的支持而创立、发展、羽翼渐丰，同时也因面临中华、商务、北新和现代等大型现代出版集团的竞争和无良书商的经济挤压而出现经营危机而颓败、破产；同时，不断革命化的时代社会政治对文学提出了革命化、阶级化的要求，"真美善作家群"的文艺思想和创作实践逐渐丧失了其时代环境和读者市场的消费需求，并最终在时代审美观的大裂变中、在商业与政治的双重压迫走向颓败、消亡。作为一个有代表性的文学史存在，真美善书店及其杂志和"真美善作家群"的发展历程及其在商业与政治的张力之中的生存、挣扎和消亡是一个值得继续思考研究的文学史话题。

曾氏父子通过运作文化商业资本、编辑出版图书杂志，得以跻身现代都市公共文化空间，获得了在文学艺术层面上的公共话语权，通过创作、翻译和文艺批评等方式进行关于中国文学现代化转型的理论探索与路径设计，形成了一个有趋同的文学理想、审美标准和文学生活方式的相对稳固、较有向心力的作家群。他们在 20 世纪二三十年代的中国文坛上是一支交往方式较为特别、著译较为活跃的力量。"真美善作家群"的作家们都有积极参与文学变革的自觉意识，他们主动与新文学接近却又与新文学的新方向——革命文学主潮自觉疏离，这体现出他们独特的审美诉求和文学理想与现实文学需求的深刻矛盾。作为一个作家群，真美善书店、《真美善》杂志及其代表作家的文学实绩和文学史命运，为我们考察 20 世纪 30 年代的文学生态提供了一个颇独特的典型性视角，他们以群体的形式，借助译介外来文学资源来整合本土文学资源，以期确立新的文学范式。他们是在文学商业化和政治化的浊潮中怀抱着"真、美、善"的文学理想，有意识地参与中国现代文学重建的，虽最终颓败，不无悲壮，却也为文艺园地的生态丰富性贡献了自己的力量。

参 考 文 献

本尼迪克特·安德森. 2011. 想象的共同体——民族主义的起源与流布. 吴叡人译. 上海：上海世纪出版集团.

边勒鲁意. 1929. 肉与死. 病夫，虚白译. 上海：真美善书店.

编者. 1929a. 真美善俱乐部. 真美善，4(2).

编者. 1929b. 真美善俱乐部. 真美善，5(1).

编者. 1929c. 真美善俱乐部. 真美善，5(6).

编者. 1929d. 真美善俱乐部. 真美善，6(5).

编者. 1929e. 冰心庐隐与张若谷. 狮吼，(11)：33.

编者. 1929f. 对不住张若谷. 狮吼，(12)：25.

编者. 1929g. 书报映象·编者附识. 真美善，2(6).

病夫. 1927a. 编者一个忠实的答复·复彭思. 真美善，1：(4).

病夫. 1927b. 编者的一点小意见. 真美善，1(1).

病夫. 1927c. 吕伯兰·译者自叙. 上海：真美善书店.

病夫. 1928a. 复胡适的信. 真美善. 1(12).

病夫. 1928b. 复戴望道. 真美善，1(8).

病夫. 1928c. 修改后要说的几句话//曾朴. 孽海花(修订二十回本). 上海：真美善书店.

病夫. 1928d. 复王石樵、黄序庞、愿義的信. 真美善，1(11).

病夫. 1928e. 卷头语. 真美善，1(5).

病夫. 1928f. 复陈锦遐. 真美善，1(9).

病夫. 1928g. 复刘舞心女士书. 真美善，2(5).

病夫. 1928h. 复刘舞心女士的第二封信. 真美善，3(2).

病夫. 1928i. 读张凤《用各体诗译外国诗的实验》. 真美善，1(10).

病夫. 1929. 题苏梅女士诗集. 真美善·女作家号.

不谦. 1929. 发泄变态性欲的女作家专号. 新女性，4(1)：74-76.

曹培根. 2007. 常熟近现代作家群的编辑出版与创作活动. 常熟理工学院学报，(11)：119-124.

车琳. 1998. 曾朴——中法文学交流的先行者. 外国文学，(3)：62-65.

陈梦. 2006. 寻求真善美和谐统一——曾朴与雨果的文艺思想比较. 艺术教育，(1)：111-112.

陈梦. 2006. 曾朴与雨果. 文艺理论与批评，(6)：127-129.

陈梦. 2007. 容纳外界成分，培养创造源泉——试论雨果对曾朴的创作影响. 宁夏大学学报，(5)：

117-122.

陈平原. 2003. 中国小说叙事模式的转变. 北京：北京大学出版社.

陈平原. 2005. 中国现代小说的起点——清末民初小说研究. 北京：北京大学出版社.

陈淑. 1929. 致真美善的虚白先生. 新月, 1(11).

陈硕文. 2009. 上海三十年代都会文艺中的巴黎情调(1927-1937). 台湾政治大学博士学位论文.

崔万秋. 1929. 到东京来. 真美善, 4(5).

东亚病夫. 1927. 吕伯兰·译者自叙. 上海：真美善书店.

东亚病夫. 1928. 孽海花. 上海：真美善书店.

东亚病夫. 1929. 东亚病夫序//张若谷. 异国情调. 上海：世界书局.

东亚病夫. 1935a. 病夫日记. 宇宙风, (1).

东亚病夫. 1935b. 病夫日记. 宇宙风, (2).

郭沫若. 1958. 沫若文集(第七卷). 北京：人民文学出版社.

郭谦. 2006. 曾氏父子开真美善书店. 世纪, (4)：58-59.

郭志芳. 2010. 《孽海花》的多重意蕴探析. 青岛大学硕士学位论文.

浩然. 1929. 《骂人的艺术》——中国文章的价值. 真美善, 4(3).

胡蓉. 2005. 论曾朴对雨果作品的译介与接受. 云南大学学报, (5)：89-96.

胡适. 1917. 再寄陈独秀答钱玄同. 新青年, 3：(2).

胡适. 1928. 致曾孟朴先生的信. 真美善, 1(12).

胡适. 1935. 追忆曾孟朴先生. 宇宙风·曾公孟朴纪念特辑, (2).

孔海珠. 2006. 浮沉之间——上海文坛旧事二编. 上海：汉语大辞典出版社.

旷新年. 1998. 1928：革命文学. 济南：山东教育出版社.

李华，何志平. 1992. 论《孽海花》艺术形式的矛盾性. 明清小说研究, (1)：165-172.

李今. 2000. 海派小说与现代都市文化. 合肥：安徽教育出版社.

李楠. 2005. 晚清、民国时期上海小报研究：一种综合的文化、文学考察. 北京：人民文学出版社.

李培德. 1977. 曾孟朴的文学旅程. 陈孟坚译. 台北：传记文学出版社.

李永东. 2006. 租界文化与30年代文学. 上海：上海三联书店.

李永东. 2011. 政治与情欲的双重叙事——论上海租界语境调控下的《孽海花》. 中国文学研究, (1)：29-33.

梁启超. 1902. 论小说与群治之关系. 新小说, (1).

林淇. 2002. 海上才子邵洵美传. 上海：上海人民出版社.

刘大先. 2012. 流言时代：《孽海花》与晚清三十年. 明清小说研究, (2)：171-189.

刘舞心. 1928. 致孟朴先生的信. 真美善, 2(5).

刘宇. 2009. 《孽海花》价值新论. 辽宁师范大学硕士学位论文.

鲁迅. 1924. 中国小说史略. 北京：新潮社.

马晓冬. 2008. 作者与译者的对话：曾朴的《鲁男子》与法国小说《肉与死》. 延边大学学报，(6)：125-129.

马晓冬. 2009a. 从"真事实"到"真情感"——曾朴创作观的现代转型. 文化与诗学，(2)：211-223.

马晓冬. 2009b. 不一样的"革命"——曾朴译《九十三年》. 法国研究，(3)：11-16.

马晓冬. 2011. 译本的选择与阐释：译者对本土文学的参与——以《肉与死》为中心. 中国比较文学，(2)：36-45.

茅盾. 1927. 看了《真美善》创刊号之后. 文学周报，5(14).

茅盾. 1928. 从牯岭到东京. 小说月报，19(10).

茅盾. 1989. 茅盾全集·中国文论二集. 北京：人民文学出版社.

茅盾. 1989. 茅盾全集·中国文论一集. 北京：人民文学出版社.

欧阳健. 1992. 曾朴与孽海花. 沈阳：辽宁教育出版社.

彭思. 1927. 致孟朴先生的信. 真美善，1(4).

皮埃尔·布迪厄. 2001. 艺术的法则：文学场的生成和结构. 刘晖译. 北京：中央编译出版社.

钱林森. 1997. "新旧文学交替时代的一道大桥梁"——曾朴与法国文学. 中国文化研究，(2)：103-109.

日本清末小说研究会. 1978. 曾孟朴研究资料目录. 清末小说研究，(2)190-205.

少飞. 1929. 告智慧的男女们. 上海漫画，(40)：7.

邵洵美. 1934a. 书信的艺术. 十日谈，16.

邵洵美. 1934b. 谈翻译. 人言周刊，1(43).

邵洵美. 1935a. 文化的护法. 时代，8(11).

邵洵美. 1935b. 文化的班底. 人言周刊，2(20).

邵洵美. 1935c. 我和孟朴先生的秘密. 人言周刊，2(17).

邵洵美. 1936. 文学的过渡时代. 人言周刊，3(3).

邵洵美. 2006. 洵美文存. 沈阳：辽宁教育出版社.

邵洵美. 2008. 儒林新史. 上海：上海书店出版社.

邵洵美. 2008. 一个人的谈话. 上海：上海书店出版社.

沈从文. 1998. "文艺政策"探讨. 刘洪涛编. 沈从文批评文集. 珠海：珠海出版社.

沈潜. 2008. 近代社会变迁与曾朴的文化选择. 苏州大学学报，(1)：114-118.

师鸠. 1929. 叶鼎洛的大胖女儿. 真美善，3(2).

时萌. 1982. 曾朴研究. 上海：上海古籍出版社.

时萌. 1996. 曾朴探索新文学之路. 淮阴师专学报，(2)：32-34.

时萌. 2001. 曾朴及虞山作家群. 上海：上海文化出版社.

宋莉华. 2008. 传统与现代之间：从《孽海花》看晚清小说中的异域书写. 文学遗产，(1)：105-113.

宋原放，孙颙. 2001. 上海出版志. 上海：上海社会科学院出版社.

苏雪林. 1996. 苏雪林自传. 南京：江苏文艺出版社.

唐沅等. 2010. 中国现代文学期刊目录汇编(第二卷). 北京：知识产权出版社.

田菊济，虚白. 1927. 编辑的商榷·复田菊济. 真美善，1(3).

田甜. 2012. 社会转型视角下《孽海花》的现代性书写. 江西财经大学硕士学位论文.

王德威. 2005. 被压抑的现代性：晚清小说新论. 北京：北京大学出版社.

王芳. 2009. 论《孽海花》的结构. 湖南师范大学硕士学位论文.

王坟，虚白. 1929. 悲哀的号哭. 真美善，3(3).

王坟. 1929. 致虚白的信. 真美善，5(1).

王建辉. 2000. 小说家兼出版家曾朴. 出版广角，(11)：48-49.

王祖献. 1990. 孽海花论稿. 合肥：黄山书社.

魏绍昌. 1982. 孽海花资料(增订本). 上海：上海古籍出版社.

吴舜华. 2009. 试论曾朴小说创作的超越性. 广东教育学院学报，(6)：67-72.

吴舜华. 2010. 曾朴与晚清小说的现代性萌芽. 小说评论，(3)：83-89.

解志熙. 1997. 美的偏至——中国现代唯美—颓废主义文学思潮研究. 上海：上海文艺出版社.

谢天振. 1999. 译介学. 上海：上海外语教育出版社.

虚白原编. 蒲梢修订. 1929. 汉译东西洋文学作品编目(第一回). 上海：真美善书店.

虚白. 1927a. 编者小言. 真美善，1(3).

虚白. 1927b. 一服兴奋剂·复李伯龙. 真美善，1(3).

虚白. 1928. 美国文学 ABC. 上海：世界书局.

虚白. 1928a. 给全国新文艺作者一封公开的信. 真美善，2(1).

虚白. 1928b. 文艺的新路——读了茅盾的《从牯岭到东京》之后. 真美善，3(2).

虚白. 1928c. 论本刊抽去《孽海花》的理由·复马仲殊. 真美善，2(4).

虚白. 1928d. 创作的讨论. 真美善，3(2).

虚白. 1928e. 从办杂志说到办日报·复林樵民. 真美善，2(5).

虚白. 1928f. 模仿与文学. 真美善，1(11).

虚白. 1928g. 翻译的困难. 真美善，1(6).

虚白. 1929a. 致《新月》的陈淑先生. 真美善，3(3).

虚白. 1929b. 悲哀的号哭. 真美善，4(3).

虚白. 1929c. 苏州文艺的曙光. 真美善，5(1).

虚白. 1930a. 文学的讨论. 真美善，5(6).

虚白. 1930b. 论戴望舒批评徐译《女优泰倚思》. 真美善，5(4).

虚白. 1935a. 曾孟朴先生年谱. 宇宙风·曾公孟朴纪念特辑，(2).

虚白. 1935a. 曾孟朴先生年谱. 宇宙风·曾公孟朴纪念特辑，(2).

虚白. 1935b. 曾孟朴先生年谱(下). 宇宙风，(4).

徐蒙. 2010. 曾朴的编辑出版活动. 山东图书馆学刊，(2)：62-65.

徐蔚南. 1929. 都市的男女. 上海：真美善书店.

徐雁平. 1998. 曾朴父子与真美善书店. 编辑学刊，(3)：79-80.

徐一士. 1935. 读《曾孟朴先生年谱》. 国闻周报，(12)：40-42.

闫立飞. 2008. 现代中国历史小说的发生——以吴趼人、曾朴为例. 天津大学学报，(3)：267-271.

杨联芬. 2002. 《孽海花》与中国历史小说模式的现代转变. 四川师范大学学报，(4)：64-70.

杨联芬. 2003. 从曾朴到李劼人：中国长篇历史小说现代模式的形成. 四川大学学报，(6)：92-98.

杨联芬. 2003. 晚清至五四：中国文学现代性的发生. 北京：北京大学出版社.

杨联芬等. 2006. 二十世纪世纪中国文学期刊与思潮：一八九七——一九四九. 南昌：百花洲文艺出版社.

佚名. 1928. 金屋谈话. 狮吼(复活号)，(10)：32.

佚名. 1929a. 编者小言. 真美善，3(5).

佚名. 1929b. 编者小言. 真美善，4(4).

佚名. 1929c. 编者小言. 真美善，5(1).

佚名. 1929d. 编者小言. 真美善，3(6).

佚名. 1929e. 编者小言. 真美善，4(3).

佚名. 1930a. 编者小言. 真美善，6(1).

佚名. 1930b. 编者小言. 真美善，6(3)：828.

郁达夫. 1935. 记曾孟朴先生. 越风，(1).

郁达夫. 2001. 炉边独语. 北京：大众文艺出版社.

郁达夫. 2007. 郁达夫全集·第三卷·散文. 杭州：浙江大学出版社.

袁荻涌. 2001. 曾朴对法国文学的接受与翻译. 贵州师范大学学报，(4)：79-83.

曾虚白. 1988. 曾虚白自传. 台北：联经出版事业公司.

张若谷. 1929. 咖啡座谈·代序. 上海：真美善书店.

张若谷. 1929a. 异国情调. 上海：世界书局.

张若谷. 1929b. 咖啡座谈. 上海：真美善书店.

张若谷. 1929c. 关于女作家号. 真美善，4(1).

张若谷. 1929d. 编者讲话//真美善·女作家号. 上海：真美善书店.

张若谷. 1930. 十五年写作经验. 上海：谷峰出版社.

张若谷. 1931. 编者讲话//真美善·女作家号(第三版). 上海：真美善书店.

张瑜. 2007. 重构"作者/读者"关系的企图——从《孽海花》的一段作者辩白说起. 安徽文学，(2)：30-31.

张正. 2008. 论曾朴文学活动的价值取向. 扬州大学硕士学位论文.

张中良. 2005. 五四时期的翻译文学. 台北：秀威资讯科技.

真美善编辑部. 1929. 封底. 真美善，3(6).

真美善杂志编辑所. 1927. 征求文稿. 真美善，1(1).

真美善编辑部. 1927. 征求文稿. 真美善，1(3).

郑伯奇. 1933-2-15. 深夜的霞飞路. 申报·自由谈, 18.

朱传誉. 1982a. 曾孟朴生平概述. 台北：天一出版社.

朱传誉. 1982b. 曾孟朴作品研究目录. 台北：台湾传记文学出版社.

樽本照雄. 1989. 清末民初的翻译小说//陈平原. 二十世纪中国小说史(第一卷). 北京：北京大
学出版社.

Li，P. 1980. *Tseng P'u*. Twayne Publishers.

附　　录

附录一　真美善书店出版图书目录（1927～1931）

附表1　真美善书店出版图书目录（1927～1931）

（含图书83种，其中译作28种，著作49种，其他6种；加*的为预告未出版，共7种）

书（刊）名	著／译者（署名）	出版时间	定价	备注
欧那尼	嚣俄著，东亚病夫译	1927.9	实价八角	嚣俄戏剧全集第三种
吕克兰斯鲍夏	嚣俄著，东亚病夫译	1927.9	实价六角半	嚣俄戏剧全集第六种
吕伯兰	嚣俄著，东亚病夫译	1927.9	实价八角	嚣俄戏剧全集第九种
夫人学堂	穆里哀著，东亚病夫译	1927.9	实价六角	
越缦堂骈体文	会稽李慈铭著	1927.11	（连史纸）每部定价两元；（竹连纸）每部定价一元五角	骈散文集
补后汉书艺文志并考证十卷	常熟曾朴著	1927.11	每部定价一元半	考证
孽海花第一二集	东亚病夫修改	1928.1	每部两册定价一元六角	长篇小说，有再版
鬼	王尔德著，虚白译	1928.4	实价五角	短篇小说集
南丹与奈侬夫人	佐拉著，东亚病夫译	1928.5	实价四角半	中篇小说集
母与子	武者小路实笃著，崔万秋译	1928.5	实价九角	长篇小说，有再版
神秘的恋神	法国梅丽曼著，虚白译	1928.5	实价三角半	长篇小说
真美善第一卷合订本	病夫、虚白编	1928.7	实价一元八角	期刊合集

书（刊）名	著／译者（署名）	出版时间	定价	备注
一家言 （真美善丛书）	病夫、虚白著	1928.8	实价三角	病夫和虚白诗文的合集
鲁男子 （真美善丛书）	东亚病夫	1928.8	实价三角半	至《恋》的第八章为止
虚白小说 （真美善丛书）	虚白	1928.8	实价三角	共计有十余精选的短篇
法兰西小说 （真美善丛书）	病夫、虚白合译	1928.8	实价三角半	包括法国名作家的杰作
欧美小说 （真美善丛书）	虚白编译	1928.8	实价三角	包括英美德俄西班牙犹太等国的小说
女尸	谷剑尘著	1928.9	实价四角五分	长篇小说
爱的幻灭	曼陀罗著	1928.9	实价三角	长篇小说
白痴	叶鼎洛著	1928.9	实价五角五分	短篇小说集
阿串姐	卢梦殊著	1928.9	实价六角	中篇小说
人生小讽刺	哈代著， 虚白、仲彝合译	1928.11	实价八角	短篇小说集，有再版
德妹 （虚白小说第一）	虚白著	1928.11	实价四角半	短篇小说集，有再版
色的热情	葛尔孟著， 虚白译	1928.11	实价五角	长篇小说，有再版
钟楼怪人	嚣俄著， 东亚病夫译	1928.12	实价五角	嚣俄歌剧
姊夫	黄归云著	1928.12	实价五角	长篇小说，有再版
喜轿	俞长源著	1928.12	实价五角半	短篇小说集
女作家号	张若谷主编	1929.2	实价八角	专号，初版 3000 册，再版 7000 册，三版 3000 册
南风的梦	陈学昭著	1929.3	实价五角	长篇小说
太平洋的暖流	马仲殊著	1929.3	实价五角五分	长篇小说
苦酒	陈明中著	1929.3	实价三角五分	短篇小说集
金鞭	孙席珍著	1929.3	实价四角五分	短篇小说集
如梦	陈学昭著	1929.3	实价三角	散文集
魔窟 （虚白小说第二）	虚白著	1929.3	实价四角五分	短篇小说集
积翠湖滨	周开庆作	1929.3	实价五角	短篇小说集 2000 册

续表

书（刊）名	著/译者（署名）	出版时间	定价	备注
留沪外史	莫郎著，张若谷译	1929.4	实价五角五分	长篇小说
同胞姊妹	应用剧本，顾仲彝改编	1929.4	实价三角	戏剧
战场上	孙席珍著	1929.4	实价三角	长篇小说
真美善月刊第一、二卷合订本	病夫、虚白主编	1929.5	实价一元八角	期刊合集
肉与死	边勒鲁意著，病夫、虚白合译	1929.6	平装八角半；桃绫纸精装一元二角；黄印书纸皮装编号本四元	长篇小说，有再版
草枕	夏目漱石著，崔万秋译	1929.6	实价六角	长篇小说
短篇小说作法纲要	佛雷特立克著，马仲殊译	1929.6	实价三角五分	刊物杂集
叛道的女性	陈翔冰著	1929.6	实价六角	短篇小说集
椰子集	郑吐飞著	1929.6	实价五角	短篇小说集
潜炽的心（虚白小说第三）	虚白著	1929.6	实价四角五分	短篇小说集 2000 册
咖啡座谈	张若谷著	1929.6	实价四角五分	散文集
都市的男女	徐蔚南著	1929.7	实价六角	短篇小说集
女人的心	孙席珍著	1929.7	实价五角五分	短篇小说集
热情摧毁的姑娘	崔万秋著	1929.8	实价五角	短篇小说集
现代作家（金帆丛书）	王坟著	1929.8	实价五角五分	短篇小说集
蝉之曲（金帆丛书）	王佐才著	1929.8	实价四角	诗集
目睹的苏俄（新世纪丛书）	德兰散著，虚白译	1929.8	实价一元	游记
法西斯蒂的世界观（新世纪丛书）	巴翁兹著，刘麟生译	1929.9	实价四角半	政治经济学论著
艺术家及其他	徐蔚南作	1929.9	实价七角半	散文集
都会交响曲	张若谷作	1929.9	实价五角半	短篇小说集
一吻	史万德孩女士著，杜衡译	1929.9	实价三角	长篇小说
乐园之花	法郎士著，顾仲彝译	1929.9	实价六角	散文集，1500 册
蛇蝎	程碧冰著	1929.9	实价五角	长篇小说
蠹鱼生活（金帆丛书）	雪林女士著	1929.10	实价七角	文艺批评论著
汉译东西洋文学作品编目（第一回）	虚白原编，蒲梢修订	1929.9	实价三角	编目，1500 册

书（刊）名	著／译者（署名）	出版时间	定价	备注
东路中俄决裂之真相（新世纪丛书）	董显光著	1929.10	七角	新闻报道
银影	王家槐著	1929.11	实价四角	短篇小说集 1500 册
鲁男子第一部恋	病夫著	1929.12	皮装编号作者签名本实价五元，精装皮面桃林纸精装本实价一元五角，平装瑞典纸精印本实价一元	长篇小说，有再版、三版
脆弱的柔丝（一九小丛书）	荷拂作	1929.12	实价一角	短篇小说 2000 册
一只高跟鞋（一九小丛书）	陆鲁一作	1929.12	实价八分	短篇小说 2000 册
甄团长（一九小丛书）	陆鲁一作	1929.12	实价八分	短篇小说 2000 册
遗恨（一九小丛书）	陆鲁一作	1929.12	实价五分	短篇小说 2000 册
梦里的朋友（一九小丛书）	陈㠭竹作	1929.12	实价八分	短篇小说 2000 册
马克思主义根本问题（新世纪丛书）	薄力哈诺夫著，李史翼、陈湜合译	1930.4	实价六角	哲学论著
鱼儿跳（金帆丛书）	朱庆疆作	1930.4	实价二角	长篇小说
忠厚老实人	武者小路实笃著，崔万秋译	1930.4	实价四角	长篇小说
翠环	于在春作	1930.1	实价四角	短篇小说集 1500 册
世界杰作小说选	虚白编译	1930.4	分一、二两辑，每辑实价四角	短篇小说集
项日乐	嚣俄著，东亚病夫译	1930.5	实价四角	嚣俄戏剧全集第八种
八少奶的暧昧	庄江秋作	1930.5	实价三角五分	短篇小说
政治思想之变迁	高桥清吾著，姜蕴刚译	1930.6	道林纸布面精装本二元，平装本一元二角	政治学论著
民族的国际斗争（新世纪丛书）	美国皮蔼尔著，叶秋原译	1930.6	实价六角五分	国际问题专论
法国浪漫运动百年纪念号	病夫、虚白编	1930.7		《真美善》第 6 卷第 3 号
孽海花第三编	东亚病夫著	1931.1	实价每册四角	长篇小说，有再版
九十三年	嚣俄著，曾朴译	1931.4	精装定价一元五角，平装定价九角	长篇小说
雪昙梦院本	曾朴著	1931.4	精装定价一元三角，平装定价六角	戏剧（院本）

续表

书（刊）名	著／译者（署名）	出版时间	定价	备注
真美善月刊第二三四卷合订本	病夫、虚白编	1931.7	每卷一元八角	期刊合集
孽海花 第一二三编	东亚病夫著	1931.7	实价每册四角	长篇小说
*法国文学研究之一论法兰西悲剧源流	病夫著			预告未出版
*棒喝主义的世界观	巴纳斯著，刘凤生译			预告未出版
铁血女郎（原题"哥龙巴"）	梅丽曼著，虚白译			预告未出版
*春的诅咒	马仲殊著			预告未出版
*喜轿集	俞脿云著			预告未出版
炼狱魂与伊珥村之娸娱丝（又题"炼狱魂"）	梅丽曼著，虚白译			预告未出版
*孤单的叫喊	汤增敩著			预告未出版

附录二　曾朴著译篇目考录

关于曾朴的著译篇目、书目，迄今已有如下五种。

（1）曾朴自编《曾朴所叙全目》，附印在《雪昙梦院本》前（上海真美善书店 1931 年 6 月版），起讫时间为 1888～1931 年，分三个时期（未列详细著译时间），按诗、文、札记、考证、戏剧、小说、笔记等文体罗列著、译共 38 种，其中实际未出版或仅作为著译计划列入的有 25 种，因编写时间和体例（仅列书目）关系未将其已出版图书和发表的大量文稿列入。此目可以让我们窥见曾朴的著译计划和虽已创作但未能付梓的作品之一斑。以下简称"曾目"。

（2）李培德在其《曾孟朴的文学旅程》（台湾传记文学出版社 1977 年版）书末附列了一个《曾孟朴先生著作及译文（按出版前后序）》，此目仅标注了著译时间（年序），未注明出版／发表的具体时间和刊物／出版机构信息，摒除了未见出版的书目，列曾朴著译 62 种，含已出版成书和散见于报刊的译作、信函、文论、日记、序文和旧体诗词等，以下简称"李目"。

（3）登载在樽本照雄教授主编的《清末小说研究》第 2 期（1978 年 10 月 31 日）上的《曾孟朴研究资料目录》之一——《编著译目录》（笔者所据为耶鲁大学图书馆藏、台湾天一出版社 1982 年影印本），此目按发表时序详细罗列了曾朴著译 178 篇部，详细标注了发表／出版时间、刊物／出版社、署名、译作的原作者，再版/重刊者亦有标注，并存目未刊稿 22 种。以下简称"樽目"。

（4）时萌的《曾朴著译考》（见《曾朴研究》，上海古籍出版社 1982 年版），此稿为学界提供了当时难见的《曾朴所叙全目》，分七种文类，详细举列了当时能见的曾朴著译文稿 91 种，录未见发表的文稿一项，即《诗与小说》，其余均标明了发表／出版项，并作考证。以下简称"时目"。

（5）于润琦编《曾朴的译著及版本》（见《南京理工大学学报（社会科学版）》2004 年第 5 期）"一、译著书目"列曾朴译著书、文 18 种。此目较粗疏，如将《夫人学堂》的著者"穆理哀""穆里哀"（原书有这两种标法）标为"莫利爱"，《女性的交情》的作者"顾岱林"标为"顾岱临"，《阿弗洛狄德》标作《阿佛洛狄德》，又将其作者"边勒鲁意"标为"道勒鲁意"等，外文译名本来会有差异，但此类编目宜依史料原文照录。以下简称"于目"。

除以上五种著译编目外，本文还参考了《中国现代文学期刊目录汇编》和《中国现代文学总书目》等工具书，以及《大晚报》、《当代诗文》、《古今半月刊》、《华国》、《时事新报》、《诗与散文》、《小说林》、《小说月报》、《学衡》、《游戏杂志》、《宇宙风》、《越风》、《真美善》和《紫禁城》等现当代文学期刊，在前辈学者研究成果的基础上，对曾朴著译篇/书目重加考订，以发表时间为序，注明文体、出版项、署名和再版重刊信息，以为学界曾朴研究之参考。

本目分两部分：①曾朴著译出版、发表篇目（225 种）；②曾朴著译散佚、未刊存目（30 种）。为醒目起见，他目未录而本目新搜集到的篇目，以"*"并黑体标示。

附表 2　曾朴著译出版、发表篇目（225 种）

篇／书名	著／译	文体	发表刊物、出版社	发表出版时间	署名	备注
补后汉书艺文志一卷考十卷	著	考证	锡山文苑阁（活字本）	1895	常熟曾朴纂	见注释 1
奉题金洞仙史田端别墅即次胡山翁原韵	著	诗歌	金井雄编《三岳庄唱和编》	1904.9.25	籀斋曾朴	据"樽目"
《孽海花》（一、二集，20 回）	著	小说	小说林社	1905	东亚病夫	见注释 2
《影之花》（上卷）	译	小说	小说林社	1905 农历六月	法国嘉绿傅兰仪著，竞雄女史译意，东亚病夫润词	"时目"注未出版，实已出版
历史小说《孽海花》卷十一第二十一回"背履历库丁蒙廷辱 通苞苴衣匠弄神通"	著	小说	《小说林》第 1 期	1907 农历正月	爱自由者发起，东亚病夫编述	
历史小说《孽海花》卷十一第二十二回"隔墙有耳都院会名花 宦海回头小侯惊异梦"	著	小说	《小说林》第 1 期	1907 农历正月	爱自由者发起，东亚病夫编述	
历史小说《孽海花》卷十二第二十三回"天威不测蛮语中词臣 隐恨难平违心驱俊仆"	著	小说	《小说林》第 2 期	1907 农历二月	爱自由者发起，东亚病夫编述	
历史小说《孽海花》卷十二第二十四回"愤舆论学士修文 救藩邦相公主战"	著	小说	《小说林》第 2 期	1907 农历二月	爱自由者发起，东亚病夫编述	
历史小说《孽海花》卷十三第二十五回"送鹤求书侠魁持战议 张灯宴客名角死微辞"	著	小说	《小说林》第 4 期	1907 农历六月	爱自由者发起，东亚病夫编述	见注释 3
无题	著	诗歌	《小说林》第 4 期	1907 农历六月	东亚病夫	见注释 4
天津道中梦呓二首	著	诗歌	《小说林》第 4 期	1907 农历六月	东亚病夫	

篇／书名	著／译	文体	发表刊物、出版社	发表出版时间	署名	备注
题东邻巧笑图为江建霞标作	著	诗歌	《小说林》第4期	1907农历六月	东亚病夫	见注释5
结客少年场行赠黄雪珊	著	诗歌	《小说林》第5期	1907农历七月	东亚病夫	"樽目"漏掉"雪"字
八月九日偕樵孙雪珊隐南宴仲泥饮木疆斋中醉后作歌	著	诗歌	《小说林》第5期	1907农历七月	东亚病夫	
虎阜晚归	著	诗歌	《小说林》第5期	1907农历七月	东亚病夫	
《大仲马传》（文学家乘）	译	评传	《小说林》第5期	1907农历七月	小仲马附	未署译者
纂大仲马传脱稿后即书其后并题小像	著	诗歌	《小说林》第5期	1907农历七月		见注释6
《马哥王后佚史》卷一第一节"婚宴"（大仲马丛书第一种）	译述	小说	《小说林》第11期	1908农历五月	大仲马著，东亚病夫译述	
《马哥王后佚史》卷一第二节"洞房"（大仲马丛书第一种）	译述	小说	《小说林》第12期	1908农历九月	大仲马著，东亚病夫译述	
《陈鸿璧译〈苏格兰独立记〉后病夫赘语》	著	评论	《小说林》第12期	1908农历九月	病夫	
常昭教育会公祭徐先生文	著	祭文	小说林第12期	1908农历九月	曾朴	见注释7
*挽徐念慈联"一身奄有众能……"	著	挽联	《小说林》第12期	1908农历九月	常熟曾朴	
马哥王后佚史	译	小说	小说林社	1908	东亚病夫译	见注释8
血婚哀史	译	小说	《时报》	1912.12.14~20	大仲马著，病夫译	连载。据"于目"
九十三年	译	小说	《时报》	1912.4.13~6.14	嚣俄著，东亚病夫译	连载。据"于目"
九十三年	译	小说	有正书局	1913.10	嚣俄著，东亚病夫译	见注释9
银瓶怨	译	戏剧	《小说月报》第5卷1~4号	1914.4.25~7.25	嚣俄著，东亚病夫译	1930年4月改名为《项日乐》在真美善书店出版
*赠内	著	诗歌	《游戏杂志》第3期	1914	病夫	见注释10
*春日园中有感	著	诗歌	《游戏杂志》第4期	1914	病夫	
*晚秋偶感	著	诗歌	《游戏杂志》第8期	1914	病夫	

篇／书名	著／译	文体	发表刊物、出版社	发表出版时间	署名	备注
*嘲蜂/嘲蝶/嘲蚊/嘲蝇（四首）	著	诗歌	《游戏杂志》第 10 期	1914	病夫	见注释 11
枭欤	译	戏剧	有正书局	1916.9	嚣俄著，东亚病夫编译	见注释 12
吕伯兰	译	戏剧	《学衡》第 36、37 期	1924.12 1925.1	嚣俄著，常熟曾朴	见注释 13
李花篇	著	诗歌	《学衡》第 36 期	1924.12	曾朴	见注释 14
*与邑子孙师郑同康丁秉衡国钧张隐南鸿胡复秋炳盖同题名于黄初平石上大书深刻盖欲继郑道昭云峰山之芳躅也为纪一时幽绪辄赋短章	著	诗歌	《学衡》第 37 期	1925.1	曾朴	
*偕友人游白云寺归赋	著	诗歌	《学衡》第 38 期	1925.2	曾朴	
无题二首	著	诗歌	《学衡》第 38 期	1925.2	曾朴	与小说林第四期《无题》诗同
赠宗仰上人二首（时上人在金山寺）	著	诗歌	《学衡》第 39 期	1925.3	曾朴	见注释 15
*侵晓过燕子矶	著	诗歌	《学衡》第 39 期	1925.3	曾朴	
寄怀沈北山	著	诗歌	《华国》3.1	1926	曾朴	见注释 16
李花篇	著	诗歌	《华国》3.1	1926	曾朴	见注释 17
山塘晚步	著	诗歌	《华国》3.1	1926	曾朴	见注释 18
*柳如是蘼芜小研歌	著	诗歌	《华国》3.1	1926	曾朴	
欧那尼	译	戏剧	真美善书店	1927.9	嚣俄著，东亚病夫译	《真美善》第 1 期即刊登此书广告
夫人学堂	译	戏剧	真美善书店	1927.9	穆里哀著，东亚病夫译	《真美善》第 1 期即刊登此书广告
*喜剧大家穆里哀小传	著	评传	附刊在《夫人学堂》前	1927.9		
*节译法贱法兰西文学史	译	评论	附刊在《夫人学堂》前	1927.9		为法贱对穆里哀的文学史评价
吕伯兰	译	戏剧	真美善书店	1927.9	嚣俄著，东亚病夫译	《真美善》第 1 期即刊登此书广告

篇／书名	著／译	文体	发表刊物、出版社	发表出版时间	署名	备注
*《吕伯兰》译者自叙	著	评论	附刊在《吕伯兰》前	1927.9		见注释 19
*吕伯兰悲剧后记	著	评论	附刊在《吕伯兰》后	1927.9		述该剧上演、嚣俄指导演出情况、演员阵容等
吕克兰斯鲍夏	译	戏剧	真美善书店	1927.9	嚣俄著，东亚病夫译	《真美善》第 1 期即刊登此书广告
*吕克兰斯鲍夏剧后记	著译	评论	附刊在《吕克兰斯鲍夏》后	1927.9		述该剧修改与版本
编者的一点小意见	著	文论	真 1.1	1927.11.1	东亚病夫	
《鲁男子》序幕	著	小说	真 1.1	1927.11.1	东亚病夫	
《孽海花》第十一卷第二十一回"背履历库丁蒙廷辱 通苞苴衣匠弄神通"	著	小说	真 1.1	1927.11.1	东亚病夫	
夜宿翁司农第，第中白鹤绿龟各赠以诗	著	诗歌	真 1.1	1927.11.1	籀斋	
碧莉娣牧歌 在邦斐利的歌	译	牧歌	真 1.1	1927.11.1	病夫重译	见注释 20
论法兰西悲剧源流（一）希腊悲剧原始	著	评论	真 1.1	1927.11.1	病夫	
鸦片烟管	译	小说	真 1.1	1927.11.1	戈恬著，东亚病夫译	见注释 21
女性的交情	译	短剧	真 1.1	1927.11.1	顾岱林著，病夫译	见注释 22
编者小言	著	评论	真 1.2	1927.11.16		考文风为曾朴作
鲁男子 恋（一）白鸽	著	小说	真 1.2	1927.11.16	东亚病夫	
《孽海花》第十一卷第二十二回"隔墙有耳都院会名花 宦海回头小侯惊异梦"	著	小说	真 1.2	1927.11.16	东亚病夫	见注释 23
论法兰西悲剧源流（一）希腊悲剧原始（续）	著	评论	真 1.2	1927.11.16	病夫	
希腊碧莉娣牧歌（续前）牧歌	译	牧歌	真 1.2	1927.11.16	法边勒鲁意译，病夫重译	
补后汉书艺文志并考证十卷	著	考证	真美善书店	1927.11	常熟曾朴	
《鲁男子》第一集 恋 二 元宵	著	小说	真 1.3	1927.12.1	东亚病夫	
《孽海花》第十二卷第二十三回"天威不测蓍语中词臣 隐恨难平违心驱俊仆"	著	小说	真 1.3	1927.12.1	东亚病夫	该号目录误标为"卷十一，第二十二回"

篇/书名	著/译	文体	发表刊物、出版社	发表出版时间	署名	备注
论法兰西悲剧源流（一）希腊悲剧原始（续）	著	评论	真 1.3	1927.12.1	病夫	
希腊碧莉娣牧歌（续）母的话	译	牧歌	真 1.3	1927.12.1	法边勒鲁意译，病夫重译	
燕	译	诗歌	真 1.3	1927.12.1	Pierre de Ronsard 诗选，病夫译	
赠宗仰上人二首（时上人在金山寺）	著	诗歌	真 1.3	1927.12.1	籀斋	原刊《学衡》第39期，署曾朴
寄怀沈北山	著	诗歌	真 1.3	1927.12.1	籀斋	原刊《华国》第3卷第1期，署曾朴
穆理哀的女儿（文坛小史）	著	史论	真 1.3	1927.12.1	病夫	
哥德的《绿蛇》（文艺杂俎）	著	书评	真 1.3	1927.12.1	病夫	
"卷头语"	著	诗歌	真 1.4	1927.12.16	病夫	
编者一个忠实的答复	著	书信	真 1.4	1927.12.16	病夫	
《鲁男子》第一集 恋 三 剥栗	著	小说	真 1.4	1927.12.16	东亚病夫	
《孽海花》第十二卷第二十四回"愤舆论学士修文 救藩邦名流主战"	著	小说	真 1.4	1927.12.16	东亚病夫	见注释 24
题江建霞标东邻巧笑图	著	诗歌	真 1.4	1927.12.16	籀斋	见注释 25
高耐一的女儿	著	史论	真 1.4	1927.12.16	病夫	
呈李忌师伯	著	诗歌	真 1.4	1927.12.16	籀斋	
山塘晚步	著	诗歌	真 1.4	1927.12.16	籀斋	见注释 26
戈雄特曼大	译	戏剧	真 1.4	1927.12.16	顾岱林著，病夫译	见注释 27
试卷被墨污投笔慨然题二律	著	诗歌	真 1.4	1927.12.16	籀斋	
卷头语	著	散文	真 1.5	1928.1.1	病夫	
《鲁男子》第一集 恋 四 鬼	著	小说	真 1.5	1928.1.1	东亚病夫	
《孽海花》第十二卷第二十五回"疑梦疑真司农访鹤 七擒七纵巡抚吹牛"	著	小说	真 1.5	1928.1.1	东亚病夫	见注释 28
《孽海花》第十三卷第二十六回"主妇索书房中飞赤凤 天家脱辐被底卧乌龙"	著	小说	真 1.6	1928.1.16	东亚病夫	
希腊碧莉娣牧歌（续）赤脚	译	牧歌	真 1.6	1928.1.16	法边勒鲁意译，病夫重译	
论法兰西悲剧源流（一）希腊悲剧原始（续第三号）	著	评论	真 1.6	1928.1.16	病夫	
介绍书画家俞剑华君	著	广告	真 1.6	1928.1.16	东亚病夫	

篇 / 书名	著 / 译	文体	发表刊物、出版社	发表出版时间	署名	备注
《孽海花》(修订二十回本)	著	小说	真美善书店	1928.1	东亚病夫	见注释 29
修改后要说的几句话	著	小说	真美善书店	1928.1	东亚病夫	附刊在注 29 所及的两个修改本前
《鲁男子》第一集 恋 五 灵与肉	著	小说	真 1.7	1928.2.1	东亚病夫	
无题四首次巢人均	著	诗歌	真 1.7	1928.2.1	籀斋	又刊《曾公孟朴纪念特辑》
《孽海花》第十四卷第二十七回 "秋狩记遗闻白妖转劫 春骊开协议黑眚临头"	著	小说	真 1.8	1928.2.16	东亚病夫	
都门感怀四首	著	诗歌	真 1.8	1928.2.16	籀斋	
希腊碧莉娣牧歌(香颂)	译	牧歌	真 1.8	1928.2.16	病夫译	
马笃法谷	译	小说	真 1.8	1928.2.16	弗劳贝著,病夫译	见注释 30
复戴望道的信	著	书信	真 1.8	1928.2.16	病夫	见注释 31
《鲁男子》第一集恋六 欢喜佛	著	小说	真 1.9	1928.3.1	东亚病夫	
亲昵集(花月)(轮图)	译	诗歌	真 1.9	1928.3.1	李显宾著,病夫试译	
游南泡归途口占	著	诗歌	真 1.9	1928.3.1	籀斋	
复陈锦遐的信	著	书信	真 1.9	1928.3.1	病夫	
《读张凤〈用各体诗译外国诗的实验〉》	著	批评	真 1.10	1928.3.16	病夫	
《孽海花》第十四卷第二十八回 "棣萼双绝武士道舍生 霹雳一声革命团特起"	著	小说	真 1.10	1928.3.16	东亚病夫	
别一个人	译	小说	真 1.10	1928.3.16	法国浦莱孚斯德著,病夫译	
《读张凤〈用各体诗译外国诗的实验〉》(续)	著	批评	真 1.11	1928.4.1	病夫	
《鲁男子》第一集 恋 七 明珠	著	小说	真 1.11	1928.4.1	东亚病夫	
复王石樵、黄序庞、愿羲的信	著	书信	真 1.11	1928.4.1	病夫	
《孽海花》第十五卷第二十九回 "龙吟虎啸跳出人豪 燕语莺啼惊逢遁客"	著	小说	真 1.12	1928.4.16	东亚病夫	
复胡适的信	著	书信	真 1.12	1928.4.16	病夫	

篇 / 书名	著 / 译	文体	发表刊物、出版社	发表出版时间	署名	备注
南丹及奈侬夫人	译	小说	真美善书店	1928.4	左拉小说集，东亚病夫译	见注释 32
《孽海花》第十五卷第三十回"白水滩名伶掷帽 青阳港好鸟离笼"	著	小说	真 2.1	1928.5.16	东亚病夫	
征求陈季同先生事迹及其作品	著	广告	真 2.1	1928.5.16	病夫启	
《鲁男子》第一集 恋 八龙舟	著	小说	真 2.1	1928.5.16	病夫	
穆理哀的恋爱史	著	评传	真 2.1	1928.5.16	病夫	
李显宾乞儿歌的鸟瞰	著	评论	真 2.1	1928.5.16	病夫	
乞儿歌	译	诗歌	真 2.1	1928.5.16	病夫译 Par Jean Richepin	
巴尔萨克的婚姻史	著	评传	真 2.1	1928.5.16	病夫	
《孽海花》第十六卷第三十一回"抟云搓雨弄神女阴符 瞒凤栖鸾惹英雌决斗"	著	小说	真 2.2	1928.6.16	东亚病夫	
《鲁男子》第一集 恋 九 朝山宫	著	小说	真 2.2	1928.6.16	东亚病夫	
读物展览馆	译	文论	真 2.2	1928.6.16	陈季同著 病夫译	
《孽海花》第十六卷第三十二回"艳帜重张悬牌燕庆里 义旗不振弃甲鸡隆山"	著	小说	真 2.3	1928.7.16	东亚病夫	
《鲁男子》第一集 恋 十 血	著	小说	真 2.3	1928.7.16	正文未署	目录署病夫
*《鲁男子》（八章本）	著	小说	真美善书店	1928.7	东亚病夫	见注释 33
一家言	著	诗文	《真美善》	1928.7	病夫、虚白	见注释 34
《鲁男子》第一集 恋 十一 恶梦 十二 堕落	著	小说	真 2.4	1928.8.16	正文未署	目录署病夫
乔治桑的诉讼	著	报道	真 2.4	1928.8.16	病夫	
复刘舞心女士书	著	书信	真 2.5	1928.9.16	病夫	见注释 35
《鲁男子》第一集 恋 十三 我不配！	著	小说	真 2.5	1928.9.16	东亚病夫	
阿弗洛狄德（媲娱丝）的考索	著	考证	真 2.5	1928.9.16	病夫	
谈谈法国骑士文学	著	评论	真 2.6	1928.10.16	病夫	
《鲁男子》第一集 恋 十四 快乐与厌倦	著	小说	真 2.6	1928.10.16	正文未署	目录署病夫
《鲁男子》第一集 恋 十五 重九	著	小说	真 3.1	1928.11.16	正文未署	目录署病夫

篇／书名	著／译	文体	发表刊物、出版社	发表出版时间	署名	备注
钟楼怪人	译	歌剧	真美善书店	1928.11	嚣俄歌剧，东亚病夫译	见注释 36
《鲁男子》第一集 恋 十六 我全给了你吧！	著	小说	真 3.2	1928.12.16	正文未署	目录署病夫
复刘舞心女士的第二封信	著	书信	真 3.2	1928.12.16	病夫	见注释 37
论法兰西悲剧源流	著	论著	真美善书店	1928	病夫	
《鲁男子》第一集 恋 十七 秋祭	著	小说	真 3.3	1929.1.16	正文未署	目录署病夫
诺亚伊夫人	著	评传	真美善"女作家号"	1929.2.2	病夫	
虞山女作家	著	评传	真美善"女作家号"	1929.2.2	病夫	
题苏梅女士诗集	著	诗歌	真美善"女作家号"	1929.2.2	病夫	
《鲁男子》第一集 恋 十八 姊姊嫁了	著	小说	真 3.4	1929.2.16	正文未署	目录署病夫
《诺亚伊夫人的诗》（青年、童儿爱洛斯、月问）	译	诗歌	真 3.4	1929.2.16	病夫译	
《鲁男子》第一集 恋 十九 自杀是怯懦者	著	小说	真 3.5	1929.3.16	正文未署	目录署病夫
《鲁男子》第一集 恋 二十 扑作教刑	著	小说	真 3.6	1929.4.16	正文未署	目录署病夫，见注释 38
你是我	著	新诗	真 3.6	1929.4.16	病夫	此为曾朴少见的新诗杰作
*大曾序	著	序	真美善书店	1929.4.20	病夫	见注释 39
*东亚病夫序	著	序	真美善书店	1929.4	东亚病夫	见注释 40
《鲁男子》第一集 恋 二十一 吻错了人	著	小说	真 4.1	1929.5.16	正文未署	目录署病夫
青年文学家费铎葛拉特哥佛 Fedor Glabkov 自传	译	传记	真 4.1	1929.5.16	病夫译	见注释 41
《孽海花》第十六卷第三十三回"保残疆血战台南府 谋革命举义广东城"	著	小说	真 4.2	1929.6.16	东亚病夫	本期未完，第四卷第四号续登
肉与死	译	小说	真美善书店	1929.6 初版	边勒鲁意著，病夫、虚白合译	见注释 42
*《葛尔孟的批评》（译录 le Livre de Masques）	译	评论	附刊《肉与死》后	1929.6	病夫	署"十八，五，十八，病夫译。"
*《肉与死》后记	著	评论	附刊《肉与死》后	1929.6	病夫	述译《肉与死》的动机和经过
《鲁男子》第一集 恋 二十二 死别与生离	著	小说	真 4.3	1929.7.16	正文未署	目录署病夫

篇／书名	著／译	文体	发表刊物、出版社	发表出版时间	署名	备注
《孽海花》第十六卷第三十三回（续第 4 卷第 2 号）"保残疆血战台南府 谋革命举义广"东城	著	小说	真 4.4	1929.8.16	正文未署	目录署病夫
*嚣俄拜访拉马丁先生记	译	传记	《诗与散文》第 1 期	1929.9.10	病夫译	目录署"嚣俄访拉马丁先生记"，疑为漏排，依正文
法国文豪乔治顾岱林诔颂	著	评传	真 4.5	1929.9.16	病夫	未完
《鲁男子》第一集 恋 二十三 血泊	著	小说	真 4.5	1929.9.16	正文未署	目录署病夫。《鲁男子：恋》连载至此期结束
《鲁男子》第二部 婚 一 脚划船	著	小说	真 4.6	1929.10.16	正文未署	目录署病夫
南乡子 题珊圆遗象	著	诗歌	《当代诗文 》创刊号	1929.11.1	病夫	见注释 43
*湘月 清明日北麓墓祭作	著	诗歌	《当代诗文 》创刊号	1929.11.1	病夫	
*代闺人秋别	著	诗歌	《当代诗文 》创刊号	1929.11.1	病夫	
*嚣俄的情书	译	书信	《当代诗文 》创刊号	1929.11.1	病夫	见注释 44
法国文豪乔治顾岱林诔颂（续前）	著	评传	真 5.1	1929.11.16	病夫	
《孽海花》第十六卷第三十四回"双门底是烈士殉身处 万木堂作素王改制谈"	著	小说	真 5.1	1929.11.16	正文未署	目录署病夫
《鲁男子》（第一部 恋）	著	小说	真美善书店	1929.11.10 初版	病夫	见注释 45
*卷头语	译	诗歌	附刊《鲁男子（第一部 恋）》书前	1929.11.10	病夫	见注释 46
《鲁男子》第二部 婚 二 观风	著	小说	真 5.2	1929.12.16	正文未署	目录署病夫
民众派小说	译	评论	真 5.3	1930.1.16	勒穆彦 Leon Lemonnie 著，病夫译	
雷麦克西部前线平静无事的法国批评	译	评论	真 5.4	1930.2.16	拉蒙黄南台 Ramon Fernandez 著，病夫译	
莫洛华的摆伦生活	著	报道	真 5.4	1930.2.16	病	"文坛近讯"栏目
马利斯罢雷记阿尔封斯杜岱的死	著	报道	真 5.4	1930.2.16	病	"文坛近讯"栏目

篇／书名	著／译	文体	发表刊物、出版社	发表出版时间	署名	备注
项日乐	译	戏剧	真美善书店	1930.4.15	东亚病夫译	见注释 47
《孽海花》第十六卷第三十五回"燕市挥金豪公子无心结死士　辽天跃马老英雄仗义送孤臣"	著	小说	真 5.6	1930.4.16	正文未署	目录署病夫
法国今日的小说	译述	评论	真 6.1	1930.5.16	病夫	特大号，脱期出版。见注释 48
雷翁杜岱四部奇著的批评	译	评论	真 6.2	1930.6.16	Rene Lalou 著，病夫译	见注释 49
欧那尼出幕的自述	译	评传	真 6.3	1930.7.16	Victor Hugo 著，病夫译	该期为"法国浪漫运动百年纪念号"
恋书的发端——在给未婚妻的书翰	译	书信	真 6.3	1930.7.16	Victor Hugo 著，病夫译	
我的恋书 O mes lettres d'amour　秋叶集 les Feuilles d'automne	译	诗歌	真 6.3	1930.7.16	Victor Hugo 著，病夫译	
愤激 Enthousi sme 东方集 les Orientales	译	诗歌	真 6.3	1930.7.16	Victor Hugo 著，病夫译	
童（见《东方集》）	译	诗歌	真 6.3	1930.7.16	Victor Hugo 著，病夫译	
春之初笑	译	诗歌	真 6.3	1930.7.16	Theophile Gautie 著，病夫译	
法国语言的原始	著	评论	真 6.4	1930.8.16	病夫	
《孽海花》第三编	著	小说	真美善书店	1931.2	东亚病夫	见注释 50
鲁男子：战　一　想像中的女儿	著	小说	真季 1.1	1931.4	曾朴著	
《笑的人》第一部　海与夜发端两章	译	小说	真季 1.1	1931.4	Victor Hugo 著，曾朴译	
雪昙梦（院本）	著	戏剧	真美善书店	1931.6 初版	曾朴编著	见注释 51
曾朴所叙全目	著	编目	附刊《雪昙梦》书前	1931.6		见注释 52
鲁男子：战　二　芝草无根根在江南	著	小说	真季 1.2	1931.7	曾朴著	
《笑的人》第一部　海与夜第一卷　人类之黑暗更甚于黑夜	译	小说	真季 1.2	1931.7	Victor Hugo 著，曾朴译	
《孽海花》一二三编	著	小说	真美善书店	1931	东亚病夫	见注释 53

续表

篇／书名	著／译	文体	发表刊物、出版社	发表出版时间	署名	备注
赛金花之生平及与余之关系	著	文论	《时事新报》	1934.11.25—26	东亚病夫	见注释 54
《孽海花》创作之动机及过程	著	文论	《时事新报》	1934.11.25—26	东亚病夫	同上
哀文	著	散文	《越风》第 1 期	1935.10	曾朴	
蓝榜	著	自传	《大晚报》《火炬副刊》	1935.6.29—30	曾朴	据"时目"
病夫日记	著	日记	《宇宙风》第 1 期	1935.9	东亚病夫	见注释 55
病夫日记	著	日记	《曾公孟朴纪念特辑》	1935.10	东亚病夫	见注释 56
与沈北山书	著	书信	纪念特辑	1935.10		
女德征文言行小记	著	散文	纪念特辑	1935.10		
祭亡妻汪孺人文	著	祭文	纪念特辑	1935.10		
哀杨叔峤文	著	散文	纪念特辑	1935.10		
镇南关	著	诗歌	纪念特辑	1935.10		
赴试学院放歌	著	诗歌	纪念特辑	1935.10		
京口酒楼歌	著	诗歌	纪念特辑	1935.10		
《李花篇》（隐讽慈禧宠李莲英事——编者按）	著	诗歌	纪念特辑	1935.10		
*都城酒楼放歌	著	诗歌	纪念特辑	1935.10		
《湖桥竹枝词》十二首	著	诗歌	纪念特辑	1935.10		
怀珊六首	著	诗歌	纪念特辑	1935.10		
山塘晚步	著	诗歌	纪念特辑	1935.10		
无题四首次巢人均	著	诗歌	纪念特辑	1935.10		
论国朝诗人绝句	著	诗歌	纪念特辑	1935.10		
纂大仲马传竟即书其后并题画像	著	诗歌	纪念特辑	1935.10		
南乡子 题珊圆遗像	著	诗歌	纪念特辑	1935.10		
金缕曲 盆荷（隐讽清德宗囚瀛台事）	著	诗歌	纪念特辑	1935.10		
*侠隐记	译	小说	上海开明书局	1936.5初版	大仲马著，曾孟浦译	见注释 57
*小引	著	序	上海开明书局	1936.5	曾孟浦	见注释 58
*侠隐记（续）	译	小说	上海开明书局	1939.6初版	大仲马著，曾孟浦译	
龚自珍病梅馆记（解说）（翻译白话文）	著	讲义	《古今半月刊》（香港）	1944.5	曾孟朴	见注释 59

篇/书名	著/译	文体	发表刊物、出版社	发表出版时间	署名	备注
*燕都小吟（十五首）清三殿/社稷坛/天坛/先农坛/国子监/碧云寺/王贝子花园/明十三陵/颐和园/什刹海/玉泉山/大悲寺/龙泉寺/居庸关/新明戏园观剧	著	诗歌	《紫禁城》1981年第6期1982年第1期	1981.12.271982.3.2	曾朴	见注释60
*曾朴日记摘抄（约见苏雪林）	著	日记	台湾联经事业出版公司	1988.3	曾朴	见注释61
*公文35种	著	公文	《江苏省公报》	1915～1927	曾朴	见注释62

　　注：《真美善》各期表示方法由"《真美善》第1卷第1号"简化为"真1.1"，"《真美善》季刊第1卷第1号"简化为"真季1.1"，依次类推。其他刊物"卷""号/期"未简化。

　　据1931年6月真美善书店出版的《雪昙梦》院本前附"曾朴所叙全目"，对照所辑"曾朴著译出版、发表篇目"，列存曾朴著译散佚、未刊书（篇）目如下。

附表3　曾朴著译散佚、未刊存目（30种）

著作名	时期	备注
未理集	第一时期（1888～1900），庚寅以前	"三十岁以前之古今体诗集"，据"曾目"
羌无集	辛卯壬辰	据"曾目"
响沫集	癸巳至丙申	据"曾目"
毗辋集	丁酉至庚子	据"曾目"
推十合一室文存　二卷		"青年壮年时代之骈散文合集"，据"曾目"
执丹璅语　二卷		"读书札记"，据"曾目"
历代别传　四卷		"为搜集历代之遗闻佚事而加以整理之作品"，据"曾目"
龙灰集	第二时期（1901～1926）	"为三十岁以后之诗集"，据"曾目"
吹万顾文录　二卷		"为论法兰西诗法，诗史，及诗之派别源流之巨制"，据"曾目"
蟹沫掌录　二卷		"为研究法兰西文学之读书札记"，据"曾目"
续未理集	第三时期（1927～现时）	"为最近转变后之新诗集"，据"曾目"（"现时"指1931年，笔者注）
鲁男子（乐、议、宦）		《婚》《战》在《真美善》各刊两集，未完
嚣俄著《笑的人》		在《真美善》刊两集，未完
短篇小说集		据"曾目"

续表

著作名	时期	备注
嚣俄著《克林威尔》		据"曾目"
嚣俄著《玛莉韵姐洛姆》		据"曾目"
嚣俄著《嬉王》		据"曾目"
嚣俄著《玛丽丢陶》		据"曾目"
嚣俄著《弼格拉佛》		据"曾目"
嚣俄著《自由戏剧》		据"曾目"
嚣俄著《双生子》		据"曾目"
中国神代史 四卷		据"曾目"
新韵谱		据"曾目"
象记 二卷		"为随笔式之自传，并列入各时期生活之图象"，据"曾目"
回忆录 一卷		"为生活之回忆"，据"曾目"
病的心声 一卷		"为随感录"，据"曾目"
巴杜暴君		据"樽目"
*鲍华利夫人	1928	见注释 30
*法宫秘史	1929	见注释 57
诗与小说	1929.12	据"时目"

注释：

1. 真美善书店 1927 年 11 月再版，更名《补后汉书艺文志并考证十卷》（署常熟曾朴著），1997 年 12 月北京出版社根据锡山文苑阁活字本影印出版，收入《四库未收书辑刊》，编为九辑九册。

2. 有正书局、觉世社、东亚书局亦印行这个前二十回本。

3. "李目""1907 孽海花（廿一至廿四回）"条漏掉第二十五回。

4. 又刊《学衡》第 38 期，题"无题二首"，署"曾朴"。

5. "李目"漏"标"字；又更题为《题江建霞标东邻巧笑图》发《真美善》第 1 卷第 4 号，署"籀斋"。

6. "时目"与《特辑》题目同，为"纂大仲马传竟即书其后并题画像"，时萌《曾朴研究》一书中《曾朴生平系年》一文内又题作"纂大仲马传脱稿后即书其后并题肖像"，不知何据。

7. 此条据"樽目"。原祭文在"常熟丁祖荫述"之《徐念慈先生行述》后，未署名，查该刊该处署名方式，当为丁祖荫作。且存此条，备考。

8. "时目"注为"嚣俄著"，误；又谓"未译完"，亦误。实因《小说林》停刊未刊完，实有两个单行本印行，此本和新世界小说社 1908 年版。

9. 1931 年 6 月又在真美善书店出版，署"曾朴所叙，第二时期小说之部，嚣俄原著"，这种署名方式是循了其在 1931 年真美善书店出版的《雪昙梦》前附刊的"曾朴所叙全目"的体例。

10. 该刊为王钝根与天虚我生（陈蝶仙）于 1913 年底创办，设"滑稽文""诗词曲""译林""谈丛""剧谈""魔术讲义""戏学讲义""说部""传奇"等栏目，汇集了堪称一时之选的游戏讽世之作，也发表了一些作家如周瘦鹃等的翻译作品。

11. 此四首嘲物讽世诗，与曾朴《李花篇》等讽咏诗作风最似，应为应约之作。

12. 1927 年 9 月又在真美善书店出版，改名为《吕克兰斯鲍夏》。

13. 1927 年 9 月真美善书店出版，据该书中的"译者自叙"，曾朴自 1917 年 8 月费时 3 个月译完，先在《学衡》连载，又于 1926 年在董显光创办的《庸报》上连载。

14. 又刊《华国》第 3 卷第 1 期及曾虚白编《曾公孟朴纪念特辑》(《宇宙风》第 2 期）。

15. 又刊《真美善》第 1 卷第 3 号，署籀斋。

16. 又刊《真美善》第 1 卷第 3 号，署籀斋。

17. 又刊《学衡》第 36 期和《曾公孟朴纪念特辑》。

18. 又刊《真美善》第 1 卷第 4 号，署籀斋；又刊《曾公孟朴纪念特辑》。

19. 述翻译该书的原因、经过和自承的缺点。署"病夫，一六，八，五，写于上海。"

20. 原注为"从法国新希腊派作家边勒鲁意的译本中重译"，实为转译。

21. 编入《世界杰作小说选》第一辑（虚白主编），真美善书店，1930 年出版。

22. 编入《世界杰作小说选》第一辑（虚白主编），真美善书店，1930 年出版。

23. 已有修改，与小说林本不同，具体可参魏绍昌《小说林本第七回至第二十四回与真美善本修改处对照表》，详见《〈孽海花〉资料》。

24. 回目第二句"救藩邦名流主战"，与《小说林》第二期所刊本回回目"救藩邦相公主战"有二字异。

25. 原刊《小说林》第 4 期，题为"题东邻巧笑图为江建霞标作"，署"东亚病夫"。

26. 原刊《华国》第 3 卷第 1 号，署曾朴，又刊《曾公孟朴纪念特辑》。

27. 编入《世界杰作小说选》第一辑（虚白主编），真美善书店，1930 年出版。

28. 本章回目与小说林本第二十五回（1907 年第 4 期）不同，原为"送鹤求生侠魁持战议，张灯宴客名角死微辞"。另，按此前两回一卷的编排体例，本回应标为"第十三卷"，但该期《真美善》目录和正文分别标为"卷十二"和"第十二卷"，当为排印误，下期标为"第十三卷第二十六回"。"樽目"录为"第 12 卷第 25 回"。

29. "樽目"谓"《孽海花》(修改版)一、二编全二十回，东亚病夫，上海真美善书店，1928.1.10 初，1928.3.21 再"，根据实物和《真美善》杂志第 1 卷第 6 号的《孽海花》广告和所附第一、二编目录，可知确有此本，在该本实物书籍第二编末页上也有"第三编起在《真美善》杂志按期登载《孽海花》第二编终"的字样可以证之。改本前附有曾朴《修改后要说的几句话》，署"东亚病夫自识"。所以强调这个"二十回修改本"的存在，主要是因为有很多学者往往忽略此本的存在，提到"《孽海花》真美善修改本"时往往只提一个"三十回本"，如阿英《晚清小说史》，魏绍昌《〈孽海花〉资料》"前言"，时萌《曾朴研究》"曾朴著译考"等。

30. 在此篇译者前言中曾朴说"译者拟译《鲍华利》夫人"，仅为著译计划，实未译。此篇又编入《世界杰作小说选》第一辑（虚白主编），真美善书店，1930 年出版。

31. 戴望道为戴望舒的哥哥，信中提到戴望舒持戴望道信与译稿往访曾朴不遇。

32.《真美善》第 1 卷第 12 号的新书预告中，该书译名为"南丹及奈依夫人"，署为"佐拉著　病夫译"，其新书广告始见于《真美善》第 2 卷第 1 号，题署为"南丹与奈依夫人　实价四角半　佐拉著　病夫译"。"曾目""樽目""时目""李目"均录为"南丹与奈依夫人"，"于目"未提及此书。但笔者所见实物，署题为"南丹及奈依夫人　左拉小说集　东亚病夫译"。"时目"谓"1928 年 3 月真美善书店出版"亦误，据 1928 年 4 月 16 日的《真美善》第 1 卷第 12 号此书还在"本店新书预告栏"，而在 1928 年 5 月 16 日的第 2 卷第 1 号则移入"本店新书 已出版"这一事实，可证之。

33. 第 2 卷第 3 号新书广告曰："至《恋》的第八章为止，实价三角半"，此为"八章本"。学界多不提此本。

34. 第 2 卷第 3 号新书广告曰："病夫和虚白的诗文合集，实价三角"。

35. 该文亦见于《肉与死》(1929 年 6 月初版）前，题为"代序复刘舞心女士书"。

36.《真美善》杂志第 3 卷第 2 号（1928 年 12 月 16 日）始登新书出版广告，实价五角。此前为新书预告。

37. 载"文艺的邮船"栏目，题为"刘舞心女士的复信"，"樽目"此条依此照录，考虑到此文为曾朴"复信之复信"，故题。

38. "樽目"标此期出版时间为"1928.3.16"，此后所标《真美善》第 4 卷第 1、2、3 号出版时间均早一个月，均误。

39. 附刊徐蔚南《都市的男女》前。署"十八，四，二十，病夫。"

40. 附刊在张若谷《异国情调》前。署"一.一二.一九二八.病夫.在马斯南路寓所."

41. 前附标题为"介绍新俄无产阶级的两个伟大作家"，另一篇为虚白译的"夫塞浮罗特伊万诺夫 Vsevolod Ivanov 事略"。

42. "樽目"谓《阿弗洛狄德》，边勒鲁意（原文为日文译名，此略，笔者注）著，病夫译，上海真美善书店 1927"，更名《肉与死》，上海真美善书店 1930"，"于目"条 13 谓"阿佛洛狄德，（法）道勒鲁意著，病夫（曾孟朴）曾虚白合译，上海真美善书店 1927 年"，及条 15 谓"肉与死，（法）道勒鲁意著，病夫（曾孟朴）曾虚白合译，上海真美善书店 1929 年 6 月"，"时目"谓"阿弗洛狄德（又名《肉与死》），[新希腊派作品，边勒路意丝著，1928 年真美善书店出版]"，"李目"谓"1929-30（译）肉与死（Aphrodite）"。我们且看，在 1929 年真美善书店出版的《肉与死》"后记"中，曾朴这样写道："我们译这书，是从一九二七年六月开始的，一九二八年三月译完"，而"后记"最后的落款与时间是"一八，五，一八，病夫校完记"，曾朴用民国（公元）纪年，阳历纪月日，当为 1929 年 5 月 18 日。我们再看"病夫又记"："我写完了这篇后记，还忘了一句要紧的声明□（原文空白）就是这书改名的根据。葛尔孟说：'边勒鲁意先生很觉得□（原文脱一字）部肉的书恰如实地达到了死。'这句很足概括全书的主旨，所以我们就把《肉与死》来题做书名。" 以上各目均有问题。①书名。"樽目""于目""时目"均谓此书曾以《阿弗/佛洛狄德》为名出版过，实误，《真美善》杂志此书广告《肉与死》旁曾有标注"原名阿弗洛狄德"，实指该书的法文原名 Aphrodite；②时间。据上述引文，该书翻译时间为 1927 年 6 月至 1928 年 3 月，费时 9 个月而成，又据"一八，五，一八，病夫校完记"（1929 年 5 月 18 日），怎么会有"樽目""于目""时目"中所谓的 1927、1928 年的版本呢？ "李目"谓"1929-30（译）肉与死"，时间亦误；③原作者。"于目"谓"道勒鲁意"许是把"边"字的繁体误为"道"字？"时目"谓"边勒路意丝著"，与该书 1929 年 6 月初版所署差异较大，既是著译考，当依原书照录。

43. 又刊《曾公孟朴纪念特辑》，题为"南乡子 题珊圆遗像"。

44. 此文与《真美善》第 6 卷第 3 号所载"Victor Hugo 作 病夫译"《我的恋书》不同。

45. 初版印 2000 册，1930.9.10 二版印 2000 册，1931.4.1 三版印 2000 册。此本不同于 1928 年出版的"八章本"。封题题"第三时期 小说之部 鲁男子"，附"鲁男子全目 第一部 恋，第二部 婚，第三部 乐，第四部 议，第五部 宦，第六部 战"，正文除《真美善》杂志连载的《恋》23 章外，又增加了"第二十四 秘密"和"第二十五 最后一信"，全书共 458 页，从末页所署日期看，全书写完的时间是"一九二九，八，三日完。"

46. 题为"卷头语"，全文如下"知识全是虚无，想像才是万有，世上存在只有人们的想像物。我就是想像物。（法郎士波纳儿之罪）"。

47. 署"嚣俄戏剧全集第八种"，一版 1000 册。曾以《银瓶怨》为题连载于《小说月报》1914 年第 5 卷 1~4 号。

48. "樽目"此文后注为"病夫"，容易误为"病夫著"。据该期目录所署"拉鲁著 病夫译"及文末"十九，三，三一译完"和"病夫附记"的"这篇叙述，我大概依据了栾奈拉鲁《法兰西一九二九年的文学状况》和各杂志参错而成的"可知，此文为病夫译述。

49. 该期目录署"法国栾奈鲁拉著 病夫译"，为"拉鲁"误排。

50.《真美善》第 7 卷第 3 号即有出版广告，据本期杂志广告，该书出版时间为 1931 年 2 月。据虚白在《真美善》第 2 卷第 4 号（1928 年 8 月 16 号出版）"读者论坛"复马仲殊《论本刊抽去〈孽海花〉的理由》一文，曾朴是在边写边刊《孽海花》的这几回，不堪其劳，并预告"我父亲已经立下决心，在这两月之中赶完第三第四集，大概十月中一定可以有单行本出版"，只是这个第三集单行本到 1931 年 2 月才见出版。

51. 封面署"曾朴所叙 第一时期 戏剧之部"，书前附刊"曾朴所叙全目"，即本稿所谓"曾目"。

52. 曾朴自编著译目录，有些未出版，已散失。真美善书店所出曾朴著译多依此目体例编序。

53. 据《真美善》季刊第 1 卷第 2 号新书广告，可知这个"再版孽海花 一二三集"就是"修改三十回本"，当为 1931 年 7 月前印行的。《孽海花》初编十回，在 1905（乙巳）年由小说林社出版，1906（丙午）年出版续编五卷十回，1907（丁未）年《小说林》杂志创刊后，又续作五回后（阿英《晚清小说史》及"李目"均为"四回"，查《小说林》原刊，当为"五回"，见本目）。1916 年，拥百书局出版的《孽海花》第三册，包含了《孽海花》续作第 21~24 回和强作解人的《孽海花》人名索引表"和"《孽海花》人物故事考证八则"及"续考十一则"。这与此后的"修改三十回本"不同。查 1928 年真美善书店出版和 1941 年根据初版重刊的《孽海花》，还有一个 30 回本，该本前亦附有曾朴的《修改后要说的几句话》，时间署为"十七年。一月六日。东亚病夫自识"。真美善书店出版的"修改本"实际上有两个，即"二十回修改本"和"三十回修改本"，前者初版 1927 年 1 月 10 日，3000

册，二版 3 月 21 日，3000 册；此间《真美善》杂志正在续写连载各回，1928 年 1 月 1 日第 1 卷第 5、6、8、10、12 号（第 1 卷为半月刊，从第 2 卷改为月刊）、第 2 卷第 1、2、3 号分别刊登第 25、26、27、28、29、30、31、32 回，从时间上来看，"二十回修改本"是肯定的，因为此时后面几回还正在陆续创作登载，不可能在 1928 年出一个"三十回修改本"。据《真美善》季刊第 1 卷第 2 号（1931 年 7 月出版）图书广告可知，1931 年 7 月前才出了这个"三十回本"，此本前附发了署为"十七年。一月六日。东亚病夫自识"的《修改后要说的几句话》，让很多研究者误以为此本出版于 1928 年初，并"遮蔽"了此前的"二十回本"和"第三编本"。而此后《真美善》第 4 卷第 2、4 号、第 5 卷第 1、6 号又断续连载了第 33、34、35 回，全题作第十六卷，与此前的两回一卷的体例不同，殊怪。此后，曾朴便停止了这部前后延续 20 余年的长篇创作。《孽海花》的另一重要版本为 1959 年中华书局上海编辑所出版的 35 回增订本。此后再版，基本都是依据真美善书店 30 回本和中华书局 35 回本为定本增删。

54. 据魏绍昌《〈孽海花〉资料》（增订本）（上海古籍出版社 1982 年版，页 143。）此文出自崔万秋采写的新闻稿《东亚病夫访问记》，该稿同时刊登于《申报》《新闻报》《大晚报》。

55. 遗稿，曾虚白整理发表。"时目"谓"分刊于 1928 年间《宇宙风》杂志"，查《宇宙风》创刊于 1935 年 9 月，本期刊登的日记开首有"民国二十三年六月八日"（1934 年 6 月 8 日）字样，另据文后"虚白附识"知此日记是曾朴 1935 年 6 月 23 日病逝后他整理发表的"先父遗稿"。

56. 遗稿，曾虚白整理发表在《曾公孟朴纪念特辑》上，与上条不同，开首时间标注为"十七年五月二十日"。《特辑》实附刊在 1935 年 10 月出版的《宇宙风》第 2 期上。

57. 封面题为《侠隐记（一名三剑客）》。据《曾虚白自传》"第六章 父子同窗 第三节 广交文友"，曾虚白回忆曾氏父子因为约请张若谷编辑《女作家号》的关系，在家约见苏雪林时的场景，曾抄录一段曾朴日记，写到："我（指曾朴，笔者注）突然提起《侠隐记》到《法宫秘史》实在没有译完，还有三本没有译的话。"由此可见，曾朴是译过此书的，只是去世后才出版而已。由此可知曾朴还翻译过《法宫秘史》一书。

58. 附刊在《侠隐记》书前，简介大仲马生平、述故事梗概、讨论历史小说的创作与翻译问题。

59. 见该刊忏庵《曾孟朴函授女弟子的一篇讲义》一文。

60. 据吴泰昌《曾朴佚诗〈燕都小吟〉》，这些佚诗共 18 首，惜只整理发表 15 首，谓"曾朴一九一八年旅居北京时写"。查曾虚白《曾孟朴先生年谱》曾朴 1918 年"卜居南京"，查时萌《曾朴生平系年》，"民国七年 戊午（一九一八年）四十七岁 先生仍居南京"，倒是此前的 1914 年、1916 年和 1922 年曾朴数次赴北京，疑为吴先生所谓"录存者"误记。

61. 摘自《曾虚白自传》"第六章 父子同窗 第三节 广交文友"，页 96~97。题目为笔者所加。

62. 这些公文为曾朴仕宦江苏省沙田局、财政厅和官产处时撰写发布的公文、训令、公函和指令等，非文学著译，仅列存此目。

附录三 曾虚白文学著译篇目辑录（共 205 篇/部）

本目含译作 80 篇 / 部，著作 115 篇 / 部，辑录 6 篇 / 部，注 2 篇 / 部，编辑 2 篇 / 部。

附表 4　曾虚白文学著译篇目辑录表

篇 / 书名	著 / 译	文体	发表刊物 出版社	发表 出版时间	署名及备注
美国霍丕京大学教授马兹基批评	译	评论	真美善书店	1927.9	虚白译；附刊在东亚病夫译《欧那尼》书后
《〈欧那尼〉初次出演纪事》	著	史传	真美善书店	1927.9	虚白；附刊在东亚病夫译《欧那尼》书后
爱的历劫	著	短篇小说	真 1.1	1927.11.1	虚白
现在是伟人的荒岁	著	补白	真 1.1	1927.11.1	虚白
陶斯屠夫斯奇的第一个知己	著	补白	真 1.1	1927.11.1	虚白
炼狱魂（一）	译	长篇小说	真 1.1	1927.11.1	法国梅黎曼著，虚白译
无题	著	编者讲话	真 1.1	1927.11.1	虚白
巴尔萨克付车钱的妙法	著	补白	真 1.1	1927.11.1	虚白
原来如此！	著	补白	真 1.2	1927.11.16	虚白
巴尔萨克主张文学的卫生法	著	补白	真 1.2	1927.11.16	虚白
躲避	著	短篇小说	真 1.2	1927.11.16	虚白
色（黄）	译	短篇小说	真 1.2	1927.11.16	法国葛尔孟著，虚白译
炼狱魂（二）	译	长篇小说	真 1.2	1927.11.16	法国梅黎曼著，虚白译
编者小言	著	编辑讲话	真 1.3	1927.12.1	虚白
再嫁	著	戏剧	真 1.3	1927.12.1	虚白
炼狱魂（三）	译	长篇小说	真 1.3	1927.12.1	法国梅黎曼著，虚白译
意灵娜拉	译	短篇小说	真 1.3	1927.12.1	美国濮爱伦著，虚白译；又见于《欧美小说》，真美善书店 1928.8
色（黑）	译	短篇小说	真 1.3	1927.12.1	法国葛尔孟著，虚白译
隽语	辑	补白	真 1.3	1927.12.1	虚白
编辑的商榷	著	通信	真 1.3	1927.12.1	虚白
一服兴奋剂	著	通信	真 1.3	1927.12.1	虚白
听他到来（一）	辑	语录	真 1.4	1927.12.15	虚白
听他道来（二）	辑	语录	真 1.4	1927.12.15	虚白
回家	著	短篇小说	真 1.4	1927.12.15	虚白
民间歌谣（一）	注	歌谣	真 1.4	1927.12.15	鲁毓泰搜集，虚白编注
窗	译	散文诗	真 1.4	1927.12.15	法国薄台莱著，虚白译

篇／书名	著／译	文体	发表刊物 出版社	发表 出版时间	署名及备注
一个末日裁判的幻梦	译	短篇小说	真 1.4	1927.12.15	英国威尔斯著，虚白译；又 见于《欧美小说》，真美善书 店 1928.8
炼狱魂（四）	译	长篇小说	真 1.4	1927.12.15	法国梅黎曼著，虚白译
佛郎士也会说笑话	著	补白	真 1.5	1928.1.1	虚白
西笑（一）	辑	笑话	真 1.5	1928.1.1	虚白
法网	著	短篇小说	真 1.5	1928.1.1	虚白
走失的斐贝	译	短篇小说	真 1.5	1928.1.1	美国德兰散著，虚白译；又 见于《欧美小说》，真美善书 店 1928.8
西笑（二）	辑	笑话	真 1.5	1928.1.1	虚白
欧美名人书简 《赛维妍侯爵夫人致柯仑树侯 爵书》《史帝尔的一封情书》 《济慈给他妹子的信》《约翰孙 与却斯特脱飞侯爵书》	辑译	书信	真 1.5	1928.1.1	虚白
美国文学家海纳的格言	著	补白	真 1.5	1928.1.1	虚白
翻译的困难	著	文论	真 1.6	1928.1.16	虚白
托尔斯泰的名言	译	补白	真 1.6	1928.1.16	虚白
被劫	著	短篇小说	真 1.6	1928.1.16	虚白
叹词考证表	著	考证	真 1.6	1928.1.16	虚白制
西笑	辑	笑话	真 1.6	1928.1.16	虚白
民间歌谣（二）	注	歌谣	真 1.6	1928.1.16	鲁毓泰搜集，虚白编注
色（蓝）	译	短篇小说	真 1.6	1928.1.16	法国葛尔孟著，虚白译
偶像的神秘	著	短篇小说	真 1.7	1928.2.1	虚白
考戴惹，再见！	译	短篇小说	真 1.7	1928.2.1	西班牙阿拉斯作，虚白译； 又见于《欧美小说》，真美善 书店 1928.8
门徒	译	散文诗	真 1.7	1928.2.1	英国王尔德著，虚白译
心灵一瞥	著	小品	真 1.8	1928.2.16	虚白
看不见的伤痕	译	短篇小说	真 1.8	1928.2.16	匈牙利卡罗莱稽斯法吕提 著，虚白译；又见于《欧美 小说》，真美善书店 1928.8
大除夕的忏悔	译	短篇小说	真 1.8	1928.2.16	德国苏特门著，虚白译；又 见于《世界短篇小说名作 选》，然而社出版，1935.2； 《欧美小说》，真美善书店 1928.8
两张纸	著	短篇小说	真 1.9	1928.3.1	虚白

篇/书名	著/译	文体	发表刊物出版社	发表出版时间	署名及备注
心灵一瞥	著	小品	真 1.9	1928.3.1	虚白
师父	译	散文诗	真 1.9	1928.3.1	英国王尔德著，虚白译
色（玫瑰）	译	短篇小说	真 1.9	1928.3.1	法国葛尔孟著，虚白译
被弃者	译	短篇小说	真 1.9	1928.3.1	新犹太阿虚作，虚白译
名言片段	译	补白	真 1.9	1928.3.1	虚白辑
镇上有一家酒店	译	短篇小说	真 1.9	1928.3.1	爱尔兰司帝芬士作，虚白译
柴诃夫日记的一页	译	日记	真 1.10	1928.3.16	虚白
马笃法谷	译	短篇小说	真 1.10	1928.3.16	法国梅丽曼著，虚白译
模仿与文学	著	文论	真 1.11	1928.4.1	虚白
檬果	著	神话小说	真 1.11	1928.4.1	虚白
傀儡	著	神话小说	真 1.12	1928.4.16	虚白
挽歌	译	诗歌	真 1.12	1928.4.16	Thomas Gray 著，虚白译
马奇的礼物	译	小说	真 1.12	1928.4.16	美国奥亨利作，虚白译；又见于《欧美小说》，真美善书店 1928.8
鬼	译	小说集	真美善书店	1928.4	英国王尔德著，虚白译
给全国新文艺作者的一封公开信	著	文论	真 2.1	1928.5.16	虚白
鬼子	著	神话小说	真 2.1	1928.5.16	虚白
色（橘黄）	译	短篇小说	真 2.1	1928.5.16	法国葛尔孟著，虚白译
取媚他的妻子	译	短篇小说	真 2.1	1928.5.16	英国哈代著，虚白译；又见于《欧美小说》，真美善书店 1928.8;《人生小讽刺》，虚白、仲彝合译，真美善书店 1928.11；后更名为《娱妻记》选入《英国小说名著》，上海启明书局 1937.6；入选《娱妻记》，启明书局，1941.7
沉默	译	短篇小说	真 2.1	1928.5.16	俄国安特烈夫著，虚白译；又见于《欧美小说》，真美善书店 1928.8
包底隆的美女戏弄审判官	译	短篇小说	真 2.1	1928.5.16	法国巴萨克著，虚白译
复黎锦明的信	著	书信	真 2.1	1928.5.16	虚白
末一页	著	编辑讲话	真 2.1	1928.5.16	虚白
神秘的恋神	译	长篇小说	真美善书店	1928.5	法国梅丽曼著，虚白译
《〈神秘的恋神〉的叙文》	著	序文	真 2.2	1928.6.16	虚白
德妹	著	短篇小说	真 2.2	1928.6.16	虚白
西路巡审	译	短篇小说	真 2.2	1928.6.16	英国哈代著，虚白译；又见于《人生小讽刺》，虚白、仲彝合译，真美善书店 1928.11

篇/书名	著/译	文体	发表刊物出版社	发表出版时间	署名及备注
浪漫派的红半臂	译	文论	《小说月报》，第19卷第7期	1928.7.10	戈恬著，虚白译
嚣俄的结婚	著	传记	真2.3	1928.7.16	虚白
为良心故	译	短篇小说	真2.3	1928.7.16	英国哈代著，虚白译；又见于《人生小讽刺》，虚白、仲彝合译，真美善书店1928.11
徐福的下落	著	神话小说	真2.4	1928.8.16	虚白
德国队里郁闷的骑兵	译	短篇小说	真2.4	1928.8.16	哈代著，虚白译；又见于《人生小讽刺》，虚白仲彝合译，真美善书店1928.11
色（血牙）	译	短篇小说	真2.4	1928.8.16	法国葛尔孟著，虚白译
论本刊抽去孽海花的理由	著	书信	真2.4	1928.8.16	虚白
一家言	著	论文集	真美善书店	1928.8	病夫、虚白诗文合集
虚白小说	著	小说集	真美善书店	1928.8	虚白
欧美小说	译	小说集	真美善书店	1928.8	虚白编，译9篇
英国文学ABC	著	文学史	世界书局	1928.8	曾虚白，"ABC丛书"
英国文学的鸟瞰	著	文论	真2.5	1928.9.16	虚白
苦闷的尊严	著	短篇小说	真2.5	1928.9.16	虚白
《〈色〉的原叙》	译	序文	真2.5	1928.9.16	葛尔孟著，虚白译
文人遗物的价值	著	小品	真2.5	1928.9.16	虚白
从办杂志说到办日报复林樵民	著	书信	真2.5	1928.9.16	虚白
我的父亲	著	传记	良友，第30期	1928.9.30	虚白
真美善女作家号征文启事	著	启事	真2.6	1928.10.16	署"上海真美善编辑所谨启"，此据《真美善》第4卷第1号张若谷的《关于女作家号》一文，"筹备出版《女作家号》的动机很简单，曾虚白先生在征文里早已说过"。
孝子	著	神话小说	真2.6	1928.10.16	虚白
中国翻译欧美作品的成绩	著	编目	真2.6	1928.10.16	虚白
我的美国文学观	著	文论	真3.1	1928.11.16	虚白
贡献	著	短篇小说	真3.1	1928.11.16	虚白
法郎士的恋爱	著	评传	真3.1	1928.11.16	虚白
葬礼进行曲	译	短篇小说	真3.1	1928.11.16	法国巴比塞著，虚白译
人生小讽刺	译	小说集	真美善书店	1928.11	英国哈代著，虚白、仲彝合译
德妹	著	小说集	真美善书店	1928.11	虚白
色的热情	译	小说集	真美善书店	1928.11	法国葛尔孟著，虚白译，在《真美善》以《色》连载

续表

篇 / 书名	著 / 译	文体	发表刊物 出版社	发表 出版时间	署名及备注
《文艺的新路——读了茅盾的 〈从牯岭到东京〉之后》	著	文论	真 3.2	1928.12.16	虚白
憨诉	著	神话小说	真 3.2	1928.12.16	虚白
死飓	著	神话小说	真 3.3	1929.1.16	虚白
《致〈新月〉的陈淑先生》	著	书信	真 3.3	1929.1.16	虚白
夜的迷媚：都市之夜（一）	著	小品	雅典，第 3 期	1929.2.15	曾虚白
法国浪漫运动的女先驱	著	评传	真 3.4	1929.2.16	虚白
红烧肉	著	短篇小说	真 3.4	1929.2.16	虚白
赎罪	著	短篇小说	真 3.5	1929.3.16	虚白
南洋来的谈话	著	文艺通信	真 3.5	1929.3.16	虚白（与醒侬）
致陈淑先生的最后几句话	著	文艺通信	真 3.5	1929.3.16	虚白
魔窟	著	小说集	真美善书店	1929.3	虚白
美国文学 ABC	著	文学史	世界书局	1929.3	曾虚白，"ABC 丛书"
赌场之夜	著	短篇小说	雅典，第 4 期	1929.4.15	虚白
《〈潜炽的心〉自序》	著	序文	真 3.6	1929.4.16	虚白
敬爱你的	译	短篇小说	真 3.6	1929.4.16	英国玛丽卫勃作，虚白译
目睹的苏俄	译	游记	真 4.1	1929.5.16	美国德兰散著，虚白译
美与丑	著	文论	真 4.1	1929.5.16	虚白
介绍新俄无产阶级的两位伟 大作家（夫塞浮罗特伊万诺夫 Vsevolod Ivanov 事略）	著	评传	真 4.1	1929.5.16	虚白
力与惰	著	文论	真 4.2	1929.6.16	
苏俄今日的妇女	译	游记	真 4.2	1929.6.16	美国德兰散著，虚白译
肉与死	译	长篇小说	真美善书店	1929.6	法国边勒鲁意著，病夫、虚 白合译
潜炽的心	著	小说集	真美善书店	1929.6	虚白
松影	著	短篇小说	真 4.3	1929.7.16	虚白
托尔斯泰派的素食馆	译	游记	真 4.3	1929.7.16	美国德兰散著，虚白译
悲哀的号哭	著	文艺通信	真 4.3	1929.7.16	虚白（与王坟）
《〈都市的男女〉小曾序》	著	序文	真美善书店	1929.7	刊徐蔚南《都市的男女》前
旅俄杂感	译	游记	真 4.4	1929.8.16	美国德兰散著，虚白译
恭士丹瞿那	译	短篇小说	真 4.4	1929.8.16	法国李显宾作，虚白译；入 选《世界文学读本》，上海新 文化出版社，版年不详
目睹的苏俄	译	游记	真美善书店	1929.8	美国德兰散著，虚白译，散 见于《真美善》各期
幻想集	译	诗歌	诗与散文， 第 1 期	1929.9.10	法国保罗孚尔作，虚白译

续表

篇／书名	著／译	文体	发表刊物出版社	发表出版时间	署名及备注
秋，听说，你已来到！	著	散文诗	诗与散文，第1期	1929.9.10	虚白
知难行易辩——读胡——适之先生知难行不易后的感想	著	评论	真4.5	1929.9.16	虚白
汉译东西洋文学作品编目	编	编目	真美善书店	1929.9.28	虚白原编，蒲梢修订
倒垃圾	著	短篇小说	真4.6	1929.10.16	虚白
从本刊说到面包问题	著	文艺通信	真4.6	1929.10.16	虚白（与林墨农）
一只小狗的死	译	短篇小说	当代诗文，创刊号	1929.11.1	梅特灵克作，虚白译
翻译中的神韵与达——西滢先生《〈论翻译〉的补充》	著	文论	真5.1	1929.11.16	虚白
苏州文艺的曙光	著	文艺通信	真5.1	1929.11.16	虚白（与王坟）
法国女英雄贞德评传	著	评传	真5.2	1929.12.16	虚白
一次火车的遇险	译	短篇小说	真5.2	1929.12.16	德国汤卖司曼作，虚白译
成吉思汗的马	译	短篇小说	真5.2	1929.12.16	法国保尔穆杭作，虚白译
诗人与英雄	译	散文	真5.3	1930.1.16	嘉莱尔著，虚白译
野兽	译	短篇小说	真5.3	1930.1.16	德国瓦塞门作，虚白译
柏拉图与共产主义	译	文论	真5.4	1930.2.16	法国苏尔培、克洛斯合作，虚白译
黑猫	译	短篇小说	真5.4	1930.2.16	新犹太宾斯基作，虚白译；入选《世界文学读本》，上海新文化出版社，版年不详
意大利举行佛吉尔二千年纪念	著	文艺通讯	真5.4	1930.2.16	虚
德兰散与女人	著	文艺通讯	真5.4	1930.2.16	虚
《伟大战争剧〈路的尽头〉》	著	文艺通讯	真5.4	1930.2.16	虚
《论戴望舒批评徐译〈女优泰倚思〉》	著	文艺通信	真5.4	1930.2.16	虚白（与王声）
中国旧时代文学观念之剖析	著	文论	真5.5	1930.3.16	虚白
三稜（一）	著	长篇小说	真5.6	1930.4.16	虚白
"三十岁妇人的迷媚"——《一个青年男子的忏悔》第五章	译	长篇小说	真5.6	1930.4.16	英国乔治摩阿著，虚白译
文学的讨论	著	文艺通信	真5.6	1930.4.16	虚白（与禾仲）
世界杰作小说选	编	小说集	真美善书店	1930.4	两辑
甘地的无暴力主义	译	评传	真6.1	1930.5.16	C.F.Anderson 著，虚白译
三稜（二、三）	著	长篇小说	真6.1	1930.5.16	虚白
"暮霭中海边的幻梦"——《死之胜利》第五卷第五章	译	长篇小说	真6.1	1930.5.16	G.d'Annunzio 著，虚白译

篇／书名	著／译	文体	发表刊物 出版社	发表· 出版时间	署名及备注
《关于〈三棱〉的题名》	著	文艺通信	真 6.1	1930.5.16	虚白（与禾仲）
国家主义与自由	译	政论	真 6.2	1930.6.16	意大利尼蒂著，虚白译
三棱	著	长篇小说	真 6.2	1930.6.16	虚白
"好利害的妹子"——《高龙巴》第十五章	译	长篇小说	真 6.2	1930.6.16	法国梅丽曼著，虚白译
欧那尼研究——为浪漫派百年纪念作	译	文论	真 6.3	1930.7.16	法国格拉孙奈作，虚白译
雷利亚序文	译	序文	真 6.3	1930.7.16	法国乔治桑作，虚白译
良心	译	诗歌	真 6.3	1930.7.16	法国嚣俄作，虚白译
狼之死	译	诗歌	真 6.3	1930.7.16	法国维尼作，虚白译
十二月之夜	译	诗歌	真 6.3	1930.7.16	法国缪塞作，虚白译
刽子手	译	小说	真 6.3	1930.7.16	法国巴尔札克作，虚白译
翁梵琍——篇旧货堆的故事	译	小说	真 6.3	1930.7.16	法国戈恬作，虚白译
德谟格拉西在中国	著	政论	真 6.4	1930.8.16	虚白
欧洲各国的文学观念（上）	著	文论	真 6.4	1930.8.16	虚白
三棱（五）	著	长篇小说	真 6.4	1930.8.16	虚白
新生的土耳其	著	政论	真 6.5	1930.9.16	虚白
欧洲各国的文学观念（下）	著	文论	真 6.5	1930.9.16	虚白
三棱（六）	著	长篇小说	真 6.5	1930.9.16	虚白
印度独立运动的意义	著	政论	真 6.6	1930.10.16	虚白
三棱（七）	著	长篇小说	真 6.6	1930.10.16	虚白
民族主义文艺运动的检讨	著	文论	真 7.1	1930.11.16	虚白
三棱（八）	著	长篇小说	真 7.1	1930.11.16	虚白
再论民族文学——与王家械的第二次通信	著	文论	真 7.2	1930.12.16	虚白
机器与情感	译	文论	真 7.2	1930.12.16	英国罗素著，虚白译
三棱（九）	著	长篇小说	真 7.2	1930.12.16	虚白
三十年	著	短篇小说	航声，第 10 期	1930	虚白
爱之罪恶	著	短篇小说	航声，第 11 期	1930	虚白
做人与读书——在金陵女子文理学院的演讲辞	著	演讲	真 7.3	1931.1.16	虚白
三棱（十）	著	长篇小说	真 7.3	1931.1.16	虚白
断桥	译	小说	中华书局	1931.2	美国魏鲁特尔著，曾虚白译，"新文艺丛书"
三棱（十一、十二）	著	长篇小说	真季 1.1	1931.4	虚白
娜娜（第一章）	译	长篇小说	真季 1.1	1931.4	法国佐拉著，虚白译

篇 / 书名	著 / 译	文体	发表刊物 出版社	发表 出版时间	署名及备注
高龙巴（一至六）	译	长篇小说	真季 1.1	1931.4	法国梅丽曼著，虚白译
偕金女大同学泰山春游五 日记	著	游记	真季 1.2	1931.7	虚白
三稜（十三）	著	长篇小说	真季 1.2	1931.7	虚白
娜娜（第二章）	译	长篇小说	真季 1.2	1931.7	法国佐拉著，虚白译
高龙巴（七至十一）	译	长篇小说	真季 1.2	1931.7	法国梅丽曼著，虚白译
华家的破产	著	短篇小说	航声，第 20 期	1932	虚白
《红楼梦》前三回结构的研究	著	文论	青鹤，第 1 卷 第 4 期	1933.1.1	虚白
三稜	著	长篇小说	世界书局	1933.1	曾虚白
曾孟朴先生年谱（上）	著	年谱	宇宙风， 第 2 期	1935.10.1	虚白
曾孟朴先生年谱（中）	著	年谱	宇宙风， 第 3 期	1935.10.16	虚白
曾孟朴先生年谱（下）	著	年谱	宇宙风， 第 4 期	1935.11.1	虚白
英雄与英雄崇拜	译	散文	商务印书馆	1937.3	美国嘉莱尔著，曾虚白译
遗忘了的旧梦	著	日记	青年界，第 12 卷第 1 期，日 记特辑	1937.6	曾虚白
《北新重版〈鲁男子〉弁言》	著	序文	《时代生活》 （重庆）创刊号	1943	虚白
嘉莱尔论穆罕默德	译	政论	清真铎报， 新十八期	1945	美国嘉莱尔著，曾虚白译

注：《真美善》各期表示方法由"真美善第一卷第一号"简化为"真 1.1"，"真美善季刊第一卷第一号"简化为"真季 1.1"，其他刊物名称、期次未简化。

附录四 《真美善》杂志登载的各类广告目录

本目统计《真美善》全刊 48 期（第 1 卷半月刊 12 期，第 2~7 卷第 3 号月刊 33 期，季刊第一卷 2 期，"女作家号"1 期）中登载的各类广告 171 条，其中不含"真美善书店"本店出版的图书广告和《真美善》本刊期刊目录广告，"附录一：真美善书店出版图书目录"中所列图书均有广告在《真美善》连续登载，故在本目中略去。本目含 43 种文艺期刊的 158 条次期刊目录或征订、版权广告，其余 13 条为杂类广告。

附表 5 《真美善》杂志登载的各类广告目录

广告客户名称	登载版面	登载期次	备注
华东印刷所（厂）	内文	1.1～1.8	据该广告，时《真美善》杂志和图书在该所印刷，整页；自 1.6 半页
交通银行广告	内文	1.1～1.8	半页
华大商业储蓄银行广告	内文	1.1～1.3	半页
服用威廉士大医生红色补丸恍同真光照临百病全消	内文	1.1～1.2	整页
袁制解毒精	内文	1.1～1.2	半页
试验保肾固精丸	内文	1.1～1.5	半页，1.3 起设计变化
（真美善）征求投稿	封三内文	1.1～1.9	此后每期封三照登，1.3 起内文亦登载，后略
云裳	内文	1.3～1.11	半页
彩凤唱机	内文	1.3～1.11	整页
本店经售丝织风景画片西式信纸信封	内文	1.5～1.8	半页
东亚病夫介绍画家俞剑华君	内文	1.6	整页；书画润例广告
《贡献》旬刊第 5 期目录	内文	1.7	整页，嘤嘤书屋发行，每册大洋一角
《贡献》旬刊第 6 期目录	内文	1.8	半页
《贡献》旬刊第 7 期目录	内文	1.9	半页
《生路》月刊第 1 卷第 3 期	内文	1.10	半页；上海新学会发行，每期一角五分
《贡献》旬刊第 9 期目录	内文	1.10	半页
《贡献》旬刊第 2 卷第 1 期目录	内文	1.11	半页
《新评论》（半月刊）	内文	1.11	半页；新评论社，每期四分
（天津）《北洋画报》	内文	1.11	半页；北洋画报社，每份大洋四角

广告客户名称	登载版面	登载期次	备注
《女青年》月刊一万征求运动	内文	1.12	整页；女青年协会编辑部
《生路》第 1 卷第 4 期	内文	1.12	半页
《贡献》旬刊第 2 卷第 3 期目录	内文	1.12	半页
征求陈季同先生事迹及其作品	内文	2.1	整页；真美善书店，病夫启
《贡献》旬刊第 2 卷第 5 期目录	内文	2.1	半页
《新月》月刊第 1 卷第 3 号目录	内文	2.1	半页；上海望平街新月书店发行
《新评论》半月刊第 9 期出版	内文	2.1	半页
《生路》月刊第 5 期要目	内文	2.1	半页
本店迁址通告	内文	2.1	整页；真美善书店
征求孤本中国旧小说	内文	2.1	整页；真美善书店
《新评论》第 11 期目录	内文	2.2	半页
《洪荒》第 2 期要目目录	内文	2.2	半页
《新月》月刊第 1 卷第 4 号目录	内文	2.3	半页
《小说月报》第 19 卷第 6 号	内文	2.3	半页
俞剑华书画润例（十七年元旦重订）	内文	2.3	半页
胡同光赠扇	内文	2.3	半页
《秋野》第 2 卷第 2 期	内文	2.3	半页；批发及发行者新月书店
《新评论》半月刊第 30 期目录	内文	2.3	半页
曾耀仲博士开诊	内文	2.4；2.6	两页
《一般》四月号第 4 卷第 4 号	内文	2.4	半页
《小说月报》第 19 卷第 7 号	内文	2.4	半页
《新月》月刊第 1 卷第 5 号目录	内文	2.4	半页
《新评论》半月刊第 15 期要目	内文	2.4	半页
真美善女作家号征文启事	内文	2.6	两页，附编辑体例
《小说月报》第 19 卷第 11 号	内文	3.1	半页
《秋野》第 2 卷第 5 号目录	内文	3.1	半页
《新月》月刊第 1 卷第 8 号目录	内文	3.1	半页
《狮吼》半月刊第 10 期目录	内文	3.2	半页
《秋野》第 2 卷第 6 号目录	内文	3.2	半页
《新评论》半月刊第 23 期要目	内文	3.2	半页
《新月》月刊第 1 卷第 9 号目录	内文	3.2	半页
《新月》月刊第 1 卷第 10 号目录	内文	3.3	半页
《新月》月刊第 1 卷第 11 号目录	内文	3.5	半页；每期三角
国立艺术院半月刊亚波罗	内文	3.5	半页；每册一角五分

续表

广告客户名称	登载版面	登载期次	备注
《红黑》胡也频主编 第 2 期目录	内文	3.5	半页；零售一角五分；发行处上海法租界萨坡赛路二百零四号
《大江》月刊十二月号	内文	3.5	半页
《新女性》第 4 卷新年号（第 37 号）	内文	3.5	半页
《乐群》月刊第 3 期目录	内文	3.5	半页
《雅典》月刊第 1 号目录	内文	3.5	半页；上海卿云图书公司总发行，零售每册大洋二角
《一般》十二月号第 6 卷第 4 号	内文	3.5	半页
《春潮》第 1 卷第 3 期目录	内文	3.5	半页；上海春潮书局发行
《雅典》月刊第 2 期目录	内文	3.6	半页
《金屋》月刊第 3 期	内文	3.6；4.1	半页
《泰东》月刊第 2 卷第 7 期目次	内文	3.6	半页
《小说》月报第 20 卷第 1 号	内文	3.6	半页
《人间》月刊第 2 期目录	内文	3.6	半页；上海闸北西宾昌路人间书店发行，每期实价二角
《一般》一月号第 7 卷 1 号	内文	3.6	半页
《秋野》第 3 卷第 1 期要目	内文	3.6	半页
《华严》月刊第 1 卷第 1 期目录	内文	3.6	半页；北平都城隍庙街十四号华严书店出版，每册一角五分
《生活》周刊（征订广告）	内文	3.6；4.3；5.2	半页；生活周刊社
《新女性》第 4 卷二月号第 38 号	内文	3.6	半页
《新月》月刊第 1 卷第 12 号目录	内文	3.6	半页
《文学》周刊第 8 卷第 5～9 号要目	内文	3.6	半页
《春潮》月刊第 1 卷第 4 期目录	内文	4.1	半页；春潮书局发行，每册一角五分
《新女性》第 4 卷三月号第 39 号	内文	4.1	半页
《泰东》月刊第 2 卷第 8 期目次	内文	4.1	半页
《人间》月刊第 4 期目录，沈从文主编	内文	4.1	半页；沈从文主编
《雅典》月刊第 3 期目录	内文	4.1	半页
《小说》月报第 20 卷第 2 号目次	内文	4.1	半页
《春潮》月刊第 1 卷第 5 期目录	内文	4.1	半页
《华严》月刊第 1 卷第 2 期目录	内文	4.1	半页
《一般》二月号 第 7 卷第 2 号	内文	4.1	半页
《新月》月刊第 2 卷第 1 号目次	内文	4.1	半页
《文学》周刊第 8 卷第 9 号至第 13 号	内文	4.2	半页
《泰东》月刊第 2 卷第 9 期目次	内文	4.2	半页
《新月》月刊第 2 卷第 2 号目录	内文	4.2	半页

广告客户名称	登载版面	登载期次	备注
《一般》四月号要目	内文	4.2	半页；上海开明书店印行，每期二角
《小说》月报第4号目录	内文	4.2	半页
《新女性》五月号要目	内文	4.2	半页；上海开明书店印行，每册一角五分
《一般》三月号目录	内文	4.2	半页；上海开明书店印行，每期两角
《春潮》月刊第1卷第6期目录	内文	4.2	半页；春潮书局发行
《金屋》月刊第4期2号	内文	4.2	半页
张若谷先生主干女作家杂志征求一万定户	内文	4.2；4.3	整页；为真美善书店扩张计划之一
《文学》周报苏俄小说专号目录	内文	4.3	半页；上海北四川路远东图书公司发行，本期零售大洋二角
《华严》月刊第1卷第3~4期目录	内文	4.3	半页；北平都城隍庙街华严书店出版；每册定价大洋一角五分
《一般》五月号目录	内文	4.3	半页；上海开明书店发行，每期二角
《新女性》第4卷六月号目录（儿童问题专号）	内文	4.3	半页；上海开明书店发行，每期一角五分
《小说月报》第20卷第6号目录	内文	4.3	半页
《贡献》月刊第5卷第3期即第39期目录	内文	4.4	半页；嘤嘤书屋发行
《春潮》月刊第1卷第7期目录	内文	4.4	半页；春潮书局
《新月》月刊第2卷第3号目录	内文	4.4	半页；上海四马路望平街新月书店出版
《一般》六月号第8卷第2号	内文	4.4	半页
《华严》月刊第5期要目	内文	4.4	半页；华严书店出版每册一角五分
《新女性》第4卷第7号即第43号	内文	4.4	半页
《新月》月刊第2卷第4号目录	内文	4.5	半页
《一般》七月号	内文	4.5	半页；上海开明书店发行
《春潮》月刊第1卷第8期目录	内文	4.5	半页；上海春潮书局发行，一角五分
《生活》第4卷38期要目	内文	4.5	半页；上海拉斐德路四四二号生活周刊社
《新女性》第4卷八月号	内文	4.5	半页上海开明书店发行
《华严》月刊第6期	内文	4.5	半页；华严书店发行
《春潮》月刊第1卷第9期目录	内文	4.6	半页；上海春潮书局发行，一角五分
《现代小说》第3卷第1期扩充纪念特号目录	内文	4.6	整页；上海现代书局发行，每册二角五分
《清华》周刊第32卷第1期目次	内文	5.1	半页
《青春》月刊第2期目录	内文	5.1	半页；上海南华图书局发行，另售二角四分
《银沫》专号目次即第四号《草野》半月刊	内文	5.1	半页；实价大洋三角，草野社
《新月》月刊第2卷第5期	内文	5.1	半页
《白华》旬刊创刊号	内文	5.1	半页；每期二分，苏州东吴大学王坟转白华文艺研究社

续表

广告客户名称	登载版面	登载期次	备注
《清华》周刊第 32 卷第 2 期目次	内文	5.2	半页
《新文艺》第 3 号	内文	5.2	半页；上海水沫书店发行，另售每册两角
《白华》第 1 卷第 2 号目录	内文	5.2	半页，东吴大学王坟主编
《现代小说》第 3 卷第 2 期十一月号目录	内文	5.2	半页
《华严》月刊第 2 期要目	内文	5.2	半页，一角五分，华严书店出版
《新月》月刊第 2 卷六七合刊目录	内文	5.3	半页
《白华》旬刊王坟主编第 1、第 3~7 号要目	内文	5.3	半页
《世界》月刊第 2 卷第 3 期要目	内文	5.3	半页；世界学会世界月刊社；每册二角半
本店刊行岩海丛书宣言	内文	5.6	整页，真美善书店
本刊法国浪漫运动百年纪念号征文启事	内文	5.6	整页，真美善书店
《草野》周刊第 2 卷第 3 号目次	内文	5.6	半页
《世界》月刊最近要目	内文	5.6	半页
《人文》月刊第 1 卷第 2 期	内文	5.6	半页
《金屋》第 7 期目次	内文	5.6	半页
《生活》周刊第 5 卷第 17 期要目	内文	5.6	半页
《人文》月刊第 1 卷第 3 期	内文	5.6	半页
杜俊东启事	内文	6.2	半页
《世界》月刊第 4 卷第 2 期目录	内文	6.2	半页
《草野》周刊	内文	6.2	半页；另有《独唱》诗集，汤增敭作，实价三角；《挣扎》短篇，严芝馥等，实价三角；《随便写写》小品，金宽生作，实价四角；《爱人》短篇，金宽生作，实价四角。上海草野社出版部
《世界》月刊第 4 卷第 3 号要目	内文	6.3	半页
《新生命》月刊第 3 卷第 7 号要目	内文	6.3	半页
《清华》月刊第 33 卷第 11 期地学专号目录	内文	6.3	半页
《前锋周报》	内文	6.3；6.4；6.6	半页
新东方杂志殖民问题专号要目	内文	6.3	半页
《人文》月刊第 5 期要目	内文	6.3	半页
《真美善》《金屋》半价廉售广告	内文	6.4	整页
《新生命》月刊第 3 卷第 8 号（宪法研究专号）	内文	6.4	半页
《白潮》旬刊第 5 期要目	内文	6.4	半页；上海还龙路六号白潮社，每期三分
《草野》周刊第 3 卷第 2 号要目	内文	6.4	半页；上海斐伦路三十四号草野社出版
《世界》月刊第 5 卷第 1~2 期纪念号目录	内文	6.4	半页

广告客户名称	登载版面	登载期次	备注
《新月》月刊第 2 卷第 12 号	内文	6.5	半页
《现代学生》杂志创刊号要目	内文	6.5	半页；上海大东书局发行
《新生命》月刊第 3 卷第 9 号	内文	6.5	半页；每册二角
《人文》月刊第 7 期要目	内文	6.6	半页
《社会科学》杂志第 2 卷第 4 期要目	内文	6.6	半页；上海泰东书局出版，每册二角
《展开》月刊第 4 期要目	内文	7.1	半页；总发行南京展开书店
《文艺》月刊第 4 期目录提要	内文	7.1	半页；中国文艺社出版
《现代学生》第 2 期要目	内文	7.1	半页；上海大东书局
《现代学生》第 1 卷 3 号目录摘要	内文	7.2	半页
《人文》月刊第 1 卷第 9 期要目	内文	7.2	半页
《国立中央大学社会科学》季刊第 1 期第 1 号要目	内文	7.2	半页
《文艺》月刊第 5 期要目	内文	7.2	半页
真美善书店冬季廉价大赠品	内文	7.2	整页
真美善书店春季半价	内文	7.3	整页
《孽海花》版权启事	内文	7.3	半页
《人文》月刊第 1 卷第 10 期要目	内文	7.3	半页
《新东方》杂志第 1 卷第 12 期要目	内文	7.3	半页
《新东方》杂志第 1 卷第 11 期要目	内文	7.3	半页
《中央大学法学院》季刊第 1 卷第 3 期要目	内文	季刊 1.1	半页
《文艺》月刊第 2 卷第 4 期要目	内文	季刊 1.1	半页
《清华》周刊第 35 卷第 8~9 期合刊目录本校二十周年纪念号	内文	季刊 1.1	半页；每册定价大洋一角
《人文》月刊第 2 卷第 3 期要目	内文	季刊 1.1	半页；零售每期两角
《中央大学社会科学》季刊第 2 期要目	内文	季刊 1.1	半页；每册三角五分
《人文》月刊第 2 卷第 7 期要目	内文	季刊 1.2	半页；另售每册三角
《文艺》月刊第 2 卷第 8 期要目	内文	季刊 1.2	半页；零售每本三角

索　引

（二）著者索引

后　记

　　这部书稿是在我的博士论文的基础上修改而成的。书稿不长，正文加注释、附录等拢共 25 万字左右，主要写了常熟曾家曾朴、曾虚白两父子在 1927～1931 年间在上海法租界办真美善书店、杂志的成绩，讨论了两父子的文学理想和文艺主张，提出并从学理上论证了"真美善作家群"的存在、构成、文学生活方式、著译实绩及其文化姿态。因为当时赶着申请参加 2012 年下半年的毕业答辩，书稿写得匆促，在 9 月 15 日至 10 月 15 日间写就，留下了"真美善作家群"的创作及其翻译对创作的影响两章未及成文，就匆匆打印了寄送外审。因为我的疏懒，书稿至今也还是一个令我汗颜的未完成，好在已有的部分也算相对完整，权且付梓，算是对自己几年来阅读和思考的一个不成熟的阶段性总结吧。

　　我用了四年半的时间（2008.9～2012.12）完成博士学业，仍旧师从我的硕士导师王荣教授。在选定这个题目之前，我先后选了几个题目如"吴宓翻译研究""'学衡派'翻译研究""傅东华翻译研究"和"鲁迅翻译研究"等。每选一题均集中购置相关图书，集中阅读，随后感觉到种种难度，便腆着脸去跟王老师讲自己遇到的问题和困难，请求换题。如此数次反复，王老师均宽怀大度，谅解我，容我改题，并给我悉心指导和帮助。最后，在王老师的指导和挚友李跃力的帮助下，我选定受关注较少、但在 1930 年代文坛颇具代表性的《真美善》杂志及其创办者曾朴、曾虚白父子作为研究对象。幸运的是，我校图书馆古籍阅览室里恰好就收藏了一整套 48 本《真美善》杂志原刊。当我看到这一大排落满灰尘的杂志时，喜出望外，也感觉到冥冥中似乎早有安排，这一整套饱含着曾家父子对文学的至爱与期许的杂志，就在那里，在远离它的诞生地——上海——的西安城南的陕西师范大学长安校区图书馆里，等着我，等着我在八十年后重新翻开那泛黄的书页，来仔细品读它们的创造者留在历史深处为复兴民族文艺所发出的真诚呐喊，等着我来重新翻检曾家父子留在纸上字间的努力、辛勤和那绵绵不尽、感人至深的父子之爱。最初的设想是做期刊研究，但在翻阅《真美善》杂志的过程中，我读到曾朴先生为了用自己的方式来为民族的文艺复兴尽一份力，让正在追随董显光办《庸报》的长子曾虚白放弃记者事业来协助自己，用仕宦二十余年的积蓄，在上海的法租界里创办了真美善书店和《真美善》杂志；读到两父子一起商量各项办刊事宜，共同选定书店和编辑部的地址，相携参加沪上的各类文艺聚会和客厅文艺沙龙，一起写稿编刊；也读到了最感动我的这样一个细节：为了增加自己译介法国文学的能力，曾朴在已知天命的年纪去一位在沪的法国女士家里学习法语，做了半年的"老学生"，长子曾虚白一直在旁陪同学习，这是一段"父子同窗""进修文艺"的文坛佳话，其中的父子之情，实在令人钦慕。办刊期间，曾氏父子积极组织图书出版和文艺活动，有意识地聚拢起了一大批作家，他们出入曾家的客厅文艺沙龙，基本认同曾朴借鉴法国浪漫主义文艺运动的口号而提出的"真""美""善"的文艺主张，其在《真美善》杂志发表的文章和在真美善书店出版的文学著译，也有明显趋同的审美追求和艺术品格，这就使我萌生了将其定位命名为"真美善作家群"的想法，经与王老师数次讨论，遂决定定题为"曾朴、曾虚白父子与'真美善作家群'研究"。王老师特别数次叮咛：一定要把曾氏父子的文学活动放置到整个 20 世纪中外文学交流的视野中来进行研究和言说，一定要关注其外国文学译介与其创作的关系。对于王老师的这两点要求，第二点我没有做好，还要继续努力。

论文写成虽仅用了一个月的时间，但此前的阅读与思考却是漫长的。因我于 2011 年 8 月至 2012 年 8 月间赴美访学，考虑到国外民国原刊难找，就在征得图书馆领导和古籍部姚老师的特许后，将全部 48 本刊物逐页拍照，存在电脑里带到国外阅读、笔记。我现在还清晰地记得在美国马萨诸塞州立大学波士顿分校读书时的情景：8 点进 Healey Library，上午读《真美善》，记笔记；中午用图书馆的微波炉加热自带的米饭酱牛肉，趴在书桌或干脆躺在图书馆的地毯上眯一会；下午在图书馆里楼上楼下地翻检中国文学英文译本和台湾地区出版的与民国文学有关的图书。等把他们馆藏的此类书籍搜罗尽了，我就开始了每天下午的"馆际互借"，用 WorldCat 将附近大学如耶鲁、哈佛、波士顿大学、哥伦比亚大学和麻省理工学院等校馆藏的中国文学英文译本都借了回来，晚上带回家扫描有用的部分，留存电脑，有时为了赶着还书，要整夜扫描资料。我至今还清晰地记得我在图书馆六层的窗前读着曾氏父子的文学故事，抬头看见窗外天光云影映在大西洋洋面上，水天共一色，万物俱静寂；清晰地记得我被 Healey Library 读者服务部的 Susan 约见，问我借那么多台湾地区出版的图书是不是在为大陆有关部门搜集情报，我只好把手头上刚借到的台湾书口译给她听，告诉她我借的书仅限文学，无关政治；清晰地记得我每天最后一个从图书馆背着装满书的背包离开时，外借部的那几位金发碧眼的工作人员热情的 Bye 和 See you tomorrow。

记忆最深刻的，是每每读到曾氏父子天天一起"进修文艺"的文字时，不禁想自已英年早逝的慈父，多少次在异国楼头禁不住泪流满面，那时候真害怕古人"落日楼头，断鸿声里"的诗意。那么，请容我说说我的父亲王俊年吧。父亲是村子里最聪明的人，虽然因为家庭成分高而未能读书识字，却是远近闻名的铁匠、石匠、锁匠和泥瓦匠，会打锄头、菜刀、铡刀、剪刀，会造土枪，能建造高温玻璃炉，会看图纸修桥，会打石碾石磨，会配钥匙开锁，会垒屋泥墙。父亲很幽默很善良，为人大方，能急人所急，乐于助人，也常常在农闲时默默义务补路修桥，在乡里人缘很好。我和父亲的关系一直很融洽。我自 12 岁离家出门念书，一年之中可以见到父亲的时间有限，却在每每回家时与父亲有说不完的话，待我到西安读大学后，每年寒暑假回家，总要和父亲喝茶聊天到深夜。后来家里装了座机，每周末都会给父亲打电话，有时稍忙忘记了，他总会打过来问我是不是工作忙了，注意身体，寥寥数语后，就为了节约话费而匆匆挂掉。现在想来，有个父亲牵挂着真是莫大的幸福，而我却永远失去了听父亲叮咛唠叨的那个福分。父亲非常疼爱我和弟弟妹妹，严而不苛，家里氛围很民主。记忆里，父亲从未因学习问题责骂过我们，即使一时成绩不好，也是鼓励再鼓励。父亲为家事操劳，因为自己受尽不识字的苦楚，竭尽全力供我们三个念书，也因此累坏了身体。父亲是患肺癌于 2010 年 1 月 16 日午后 12 时 45 分去世的，从查出病症到辞世，仅十个月。病前已有多种慢性病缠身，却还总在不那么难受的时候挣扎着出去打工持家。对我而言，读博士的四年过得真慢真难，其间有太多不得不硬着头皮要去迈过的坎。最难的，是 2009 年整整一年间父亲罹患重病、缠绵病榻，这让我这个常年离家的人子深深体会到了眼巴巴看着至亲的生命之光慢慢黯淡、身体悄然瘦去、最后不得不天人永隔的悲哀、无奈与无助。那段日子，在我的心头刻下的疼痛记忆，让我深深感受到了命运的残酷无情和不可捉摸，让我深深悔恨自己在父亲健康的时候没能让他多享受些儿孙绕膝的天伦之乐，让我深深自责没能好好恪尽为人子的孝道，也深深羡慕着曾虚白陪伴父亲为文艺而奋斗的那份幸福。哀哀父母，生我劬劳。子欲养而亲不待，恐怕是人间最大的悲凉。我要感谢父亲，谢谢他给我生命，看我成长，为我操劳，谢谢他喜悦过我的每一点成绩，宽容着我所有的错误。

再容我说说如慈父般关怀提携我的导师王荣先生。我在 2000 年大学毕业刚留校任教时就认识了为人敦厚的王老师。2003 年 9 月即拜在王老师门下攻读中国现当代文学硕士学位，2008 年 9 月又作为王老师的首届博士生跟随王老师攻读博士学位。我在选题上几次游移变更，人本愚钝，有时又冥顽固执，加之家事缠杂，让先生为我枉操了太多心。先生宽容仁慈，待我如待子侄，在学业上，容忍我屡变选题，允许我自取所好，虽要求严格，但指导详尽入微、不厌其烦，对于学术理路和规范，向来严谨有加；在生活上，承先生多次在我无助时主动施以援手，让我每每安度难关；在我情绪最低落的时候，先生每每和气鼓励、劝慰，让我总能挺起身来，继续勇敢面对生活。在本书的写作过程中，先生为给我提供一个安静的写作环境，特让出自己的教授工作室，容我横竖其间，并时时从论证逻辑到段落文词上帮我斟酌。本书内容实在浅薄，其谬皆在我。但若无先生悉心指导，恐更不知又是何等丑拙。毕业后，我仍时时纠缠于先生门下，经常得聆先生关于做人、做事的教诲，并经常忝列先生迎送学弟学妹们的席间，此间快乐，虽不足为外人道，但却心脑融融，万分自傲。这些年来，如果没有先生的帮扶，我真不知道自己能走到哪里。先生涌泉之恩，我心惶惶，不知何德得之，又何以为报！惟有感谢上苍眷顾，让我得先生知遇、培育之恩。我也要郑重感谢我的师母刘老师。多少次我在先生家的客厅里和王老师、师母聊天说话，师母在茶几上摆满好吃的点心水果、不断为我添茶续水、闲说家常时的那种家的感觉，对我这离家千里的游子来说，又何尝不是春晖般温暖的慈母之爱呢？

感谢我的博士后合作导师、华东师范大学博士生导师杨扬教授！蒙先生不弃，允我门下读书求学，先生课上的教导敦促和课余的关怀宽容，让我切身感受到杨门学风的诚朴严谨和先生为人作文的格局与风度。正是在杨老师的帮助和提携下，我才有机会参与、体会沪上的文化活动与人文气息。

在写作本书期间，我还得到了哈佛大学王德威教授、李洁教授，马萨诸塞州立大学波士顿分校玄恩淑(Eunny Hyun)教授、戴沙迪（Alenxander Des Forges）教授、马萨诸塞州立大学 Healey Library 副馆长 George Keller Hart 先生，复旦大学张业松教授，吉林大学张福贵教授，西北大学周燕芬教授，陕西师范大学李继凯教授、赵学勇教授、张积玉教授、李震教授、程国君教授等诸位先生的提点和指导，感谢他们的无私帮助！

我的博士论文外审专家中国人民大学文学院李今教授、北京师范大学文学院刘勇教授、西南大学文学院王本朝教授、华中师范大学文学院许祖华教授和福建师范大学文学院朱立立教授等五位先生认真审读了我的论文，对其中的观点和我的写作态度予以肯定，对存在的问题给予了指正，感谢他们提出的宝贵修改意见。

多年来，我工作的陕西师范大学外国语学院的领导和同事们容忍我的缺点，宽容我的疏懒，支持我的学历提升。正是在学院领导的关怀下，本书才得以尽早出版。感谢王滢老师，为本书的出版办理各种烦琐的手续。我还要珍重感谢老院长张思锐教授在我父亲生病期间数次允我请长假，让我能在父亲病床前尽点人子的孝道！感谢多年来对我照顾有加、屡屡帮我度过难关的杜乃俭教授和师母薛玲仙教授！谢谢我的挚友吴国彬、李跃力和李萍多年来对我无私无尽的帮助，兄弟之情，亲同手足。感谢姐姐一样关照我的王维隽老师。谢谢我的同门郑莉、马亚琳、钱章胜、翟二猛、黄金萍、张静涛和焦欣波诸君对我的帮助！没有你们，我的生活会艰难很多，失色很多！

感谢本书的编辑、科学出版社的阎莉和王洪秀两位老师，她们认真、高效的工作使本书得以尽早面世。由她们责编这本粗浅的小书，是我莫大的荣幸。

最后，感谢我的父母家人，没有你们的宽容、支持和牺牲，我又何能走到今天。谢谢我的孩子，我的忘忧草，给我无尽的欢乐。你们的爱与支持，是我继续前行的最大动力。

王西强

2015 年 12 月 20 日